高瀬庄左衛門御留書

砂原浩太朗

講談社

高瀬庄左衛門御留書

目次

一年目

二年目

高瀬庄左衛門御留書
たかせしょうざえもんおとどめがき

一年目

おくれ毛

一

高瀬庄左衛門が志穂の貌に涙のあとを見いだしたのは、その日の朝である。

ひさかたぶりの非番とて、おそく目ざめたとき、啓一郎はちょうど出立するところだった。寝衣のまま、あわただしく玄関口に駆けつけると、足ごしらえを終えた息子が立ちあがり、会釈を送ってくる。かたわらでは小者の余吾平がそれにならい、近ごろとみに白さをました髷をこちらへ向けて下げた。

「気をつけてな――」

ばつのわるい思いをまぎらすように、声をかける。啓一郎は今日から五日ばかり、郷村廻りで留守にするのだった。

「心得ております る」

不機嫌そうな口調でかえすと、息子は足早に戸外へ出た。

庄左衛門は小者の面を見つめると、

「倅のこと、たのんだぞ」

口迅に呼びかける。おのれより十あまり齢上だから、余吾平も六十を超えたはずだが、若いころ屈強で鳴らした体軀には目立ったおとろえも見えない。長年、庄左衛門の供をして領内をめぐってもいるから、このような折には誰より頼れる男なのだった。

「へい」

小者はことば少なにこたえる。外から苛立たしげに呼ばわる啓一郎の声がひびき、急ぎ足であとにつづいた。

着がえてから居間をのぞくと、志穂が朝餉の支度をととのえている。こうべを下げる体で、さりげなく面をそらすのが分かった。

座りかけた庄左衛門の膝が、途中でとまる。嫁の片頰が、打たれでもしたように赤くなっていた。もともと薄い化粧がまなじりのあたりで剝げ、ひとすじ長く尾をひいているのも目にとまったが、口には出さぬまま腰をおろす。

「起こしてよいと言わなんだかの」

飯椀を受けとりながら照れかくしに告げると、

「寝かせてさしあげろ、と旦那さまが申されまして……」

こんどは汁をよそいながら、くぐもりがちな声をかえす。見送るつもりでいたのだが、なかなか瞼が開かなかったらしい。そろそろ郷村廻りはこたえる齢になっていた。ここしばらくの役目でつかれぎみの父を気づかったのか、顔を合わせるのが面倒だったのかは分からない。出立まえ、若い夫婦のあいだでどんな遣りとりがあり、なぜ志穂が見送りに出なかったのかも、知るすべはなかった。

庄左衛門は蕗の薹の和えものをかじってから、汁を口にふくんだ。大きめに切った豆腐とわずかに塩味のつよい味噌が案配よい。父子そろっての郡方づとめとはいえ、啓一郎の職禄を合わせても五十石相当の身代であるし、半ばは藩に借り上げられている。一年まえ嫁いできたときから、この家の食事は志穂がこしらえていた。家つき娘でもあった亡妻の延とちがい、とびきりの料理じょうずというわけではなかったが、仕事がていねいで安心して口にできる。志穂の味にもずいぶん慣れてきた、と思う。

が、かんじんの啓一郎がなじんでいなかった。妻のこしらえるものが口に合わぬらしく、二日に一度はことさら溜め息をもらして箸をおく。あげく、「母上がご存命ならばしっかりと仕込んでいただけたであろうに」などと聞こえよがしにこぼす。庄左衛門も見かねてたしなめることがあったが、

「夫婦のことは、われら自身におまかせ願いまする」

そう言われてしまえば、たびたびの差し出口もためらわれた。

——いらだっておるのだ。

と庄左衛門は感じている。喰い物の味などは当人も気づかぬ口実でしかなく、内心にためこんだ鬱憤がそこへ流れこんでゆくのだろう。

啓一郎は少年のころ、藩校・日修館でも知られる俊才だった。庄左衛門も延も、たぶんにその利発さへのぞみを掛けていたものである。剣か学問だけが身分の枠組を超えられる翼だったが、実際に刀を抜くことなどない時世であれば、勉学のほうへ重きがかたむくのは自然といえた。

講義を受けもつ助教という職に欠員が出たのは、五年ほど前のことである。藩校あげての考試がもよおされ、首席となった者がその後任に補せられることとなった。色めきたったのは高瀬家にかぎらない。ここで抜擢されれば、いずれは藩校の長へとすすむ道もひらけるのだった。

だが、考試を経てその地位を得たのは目付役三百石の家の次男で、啓一郎は次席に甘んじた。そこに家格への斟酌でもにおえば、かえって救いがあったのかもしれぬが、栄誉を勝ちとったのは神童と噂されるほどのすぐれた青年で、完敗というほかない。いまは江戸へ遊学中と聞くが、遠からず帰国して、いずれは日修館の総帥となるだろう。

啓一郎はじゅうぶんに優秀だったし力も尽したが、その上をゆく者がいたということである。のぞみが深かっただけに、落胆も大きかった。

励んだことが無駄だったと庄左衛門は思わぬし、思いたくもないが、啓一郎自身はそう考えているふしがある。父の隠居を待たず、二十歳でおなじ郡方の本役へ就けたのは、藩校での評判あってこその特例だったが、それをしあわせとは捉えぬのだろう。ひと通りこなしはするものの、三年が経った今も勤めに向きあう姿勢はどこか上の空だった。二年まえ、延がみまかってからは特にそうである。

庄左衛門はそっと息をついた。志穂が面ざしに気づかわしげな色を浮かべたのが分かり、あわてて飯を口へはこぶ。炊きぐあいもわるくなかった。

延が痩せぎみで女としては長身だったのにくらべると、志穂は中くらいの丈で軀ぜんたいがまるみをおびている。瞳はくろぐろと大きく、頬もふっくらとしていた。性質も見た目にたがわずのびやかだが、一面、機転のきかぬところもある。叱られるとじょうずに切りかえすことができず、口ごもって目を伏せてしまう。それがさらに啓一郎の癇癪をつのらせるのだった。

「うまかった」

箸をおいて手を合わせた庄左衛門のことばに、ようやく志穂が顔をほころばせた。そうすると、頬にうっすらと笑くぼがうかぶ。つられて庄左衛門もすこしわらった。湯吞みをとり、掌のなかでつかの間もてあそぶ。

やがて番茶を吞みほすと、

「わしは出かけるゆえ、秋本（あきもと）へ行ってかまわぬぞ」言いながら腰をあげた。「なんなら、泊まってきてもいい」

秋本は志穂の実家で、父は勘定方（かんじょうかた）の下役である。弟がふたりいるが、次男はまだ十歳というから遊びざかりだろう。かえって、よい気晴らしにならぬものでもない。それに、ただひとりの雇い人である余吾平が、啓一郎に従い家をあけている。五日間、志穂とふたりきりで過ごすのは、いささか気が張るというのも正直なところだった。

「でも、先日参ったばかりですから……」

志穂がためらうようにつぶやいた。

遠慮することはない、と言いかけて声を呑みこんだ。行くたび子はまだかと里の母上にせっつかれ、志穂さまがおかわいそうじゃ、と余吾平がしきりにこぼしていたのを思いだしたのである。庄左衛門は返すことばを見いだせぬまま、居間をあとにした。

口を漱（すす）ぎ、用を足してから自室にもどる。小半刻（こはんとき）ばかりで外出の支度をととのえ、ふたたび廊下へ出た。通りすがりに何気なく居間をのぞき、おぼえず足をとめる。

あのまま居つづけているのだろう、志穂が部屋の真ん中にぽつんとすわっていた。さきほどの膳もそのままに、どことなく放心したようすで面を伏せ、くずした膝のあたりへ視線を落としている。

庄左衛門は、立ちつくして嫁のすがたを見まもった。藍地の小袖はどこかひややかで、志穂には似合っていないように思える。うつむいた横顔のうえで、きっちりと結われた丸髷だけがべつの生きものでもあるかのように浮きあがっていた。なにか声をかけてやろうと思いながらもことばが出ず、そのまま通りすぎようとする。が、爪先を踏みだしたとき、志穂がこちらに気づいて、われにかえったように頭をおこした。とつぜん目ざめた体で器をかたづけ、胸元まで膳をかかげて立ちあがる。

その拍子に目が合った。

「お出かけでございますか」

むりに浮かべたのだろう、たたえた笑みが、わずかに強張っている。傷を負うた山雀のようじゃ、と庄左衛門は思った。

同時に唇がひらき、自分でも思いがけないことばが零れ出る。

「――ついて参るか」

二

松林のむこうで波音が大きさを増した。磯の香りがひときわ濃くなると木々が途切れ、視界がひらける。かたわらで志穂が息を呑んだ。なだらかにくだる勾配のさきに浜がひろがり、波が光の筋となって打ち寄せている。撫でるように汀をひたした飛沫が白くくだけ、黒っぽくしめった砂があとにのこされた。踏んでみると、さくという音がたつ。春の日ざしで火照った肌に海風がここちよかった。

「いまがいちばんよい季節でな」

打ち上げられた若布をつまみながら庄左衛門がつぶやくと、そうなのですね、と志穂が小さくうなずいた。

城下から北へ半刻ほどのところに横たわる三郎ヶ浜はけっして広くはなかったが、名だたる料亭の何軒かが高値で購ってくれることもあり、一帯の漁村を養うにはじゅうぶんな獲れ高があった。

季節でいえば鰊や花烏賊の旬である。十艘ほどの釣り舟が浜のすみに集められていたが、すでに漁もおわった時刻らしく、村の子どもたちとおぼしき影が波打ち際でたわむれているばかりだった。

「あの、どうか」呼びかけられ、われにかえる。志穂がうかがうような表情でこちらを見つめていた。「わたくしにかまわず、おはじめください」

「さようか」

庄左衛門は、内心ほっと息をもらした。連れてきはしたが、このあとどうしたものか決めかねていたのである。

「では、そうさせてもらうとしよう」

てごろな岩を見つけ、腰をかけた。水際まではほどもないが、いまの時刻はここまで波がこない、ということも分かっている。

庄左衛門はたずさえてきた頭陀袋（ずだぶくろ）をおろし、なかから一尺四方ほどの板を出した。上方にあけたふたつの穴に麻紐をとおし、首から背中へまわす。胸のあたりで結んで固定すると、黄味がかった粗末な紙を板にひろげた。

顔をあげ、海原を見やる。斜めからそそぐ日ざしが水面（みなも）を覆い、きらめく渦となってうねっていた。姿は見えぬが、どこからか海鵜（うみう）の啼（な）き声が聞こえてくる。

しばらくそのままの姿勢でいた庄左衛門は、矢立からおもむろに筆を取りだした。波の襞（ひだ）へ目をこらし、掬（すく）いとるように紙のおもてへ墨をはしらせる。

ふとい線で大きなうねりを配したあと、糸のごとくこまかな筋をいくつもつらね、海が躍るさまを写す。駆けるように筆を動かすうち、何度も墨がかすれたが、そのまままつづけた。波紋のゆらぎと力づよい陽光が、あまさず紙のなかへ取りこまれてゆく。

庄左衛門は、つと筆をとめた。いつの間にか近づいた志穂が、背後からそっと紙面をのぞいている。非番のときは絵を描きに出ると告げてはいるものの、連れてきたのは初めてだった。描いたものを見せたこともない。にわかに面映くなり、つい画板へおおいかぶさる体勢になった。

「下手の横好き、というやつじゃ」

庄左衛門が笑うと、志穂がはっきりかぶりをふった。

「お上手です、とても」ひとことずつ嚙みしめるようにつぶやきながら、ふしぎそうな色を瞳にたたえる。「どなたに習われたのですか」

こんどは庄左衛門が、ゆらゆらとこうべをふる番だった。

「お役目で田圃の検見をしておるうち、稲の育ちぐあいを写しとるようになっての。気がつけば、描くこと自体がすっかり面白うなっておった……一文にもならぬと、延にはよう叱られたが」ふと失笑をもらす。幾分きびしげな亡妻の面影が瞼の裏をよぎった。「団扇絵の内職でもしろと言われたが、註文どおりには描けぬ半端ものでな」

われながら韜晦がすぎる気もしたが、誉められることに慣れていなかった。志穂はかまわず、ことばを重ねる。

「色はお使いにならないのですか」

「絵の具は値が張る」

苦く笑いかえした。実際、おのれの懐ぐあいではとうてい手が出ぬのである。

「べろ藍とか……使(つこ)うてみたいとは思うが、分不相応というもの」

「べろ藍……」

「江戸で刷りものに使われておる色でな。あざやかで濃い青のことじゃ」庄左衛門は海のほうへ目を向けた。日差しが雲にまぎれて水面のきらめきがおさまり、見渡すかぎりひんやりと深い色がひろがっている。「この海のような風合いかの。わしも、よくは知らぬのじゃが」

志穂が躯を乗りだすようにして、力づよく告げる。

「でも、墨の濃い薄いだけで、はっきり青みを感じます。まことです」

庄左衛門も、おもわず唇(くち)もとをほころばせた。

「うれしいことを言うてくれる」

おもてを向けると、おどろくほど近くに志穂の貌があった。真剣な表情をたたえ、描かれた水面と庄左衛門をかわるがわる見やっている。腫(は)れがのこった頬は、すでにふだんの白さを取りもどしていた。居間で座りこんでいたときの物憂げな面もちは消え、かがやきを帯びた瞳から昂揚が匂いたってくる。庄左衛門は、なぜかその貌から視線をそらしてしまう。

その拍子に、松林ぞいの街道を見知らぬ町人が歩いてくるのが見えた。さきほど自分たちがたどった道すじである。こちらの姿くらいは目に入るはずだった。

「……そろそろ戻るとするか」

庄左衛門は腰をあげた。娘のようなものだと考えなしに連れだしたが、妙な噂がたっても厄介と、今になってそんな考えが胸をかすめたのである。

「まだ、描きはじめられたばかりでございますが」

志穂がいぶかしむような声をあげた。庄左衛門はとりあわず、ことさら大きな動きで顔を空へ向ける。

「すこし曇ってきたようじゃ……降られぬうちに、な」

そのことば通り、陽光をおおった雲がわずかながら厚みを加えていた。ところどころ黒ずんだ筋まで混じっている。

雨になる、と庄左衛門は思った。郷村廻りの途中で降りこめられ、頬をゆがめて舌打ちする啓一郎の姿が脳裡に浮かんだ。

三

その夜から降りはじめた雨は翌日になって勢いをまし、庄左衛門は二日の非番をほとんど屋敷で過ごすことになった。

あまりの手持ちぶさたに縁側で雨のさまなど描いていると、志穂がときどき白湯を持ってきてくれる。最初はどことなく隠すふうにしていたが、しまいにはこちらから絵の感想をもとめるようになった。

ろくに手入れもしていない坪庭へ降りしきる雨を見て、そのとおり筆を走らせたのだが、

「……ここにないものを描いてはいけないのでしょうか」

志穂が遠慮がちに聞いてくる。

「そのようなことはないが、たとえばなにかな」

首をかしげると、

「燕（つばめ）ですとか、牡丹（ぼたん）ですとか――」

口ごもりながらも、はっきりと告げた。ためしに飛ぶ燕を描き入れてみると、画面に動きが出て、贔屓目（ひいきめ）かも知らぬがおもむきが加わったように感じられる。

「そなたのおかげで、なにやら絵の格があがったの」

戯（ざ）れ言（ごと）めかしながらもしみじみつぶやくと、

「床の間へかざりましょうか」

うれしげにこたえる。庄左衛門も顔をほころばせそうになったが、すぐに唇を引きむすんだ。

「しょせん田舎侍の手すさび。さまでの出来ではない」

「そんな――わたくしは、よい絵と思いますが」

志穂は眉をくもらせ意外なほど食いさがったが、庄左衛門が折れぬのであきらめたらしい。心なしか、肩をおとすようにして下がっていった。

ぼんやり見まもるうち、そのうしろ姿が角をまがって消える。庄左衛門はあさく息をつき、おのれの手もとへ目をおとした。

出来うんぬんはほぼ本心である。絵を描くことにはよろこびを感じるものの、それはやはり手すさびというしかなかった。たとえば微禄とはいえ武士の身分をなげうち、筆いっぽんで身を立てようなどとは考えたこともない。なにより気力がのこっていなかった。いままで五十年そうしてきたように地を這う一匹の虫として朽ちてゆくつもりだったし、それをことさら無念とも考えていない。

だが、こうして志穂から熱のこもった称賛を向けられると、どこかしら躍るものを感じるのも事実だった。その脈動に身をゆだねるのはあやういが、賛辞だけを受ければ安全でもあり、こころよくもある。その程度でよかった。

庄左衛門はひとくち白湯を啜った。縁側に雨が降りかかり、とうに褪せた木肌が濃い黒に染めあげられている。なすこともなくそれを眺めるうち、湯呑みを持つ手がとまった。雨音に、なにかことなる気配がまじったように思えたのである。

つと視線をすべらせ、声を呑んだ。

蓑(みの)もつけず、頭から足先まで濡れねずみになった余吾平が、裏木戸をあけて庭へ入りこんでくる。あるじをみとめると崩れるように膝をおとし、両手を泥のなかへついて全身をふるわせた。

四

啓一郎の遺骸は、新木(にいき)村の御用小屋に横たえられていた。郷村廻りの拠点としてもうけられた建物である。ふだんは無人だが、郡方が休息し、場合によっては一夜をあかすこともできるよう、ひと通りのものが備えられていた。

粗末な夜具に横たわった啓一郎は、余吾平が清めてくれたらしく、それほどむごい様子ではなかったが、後頭部に当てられた布はどす黒く染まり、顔じゅうに無数のすり傷ができていた。

昨日いちにちかけて三つの村をめぐった啓一郎たちは、雨に降られて早めにこの小屋へ飛びこんだ。明けがた余吾平が目ざめると、かたわらに眠っていたはずのあるじが見当たらぬ。荷もないゆえ、さきに出立したものかと思い、いそぎ跡を追った。が、ようやく見つけたのは昼をまわってからで、村はずれの崖下に横たわり、すでに息絶えていたという。

――延が亡うなっていて、よかった……。

まっさきに浮かんだのは、そのことである。妻は人いちばい、息子をかわいがっていた。このようなありさまを目にするのは、なにより堪えがたかったにちがいない。

庄左衛門は腑ぬけのようになって啓一郎の面を見つめる。精悍といってもいい浅黒い顔立ちは、濃い死の色に覆われていた。

悲しみはふしぎなほど湧いてこない。というより、起こったことを受けとめきれず、軀のどこにも力が入らなかった。目のまえに横たわる姿を通りすぎ、前髪立ちのころの利発そうな面ざしばかりが浮かびあがってくる。親である自分たちも、啓一郎本人も、きらきらした先ゆきを信じていたときだった。

おぼえず、きつく瞼を閉じたところへ、立てつけのわるい戸がぎしぎしと鳴った。

「庄左――」

おのれと同年配の武士が、使いにやった余吾平とともに駆けこんでくる。上役である、郡方支配の定岡市兵衛だった。

庄左衛門は無言のまま低頭する。定岡は草鞋を脱ぎ捨てると板間へあがりこみ、となりに腰をおろした。ほとけへ手を合わせながら、ちらちらとこちらの横顔を見やってくる。ややあって腕をのばすと、庄左衛門の肩をがっしりとつかんだ。

「……ついておらぬの」

絞りだすようにいうと、あとはわしに任せよ、と告げて立ちあがる。まずは大八車と蓆（むしろ）がいる、とひとりごち、すばやく小屋を出ていった。余吾平が呆気にとられたようすで、土間に立ちつくしている。

庄左衛門は強張った苦笑を唇もとに刻んだ。定岡はもともと朋輩（ほうばい）だった男で、さきを越されていまのような関係になった。昔からの付きあいゆえ、悪気がないのは分かっている。なによりも物ごとの手配りに目が向いてしまう男なのだった。だからこそ、出世したともいえる。

——ついてない、か。

たしかにその通りだろう。自分はこのさき立身する見込みもないし、そもそも端（はな）から野心がなかった。啓一郎にかけた希望はついえたのみならず、当人までもの言わぬ身となっている。おまけに、いまだ子もなかった。

——子か……。

家が絶えるかもしれぬ、という考えが胸をよぎり、かるい震えにおそわれた。藩財政逼迫（ひっぱく）の折であるから、どのような理由でお取りつぶしになるか知れたものではない。とはいえ、息子の死に際し、家の先行きに心みだされている自分がうとましかった。

忌々（いまいま）しげにかぶりを振った庄左衛門の眼裏（まなうら）に、志穂の面ざしがうかぶ。ふっくらした輪郭にそぐわぬ、さびしげな表情をたたえていた。

――志穂になんと言えばよいのか……。

まずは、急な召しだしがあったとだけ告げて出てきたのである。いずれ帰宅して志穂に伝えねばならぬということが、何よりこころ重く感じられた。

堪えきれず、ほそい息を吐きだす。気がつくと、余吾平が沈痛な色を瞳にのせてこちらをうかがっている。黙ったままうなずきかえすと、庄左衛門はおもむろに腰をあげた。

五

差しだした軸物（じくもの）を受けとると、志穂はとまどうような眼差しをうかべる。やつれた頰はまだ瑞々（みずみず）しさを取りもどしておらず、目の下もうっすら青いままだった。

庄左衛門がうながすと、そっと紙をひろげる。沈んでいた瞳に、おどろきの光がともった。

「……餞別（せんべつ）にしては貧相じゃが」

口ごもりながらいうと、志穂はゆるやかにこうべをふった。

「いただいてよろしいのでしょうか」

「むろんじゃ」

庄左衛門は、はっきりと応えた。

手渡したのは、くだんの雨中図である。あの日、志穂のことばにしたがって燕を描きくわえたものだった。名残り(なごり)の品にと、庄左衛門がみずから表装したのである。

啓一郎の四十九日がすぎるのを待ち、志穂は秋本へもどることとなった。今日が出立の日である。ひそかに準備していた表装は間にあったが、それがどれだけ慰めになるものかは分からない。

悲報を聞いた志穂はさすがに度をうしない、何日かは床から起き上がれなかった。かならずしもうまくいっていたとは見えぬ夫婦だったが、やはりこのような絶ち切れ方は想像もしていなかったのだろう。痛ましい半面、どこか救われた思いもいだいたものだが、ようやく回復したところで、もうひとつ伝えづらいことを口にしなければならなかった。

子がない以上、実家の秋本にもどらねばならぬ。

それを聞いたとき志穂の面にあらわれた表情は、いのちの残りが尽きるまで忘れられそうにない。

暗いところへ置きざりにされた童(わらべ)のような、途方にくれた顔であった。かけることばを見いだせぬまま庄左衛門が押し黙っていると、

「ここへ残りましては、ご迷惑でしょうか」

ようやく聞きとれるかどうか、という声でささやく。

「ここに――」

庄左衛門は喉を詰まらせた。志穂は軀をちぢめたまま、ぴくりとも動かない。

「……妙な噂が立たないともかぎらん。そなたのためにならぬ」

ややあって、ことさら分別くさく告げると、はじめて見せる聞きわけのなさで、つよい声がかえってきた。

「もどっても、身を置くところがござりませぬ」ひといきに言って、肩をおとす。「すべて弟をかなめに廻っておりますゆえ」

庄左衛門は、おのれの膝がしらをぼんやりと見つめた。志穂が帰りたがらなかったのは、懐妊をせっつかれるためと思っていたが、根はもうすこし深かったらしい。弟ふたりのうち長男は十八歳だが、富田流の影山道場で一、二をあらそう腕前ときく。あるいは、これを足がかりに行く末がひらけぬものでもない、と期待されているのだろう。そのあたりの心もちは誰より分かっているつもりだった。遣り場のない思いが胸のうちに満ちてくる。

「心なき言いざまと聞こえようが」庄左衛門は、きれぎれに語を継いだ。「そなたなら、じき良縁が見つかろう」

志穂が力のぬけた笑いをもらす。これもはじめて聞くような、ひどく投げやりで虚(うつ)ろなひびきだった。「わたくしには、縁づくことがしあわせとは思えませぬ」

胸の奥が鈍くいたんだ。そのことばに、啓一郎との歳月が集約されているのだろう。

　庄左衛門が言い淀んでいると、志穂は意を決したように面をあげた。

「義父上(ちちうえ)がお描きになる絵を見たとき――」眼差しにひたむきな色がやどっている。

「胸のうちが温かくなりました」

　そのことばへ導かれるかのように、志穂の唇を見つめる。いつしか、うしなわれていた赤みがもどっていた。

「やさしく、ふかい絵でございました」すこしだけ、声がふるえた。「これからも、見ていてはいけないのでしょうか――」おそばで、ということばを嚙みころすのが聞こえた。

　顔を伏せた志穂の襟(えり)もとに、いく筋かのおくれ毛が貼りついている。わずかに汗ばんでいるらしく、そのあたりから、どこかしらこれまでと異なる匂いが立ちのぼってくるようだった。庄左衛門は面をそらし、袴(はかま)のあたりへ目をおとす。

　志穂がどう言おうと、行きつく先はひとつしかない。このまま留まるなど赦(ゆる)されるわけもないし、むしろ庄左衛門自身に、そうすることへの躊躇(ためら)いがまさっていた。結局、なすすべもなく今日をむかえる以外になかったのである。

「――大切にいたします」

弱々しく微笑みながら、志穂は燕の絵をもとどおり巻きおさめた。貌をあげ、まっすぐに庄左衛門を見つめる。

「食べることをおろそかになさらないでください」湿った声が、耳もとでささやかれていると感じるほど、近く聞こえる。「心がけて旬のものを摂られるとよいように思います」

真剣すぎる志穂の口調に、おぼえず唇もとがゆるんだ。と、団栗のようなかたちよい目が面映げにそらされる。「出すぎたことを申しました……おゆるしくださいませ」

「そうではない」庄左衛門はあわててかぶりをふった。「きっと胸に留めおくとしよう」

つづけて志穂が唇を開きかけたとき、背後でがたりという音がひびいた。振りかえると玄関口に余吾平が立ち、沈鬱な表情をうかべている。身のまわりのものをたずさえ、秋本まで送っていくことになっていた。

志穂は、あさい吐息をもらすと舅に向かって手をつき、つつましく結われた丸髷をさげる。きょうは襟足のあたりにも乱れはなく、もともとしろい肌がつめたいほどさえざえとしていた。

庄左衛門は腰をおろしたまま、志穂が上がり框（がまち）で足ごしらえするのを見やっていた。余吾平がもの言いたげな視線を向けてきたが、見送らず別れるのがよいと思えたのである。志穂もそれを望んでいる気がした。

土間に立った志穂が、振りかえり会釈を送ってくる。庄左衛門は、そっと眼差しだけをかえした。

ふたりの姿が戸のむこうへ消えると、しんとした空気があたりに満ちた。耳をおおうほどの蟬（せみ）しぐれが聞こえてくる。いま啼きはじめたのか、それとも気づかなかっただけなのだろうか、と庄左衛門は思った。

六

木立ちの香りがしめった大気に溶けこみ、吸う息までが重かった。茂り放題の夏草が脛巾（はばき）のあたりにからみつき、汗をぬぐって立ちどまる。

庄左衛門は肩を上下させながら笠をあげ、前方を見据えた。細い山道の右かたで斜面がくずれ、大小の岩や何本もの赤松が行く手になだれこんでいる。歩ける余地は人ひとり分あるかどうかというところだった。左手には支えとなる木々もなく、薄曇りの虚空へじかにつながっている。

にわかに足が強張り、それきり動かなくなった。その虚空の先が、啓一郎の落ちた断崖なのである。

定岡市兵衛が口添えしてくれたのか、減知(げんち)はまぬがれぬものの、高瀬の家は存続を許されていた。あの事故によって中断された郷村廻りは庄左衛門が願い出て引き継ぎ、道中、思い立ってこの場をおとずれたのである。からっぽとなる留守宅は余吾平にまかせ、こたびは一人でめぐっていた。

新木村から隣村へ抜けるこの山道は、若いころから何度となく行き来したものだった。もともと細くけわしいうえに、雨など降るとしばしば山肌がくずれる。あの折もそうしたことが起こったのだろう。むかしは何年かに一度、やはり転落する者があとを絶たなかったが、近ごろは村人も心得たもので、あやうそうな折には、べつの抜け道をたどることも多いと聞く。が、役目に就いてまだ日のあさい啓一郎は、それを知らなかったのだろう。

すこし広くなったところまで戻り、古びた杉の根方へ腰をおろす。尻のあたりからじっとりしたものが這いのぼってきたが、それ以上、立っていられなかった。

背をもたせた幹に取りこまれ、おのれも木立ちとひとつながりになった気がする。ざわついていた胸が、いくばくかの平穏を取りもどしていった。

ゆっくりと顔をあげ、頭上を見やる。青い葉が黒々とかさなり、そのむこうにあるはずの空を覆っていた。あたりに、濃い夏のにおいがただよっている。断崖はけわしい勾配のむこうに隠れ、視界から消えていた。

大それた望みをかけねばよかったのだろうか、と額にのこった汗を手甲でこする。あたえられた分際からはみ出ず平凡に過ごしていれば、二十三の若さで死ぬことはなかったかもしれぬ。そうさせたのは、おのれであり、延なのか、と思うと、するどい痛みが胸の底から突きあげてくる。とはいえ、夢をみることが罪だというなら、あまりに酷い話ではあった。

なまあたたかい風が吹きぬけ、とっさに顔をそむける。鬢の毛がかすかにそよいだ。

杉木立ちの奥で蟬の声が湧きたち、庄左衛門は急き立てられるように腰をあげた。尻をはたき、断崖のほうへ視線をやってから、踵をかえす。来た道へ一歩踏みだしたところで足がとまった。喉仏のあたりが、ごくりと鳴る。

——余吾平……。

坂を下りきったところに見覚えのある胡麻塩あたまがたたずみ、こちらを見あげていた。こまかい表情までは分からぬが、黒い靄のごとく重い気配をたたえている。

——何用あって、ここに……。

落ちつきかけた胸底が、ふたたびざわめいてくる。

喘ぐような息をつき、爪先を踏みだした。そのまま、おもむろに山道をくだっていく。

「旦那さまに、申し上げにゃならねえことがあって――」

余吾平が、思いつめたように声を張り上げた。「若旦那さまが亡くなられたのは、わしのせいでございます」

肌の裏をひえびえとしたものが流れ落ちる。庄左衛門はおのれの手が小刻みにふるえるのを覚えながら、少しずつ老爺に近づいていった。

啓一郎が、あの朝ひとりで発ったのは、前夜、余吾平と口論におよんだためだという。

ながく仕えているだけあって、老爺は高瀬家の内証を知悉していた。

――志穂さまがおかわいそうじゃ。

というつぶやきも幾度となく聞いた。実家への批判というかたちではあったが、その眼差しは、しぜん啓一郎の振る舞いにもそそがれていたのだろう。

郷村廻りに出かける朝も息子はささいなことで志穂を責め、手まであげたようだった。寝過ごした庄左衛門と違い、余吾平はその一部始終を見ていたのである。

雨に降られて村の小屋へ駆けこんだ夜、思いさだめて啓一郎へ意見したのだと小者は明かした。こたびこそはと肚をすえ、夜を徹して諫めたという。

が、もともと口の重い老爺である。才走った若者がするりと呑みこめるような話のできるわけもない。押し黙ったまま聞いていた啓一郎は、話がおわると、

「明日からは、わしひとりで廻る――屋敷へもどれ」

ただそう言い捨てて床についたという。さはいえ、余吾平は本気と受けとっていなかった。短いまどろみから覚めてあるじの不在に気づき、あわてて追ったものの間に合わなかったのである。

「わしが賢しらに意見などしなければ……」

余吾平が面を伏せた。おのれが同行していれば、啓一郎は事故に遭わなかったと言いたいのだろう。そのようなことはない、と応えたかったが、なにかで貼りつけられたかのように唇が重く、ことばにならなかった。

あの日から余吾平の心もちにも重い影がのしかかっていたが、ことの次第を明かす決心はなかなかつかなかったらしい。わしもぞんがい臆病者でございました、と自嘲めいた声音をもらした。

だが、庄左衛門が倅のあとをうけ郷村廻りへ出向くと聞き、ふんぎりがついた。あるじは必ずくだんの場へおもむくであろうと察し、ひそかに跡を追ったのである。その場所であれば、すべてを吐露できるように思えたという。

訥々(とつとつ)とした語りに耳を傾けるあいだ、庄左衛門の拳はとまることなく震えつづけていた。

それでいて、怒りはどこからも湧いてこない。遣り場のない虚しさだけが胸をひたしていた。

——小者に意見されたくらいで……。

おのれが山道に不案内なことは承知していたはずである。ひとりで発てば役目に障りをきたすと考えなかったのだろうか。あふれるほどの無念とともに、息子はそこまで愚かな男だったろうかという違和感が頭の隅をかすめてもいた。

「もう、この齢でございます。し残したこともありゃしねえ……どうぞ、お手討ちになさってくださりませ」

言い放つと、余吾平は背をむけ山道に腰をおろす。そのときはじめて、若いころより肩の肉が落ちているとはっきり分かった。

七

燃えさかるような陽が遠い山なみに落ちかかり、なだらかな稜線をくろく浮き上がらせている。畦道(あぜみち)の左右にひろがる水田では、ゆたかに実った稲の穂が微風にそよいでいた。

庄左衛門は、橙色の日ざしに炙られながら、歩をはこんでいた。目にうつる光景は、少年のころ、遊びつかれて家路につくとき見たものと寸分たがわぬように思える。あのころは貧しさが苦だということにも気づかず、ごく小さな世界のなかで充足していたのだった。

——だれもいなくなったの。

庄左衛門はかぶりをふって、足をすすめる。父母はとうにみまかり、二十余年連れ添った妻も亡い。息子はいのちの器をみたすことなく逝ってしまった。

そして、志穂はおのれ自身が去らせたのだった。

ふと近くの田を見やると、めだかが水のなかを渡っている。透きとおった尾びれが稲のあいだをかろやかに擦りぬけ、じき姿を消した。

めだかを見失ったあたりで、子どもが棒切れを振りまわして遊んでいる。おもわず唇もとがゆるんだ。

と同時に、つよい寄る辺なさが伸しかかってきそうになる。どうにか足もとへ力をこめ歩みをつづけるうち、すこしずつあたりに薄闇がまぶされてきた。さきほどの少年とおぼしき影がかたわらを走りすぎる。

庄左衛門は足をとめた。ちいさなうしろ姿が三日ぶりに見る組屋敷のほうへ駆けこんでいく。門口へ出て、少年に呼びかけている人影が目にとまった。

相手もこちらに気づいたらしく、腰をかがめるようにして会釈する。庄左衛門は戸惑いながらも歩をはやめた。

「よかった……そろそろ引き上げようとしておりました」

志穂が歯を見せてわらった。庄左衛門は唖然（あぜん）として、その貌を見つめる。暮れゆく光のなかで、朱の帷子（かたびら）をまとった面ざしがあわく浮かびあがっていた。

ともあれ、ふたりをうながして屋敷のなかへ入る。手早くすすぎを使い、玄関口からつづく座敷に腰をおろした。行灯（あんどん）に火をいれると、やわらかな明るみがひろがってゆく。よく見ると、散らかっていた室内がこぎれいに片づけられていた。

「余吾平が見えぬようですが……」

志穂があたりを見まわしながら問うた。とっさに口ごもったものの、押しだすようにつぶやく。

「暇（いとま）を出した――もう齢ゆえな」

それはまことである。

余吾平を斬る気など毛頭なかったが、たしかに同行していれば息子が死ぬことはなかったかもしれぬ。お互いその気もちをぬぐえぬ限り、ひとつ屋根の下で暮らすのは不幸なことに違いなかった。

結局、庄左衛門は余吾平へ暇を出すことにした。おのれが郷村廻りから帰るまえに支度をし、在所へもどるよう言いふくめて別れたのである。固辞されたが、後日、なけなしの蓄えからいくばくかを届けるつもりでもいた。

志穂もどこか心ここにあらずの体で、かさねて老爺のことを訊いてはこない。ついてきた少年は所在なげに上がり框へ腰をおろし、足をぶらぶらさせていた。祝言のとき会ったきりですっかり忘れていたが、この子が志穂の次弟なのだろう。手早く白湯を出してやると、こくりと頭をさげた。

志穂のまえにも湯呑みを置いたが、緊張した面もちで口をつけるようすもない。庄左衛門が黙ったまま向きあっていると、おもむろに手をつき、ふかくこうべを垂れた。

「……わたくしに絵をお教えください」

こちらが言葉をうしなっている間に、調子をあらためてつづける。「身を立てるまでになりたいのです」

あまりのことに応えをかえせずにいると、

「ねえねは嫁にいくのが嫌なのです」

少年がふいに口をはさんだ。まだ声変わりまえの甲高い響きだが、腕白そうな面ざしにしては意外とやさしげな声音だった。

「姉上というのですよ」たしなめると、志穂はばつがわるそうに語を継いだ。「さっそく、いくつも縁談が持ちこまれまして」

「嫁げばよい」頭のなかが混乱したまま口を開いたので、ついぶっきらぼうな言いかたになる。庄左衛門はあわてて言い添えた。「嫌なのか」

「はい」即座に答えが返ってくる。その迷いなさに、志穂自身、思わずといった風情で困ったような笑みをうかべた。

ありていにいえば、懲りたということなのだろう。悲報を聞いたときの動揺を見れば気もちのかよった瞬間もないわけではなかったろうが、夫婦というかたちに希望をいだくことまではできぬらしい。

――だからといって……。

庄左衛門は首をかしげる。嫌だから嫁ぎたくない、ですむはずはなかった。秋本とて三十石の小身である。これから何十年生きるかしれぬ女ひとり、遊ばせておくことなどできるわけもない。

その懸念を察したように、志穂が膝をすすめてくる。瞳に真剣な光がやどっていた。

「ふた親も根負けして、自分の食べる分をかせげるなら、というところまで折れてくれました」

「それで絵を、な」

話のすじみちは腑に落ちたが、やはりかんたんに肯うことはできなかった。京や江戸には女の絵師もいると聞くが、それは稀有な例だろう。片田舎の城下で女ひとり生きていくのは並たいていのことではない。

腕を組み、考えこんでいる庄左衛門にかまわず、志穂は持参してきたらしい風呂敷包みをかたわらへ寄せた。ほっそりした指さきがするりと動き、結び目をといてゆく。

あらわれたものを見て、庄左衛門はいぶかしげに眉をよせた。が、すぐにおどろきの声をあげる。

雨中を飛ぶ燕の絵である。つかのま、おのれが持たせたものかと思ったが、表装もされていないし、よく見るとあきらかに筆がちがう。

視線をあげると、志穂が張り詰めた面もちでこちらをうかがっていた。

いま一度、とっくりと絵をあらためる。庄左衛門の作を丹念に写しとったのだろう。翼を広げた燕が雨のなかを懸命に飛んでいる。からだに降りかかる滴や、風にみだれた雨の筋までこと細かに描きこまれていた。不慣れさや稚拙さは覆うべくもないが、筆にこめた気迫のようなものが画面から滲みだし、しぜんと引きこまれるものをおぼえる。

「何枚目じゃ」

庄左衛門はひとりごつようにいった。ことばの意味をはかりかねたらしく、志穂が思案げな顔になる。

「この絵にいたるまで、何枚描いたか、と聞いておる」

ゆっくり言い直すと、志穂は照れたような笑いをもらした。

「四、五十枚も描きましたでしょうか――」そういって上がり框へ目をやり、口もとをおさえる。「最初は、河豚が飛んでいるようじゃ、などと俊次郎にからかわれまして」

だってあの絵はひどかったもの、とすかさず少年が応じた。俊次郎、というのがこの子の名なのだろう。

庄左衛門はひとりうなずく。ただ写すだけとはいえ、いちから始めたにしては、筋がよさそうだった。なにより、おなじ絵を何十枚も描けるという根気づよさが向いている。おもえば、燕を描き添えることをすすめたのも志穂なのだった。

「雅号をいただいて錦絵を描きたい、というわけではないのです」志穂が真顔にもどっていった。ひたむきにこちらの瞳を見つめてくる。この家にいたときの、蒼白くおびえた面ざしは、とうに影をひそめていた。「団扇絵など描いて、女ひとり食べていければそれで」

なにか眩しいものでも仰ぐように、庄左衛門はまなざしを細めた。

――団扇絵か……。

それならありうる話かもしれぬ。おのれは註文に応じて描くということができなかったが、志穂は最初からそれを目指している。この丹念さであれば、重宝されぬものでもないだろう。

おぼえず、深い息を吐いた。かたときも目をそらさぬまま、志穂もおおきく肩を上下させる。首すじからそのあたりにかけての線が動くのを頭の芯で辿りつつ、庄左衛門はことばを発した。

「……よいと言われたのだな」

「えっ――?」つかのま戸惑った志穂が、瞳にかがやきを浮かべて身を乗りだした。

「はい、父母のゆるしは得ましてございます」

「かといって、住みこみというわけにはいかぬ」ことさら厳しい声で告げると、志穂も面もちを引きしめる。おそるおそるといった体で問うてきた。

「――非番の日にうかがい、教えていただくというのはいかがですか」ひといきに言ったあと、遠慮がちに語を継いだ。「お休みなのにご迷惑でしょうか」

「休みの日は、どうせ絵を描く」

面映げに視線をそらしながら、庄左衛門はつぶやいた。「つぎは五日後じゃ」

志穂が手をつき、ありがとうございます、と喉を詰まらせるように発する。そのまま深くこうべを垂れるのと、俊次郎が上がり框から立ちあがるのが同時だった。「ねえねと——姉上といっしょに来ていいですか」

「絵が好きなのか」いささか面食らってたずねると、俊次郎は、はにかみながら首をひねった。

「もう少し遊んでいらっしゃい」

志穂のことばがおわらぬうち、仔犬のように駆けだしていく。なるほど、絵でなく姉が好きなのだな、と庄左衛門は唇もとをほころばせた。

三人で絵を描き、ときに海辺を歩くさまが、まなうらに浮かんだ。それは家族というわけではなかったが、どこか似たものではあった。

こうべをめぐらせ、志穂のおもざしを見やる。緊張がとけたのだろう、なごやかな笑みを口辺にたたえていた。その貌を見まもるうち、ふいにある考えがたちのぼり、庄左衛門は腰をあげる。とまどっている志穂をおいて自室に駆けこみ、急ぎもとの座へもどった。

「……そのまま、動かずにいてくれぬか」

紙をひろげ、手に筆をにぎって庄左衛門は告げた。はい、とささやくように応えると、志穂はわずかに面をそらして膝がしらのあたりに目をやる。右の耳たぶから首すじへかけての線がさらされるかたちになった。

「わしは、ひとを描いたことがなかった」庄左衛門はおのれへ確かめるようにいった。「――だが、そなたの絵なら描けそうじゃ」

動いてはいけない、と思っているのだろう、無言のまま、かすかに志穂がうなずきかえす。襟足のおくれ毛が背後から灯火をうけ、燃えるように浮かびあがっていた。心なしか、そのあたりが汗ばんでいるように見える。

庄左衛門は筆をすべらせ、鬢から首へかけての輪郭を描いた。紙のおもてをはしる線が自分でもおどろくほどの速さで志穂のたたずまいを写していく。うまく描けているか否かはどうでもよかった。この指さきで女の奥まで描ききるのだと、庄左衛門は憑かれたように筆をはしらせつづけた。

刃(やいば)

一

高瀬庄左衛門は、米を炊いている。

釜の底があたたまってきたらしく、なかから泡だつような音が聞こえていた。竈(かまど)に何本か薪(まき)をたし、火の勢いを掻(か)きたてる。木々に組みしかれ鎮まっていた炎が、ふたたびちろちろと赤い穂先をもたげはじめた。

そのあいだに豆腐と葱(ねぎ)を手早く切る。青くさい香りが厨(くりや)の土間に満ちた。首すじに滲んだ汗を手拭いでかるく拭う。

するうち、じゅっと音をたてて湯気のまじった汁が釜から吹きだす。庄左衛門は、蓋を開けてなかを覗(のぞ)きこんだ。麦の多い、黄味がかった色の飯つぶが、たっぷりした湯にひたってふるえている。

——水が多かったか。

わずかに眉をひそめた。すこし長めに炊くと決め、蓋を閉じる。さいぜん切った豆腐や葱を火にかけた鍋へ放り込んだ。なかでは味噌汁が香ばしい匂いをただよわせている。

そこまで仕上げて、引きずられるように上がり框へ腰をおろす。慣れてはきたものの、食事の支度はいまだひと仕事なのだった。おもてに出れば晩秋の涼気があちこちに感じられるはずだが、厨ではたらく庄左衛門は、さきほどから汗を搔きっぱなしである。

ようやく炊けた飯は、やはり水気が多かったようで、べしゃりとした食感になっていた。かわりに汁は上々の味わいとなっており、流し込むようにして飯を搔きこむ。

独居の身となって三月(みつき)ほど経つが、日々の暮らしというものは、これほど為(な)すことが多かったのかと、いまだ驚くばかりである。目が覚めれば朝餉ができているという生活が、異国のように遠く思えてしまう。

軽輩とはいえ士分であるから、庄左衛門もこの齢までひとりで暮らした経験がない。二十代のなかばまでは実家で冷や飯を食っていたし、高瀬家に婿入りしてからは当然、新たな家族がいた。むろん、すべてをうしなった今となっても、ふつうは新しい小者か飯炊きの女を雇うものだが、どうにもその気になれなかったのである。

——なに、ここまで来たら、ひとりでこっそり野垂れ死ぬのもよいわさ。

いくぶん捨て鉢な心もちで決めたのだが、いざ始めてみると、ひとり暮らしというやつは信じられぬほどやることが多い。飯はみずから支度し、食いおえれば洗うのも自分である。出したものはだれも片づけてくれぬし、二、三日もすれば、部屋のすみに大きな綿ぼこりが溜まってくるから、箒を引っ張りださねばならない。おのれ一人の衣類でさえ、洗いおえて干すころにはぐったりしているのだった。

――女たちは、毎日こんなことをやっておったのか。

あらためて呆然とするばかりである。亡妻の延は朝から晩までせわしく働き、いつも疲れて不機嫌そうな顔をしていたものだが、

――これでは、むりもない。

仲睦まじいと言えるほどの夫婦ではなかったし、妻への不満も多々あったが、おのれも何ひとつ見ていなかったのだな、と今さらながら胸の奥で疼くものを感じるのだった。

朝夕、一度ずつ妻子の位牌に向かいあう。逝ってから二年が経つ延はまだしも、啓一郎の死はいまだ生々しい傷痕のようで、手を合わせるたび痛みを覚えずにはいられなかった。気がつけば、身じろぎせぬまま、四半刻もそうしていることがある。が半面、うしなって得る静穏もあると知った。

毎日の暮らしや勤めをこなすだけで精いっぱいとなり、鬱屈にしずみこむ余裕がない。そうして日々を過ごしていると、心もちにへばりついた脂身のごときものが少し

ずつ削ぎ落とされ、心身が澄んでゆくような気さえする。おのれはただ、死んだ虫が土へ還(かえ)ってゆくように生を終えればよいとしか思っていないから、これ以上の煩(わずら)いは起こりようがないのだという奇妙な安心もいだくのだった。

四、五日にいちど、非番の日に志穂と俊次郎がおとずれてくる。ふたりと絵を描いたりそぞろ歩いたりして刻をすごすのが、いまの庄左衛門にとってはただひとつの楽しみだった。

志穂は絵を教えてくれといったが、おのれも独学ゆえ、しかとした指導などできるはずもない。その日の画題を決め、ともに何枚か描きながら気づいたことを口にするくらいである。

もともと絵に関心があるわけでもない俊次郎は、最初のころ、すぐに飽きて放り出してしまっていた。庄左衛門はそれでいっこうに構わなかったが、もう連れていかない、とでも志穂にいわれたのだろう、あるときからにわかに真剣な顔で取り組むようになり、近ごろは自分から、あれが描きたいこれが描いてみたい、などということさえある。

きょうは俊次郎の希望で猫をかいてみることにした。野良猫は時おり見かけるが、そう都合よくあらわれるわけもないから、むかし庄左衛門が描いたものを引っ張りだし、自由に変えてよいことにする。

手本は痩せたぶち猫だったが、俊次郎の絵では、失敗したところを塗りつぶしていくうち、やたらと肥えた黒猫になってしまう。

「たらふく、うまいものを食っていそうじゃな」

庄左衛門がわらうと、俊次郎も照れたような笑みをかえす。

「これは、いつごろお描きになったものなのですか」

志穂がもとの絵を見つめて問うた。粗末な紙がすっかり黄ばみ、端のほうは反ってめくれあがっている。ずいぶん昔のものであることは一見して明らかだった。

「さて――」

腕組みして考えこむ間もなく、ふいに浮かびあがった情景がある。

降りそそぐ日ざしがやけに強かった。いま居るのとおなじ縁側で、三十なかばごろのおのれが、庭に入りこみ、わがもの顔でくつろぐ野良猫を写しとっている。かたわらには、いまの俊次郎より二つ三つ小さい少年が腰をおろし、庄左衛門が筆を動かすさまを興ぶかげに眺めていた。

――上手ですね。

と啓一郎はいったのだった。延は余吾平を供に親類の家へ出向いていて、父子だけで過ごした初夏の午後だったように思う。

――たしか、あのとき……。

二十年ちかく眠っていた記憶が、長い蔓のごとくつぎつぎと手繰り寄せられてゆく。庄左衛門は身を乗りだし、食い入るように古い猫の絵へ見入った。よく見ると、背にあるぶちが、ほかのものにくらべて大きく、いくぶんゆがんでいる。

その部分が、啓一郎の筆によるものなのだった。

──おまえも描いてみるか。

おさない息子に誉められ、気をよくした庄左衛門が勧めたのである。はじめは躊躇していた啓一郎だったが、やがて意を決して筆をとり、背におおきなぶちを記した。はじめてにしては上出来、と肩を叩いてやったことまで思いだす。

「──義父上？」

志穂の声でわれにかえった。いつの間にか黙りこみ、唇を嚙みしめていたらしい。俊次郎まで案じ顔でこちらを覗きこんでいた。

「……どうにも思いだせぬ。ま、若いころのものであろうな」

かるく言ったつもりだが、声の湿りを隠せたかどうかは分からなかった。ことさら笑みをつくり、気をとりなおすように志穂の手もとを見やる。が、庄左衛門はとっさに眉を寄せた。

少しずつではあるが、志穂の技倆はたしかにあがっている。先だって組屋敷の裏手にある薄の原を描いたときなどは、いちめんの穂が風にそよぐさまを細やかに写し、いささか驚きをおぼえたほどだった。

だが、いま志穂の膝もとに広げられている猫の絵は、ふしぎなほど精彩がない。

——ただの写しではないか。

ていねいに庄左衛門の手本を写しただけで、そこから何の工夫も熱意も伝わってこなかった。いうならば、筆が死んでいる。あきらかに気もちが入っていないようだった。

いぶかしげに志穂の面をうかがう。こちらの感じたことを察したらしく、羞じ入るように目を落とした。

「すこし休むとするか」

庄左衛門がつぶやくと、はいっと大きな声をあげて俊次郎が立ちあがる。すばやく駆けだし、外へ遊びに出ていった。

「麦湯でもお淹れいたしましょうか」

志穂が腰をあげ、ほどなく湯呑みをふたつ盆にのせて戻ってきた。

ふたりして、庭のほうを眺めながら麦湯をすする。桔梗や葛はすでに散り、いまは竜胆だけが、うす紫の花をひっそりと咲かせていた。この家に暮らしていたころは志穂もゆとりがなかったのか、庭にまで気がまわらないふうだったが、通うようになってからかえって心をくばり、来た折には手入れをしてくれている。

庄左衛門はゆっくりと麦湯を飲み干した。まだ午後もはやい時刻ながら、大気にひやりとしたものがふくまれている。まだ先と思っていたが、冬のおとずれが近いのかもしれなかった。

さりげなく志穂の瞳を見つめる。むりに問いただす気はなかったが、話したいことがあるのなら聞くつもりだった。

志穂が面を伏せ、くるむように持っていた湯呑みをおろす。古びた盆が、かつりという音をたてた。背筋をのばし、あらためて頭をさげる。

「申し訳ございませんでした……お稽古をおろそかにしたつもりはないのです」わずかに膝をすすめ、つややかな唇をためらいがちに開いた。「実はすこし、気にかかることがございまして――」

二

ぼんやりと滲む灯火に浮かびあがったのは、三人づれの侍だった。庄左衛門は柳の木陰に身を寄せ、近づいてくる人影へ目を凝らす。すでに日は落ちていたが、左右にならぶ一膳飯屋や小料理屋の軒さきに隙間なく灯りが掲げられ、宵闇（よいやみ）は町の隅へ追いやられている。行き交うひとの風体を見分けるのにもさしたる支障はなかった。

一行は庄左衛門がひそむ木のかたわらを過ぎ、そのまま歩を進めてゆく。跡を追おうと思ったが、気づかれれば厄介、と逡巡しているうち、みるみる距離が開いていった。まずい、と柳の陰から出たところでちょうど三人が足をとめ、すばやく柿色の暖簾(のれん)をくぐる。

間をおいて、おそるおそる店のほうへ近づいてゆく。もっとも、通りを行き交う酔客たちは、武士も町人もいちように浮かれた足どりでそぞろ歩いており、庄左衛門を気にとめる者など一人もいなかった。

店は小体(こてい)な二階屋で、間口はそれほど広くないものの、奥ゆきがありそうだった。軒さきの角行灯(かくあんどん)には「井之上(いのうえ)」と記されている。小料理屋といったところだが、若侍が足をはこぶにしては、いささかそぐわなかった。

――間違いないな。

三人のうち、いちばん上背のある侍が志穂の弟・秋本宗太郎(そうたろう)だった。俊次郎の兄で、ことし十八歳のはずである。啓一郎の葬儀は秋本の両親にだけ来てもらい内々ですませたから、顔を見るのは祝言以来ということになるが、長身の体軀にみっしりついた筋肉が、綿入れの上からでもはっきりと分かった。眉は濃く、利かん気のつよそうな瞳が灯を受けてきらきらと輝きを放っている。若さと自負が全身から滲み出ていた。

——では、あれが影山の倅か……。

ほかの二人に覚えはなかったが、志穂の話がたしかなら、宗太郎よりいくらか年嵩の若者が影山道場の跡取り・敬作ということになる。やはり鍛えられた体つきをしていたが、どこか線の細い面ざしだった。最後のひとりは編笠をかぶっており、腰に二本たばさんでいるから武家と分かるだけで、あとの素性はまったく見当がつかない。

ここ十日ほど、宗太郎が毎晩のように酒の匂いをさせて帰ってくるのが志穂の気がかりなのだった。敬作と呑んでいた、と応えているらしい。

年齢からいっても遊びたいさかり、とはじめは庄左衛門も気に留めなかったが、

「そのようなゆとりがあるはずはございませぬ」

という志穂のことばには頷かざるをえなかった。父の秋本宗兵衛は勘定方の下役で、三十石の身上である。期待をかけた長男とはいえ、潤沢な小遣いなど渡せるはずもない。

いっぽう、影山家も石高でいえば百石に満たぬ。道場主の甚十郎とは若いころ見知った仲だが、物堅い質の男で、倅に毎晩呑み歩く金をあたえるような振る舞いは想像できなかった。

とはいえ気に病むほどの話ではないと思ったが、志穂の眉が曇るのなら晴らしてや

りたかった。せまい城下で飲み屋や妓楼が集まっているのはこの柳町くらいだし、毎夜のようにというのだから、さっそく出張って町の入り口に潜んでみたのである。暗かった二階に灯がともり、いくたりかの影が混じりあっておぼろに霞んでいる。風にのって、盃や銚子のふれあう音まで響いてくるようだった。

――はて……。

敬作と呑んでいる、ということばに嘘はなさそうだが、むしろ編笠の武士が気になっている。その素性もだが、もしいつも呑んでいる仲であれば、その男の名はどうして口にしなかったのか、という疑問が胸のうちに広がるのだった。

庄左衛門はふいに背すじをちぢめた。昼の涼しさがにわかに研ぎ澄まされ、冷気と呼べるほどのするどいものが漂いはじめている。あたりを見まわすと、四、五間はなれた木陰で二八蕎麦の屋台が提灯をかかげていた。客はいないらしく、あるじが手持ちぶさたなようすで両掌をこすりあわせている。近づいていくと、出汁の利いたつゆの香が鼻腔をくすぐった。

「かけを一杯」

へい、とみじかく応えたあるじが、ひと摑みの蕎麦を手際よく笊にいれて湯通しする。ほどなく差しだされた鉢は、あらかじめしっかりと温められていた。くるむようにして受けとり、昆布出汁のかぐわしい匂いを味わいながら口を近づける。

「――あのお三人なら、ここのとこ、よくお見かけいたしますよ」

いきなり投げかけられたことばに、呑みかけのつゆを吹きだしそうになった。庄左衛門は鉢を置き、油断なく身がまえる。けわしい視線であるじの顔を見つめた。

三十なかばの痩せた男である。鷲鼻（わしばな）が目だつ面ざしに、どこか崩れた色気のようなものがただよい、ほつれた鬢がその印象をつよめていた。庄左衛門の反応に、一拍おいて苦い笑みをかえしてくる。

「お侍にしてはやさしげと、つい口がゆるみました。堪忍なさってくださいまし」

「いや――」

庄左衛門も自嘲めいた笑みを浮かべ、ふたたび鉢をとった。「わるい癖じゃ。こちらこそ、すまなんだ」

とりなすように、蕎麦をひと啜りする。こころもち硬さをのこした茹（ゆ）で方だった。しっかりした歯ざわりが出汁の旨（うま）みとたくみに釣りあっている。庄左衛門は黙々と男の蕎麦を喰いつづけた。

「うまかった」

汁の一滴まで平らげ、箸をおく。世辞ではないことが伝わったらしく、男も表情をゆるめた。四文銭を五枚差しだすと、怪訝（けげん）そうにこうべをかしげる。役者絵のような風情だな、と庄左衛門は思った。芝居を観たことはないが、話に聞く四谷怪談の伊（い）

右衛門とはこういう感じの男かもしれぬ。

「一枚多うございますよ」

「詫び賃じゃ」

庄左衛門はいたずらっぽく返した。二八というだけあって、十六文が相場である。とぼしい懐を思えば四文でもおろそかにはできぬが、もう少しこの男と話してみたかった。

「こりゃどうも」

男は悪びれもせず金を受けとると、くだんの小料理屋へ視線を向けた。いくらかすまなそうな口調で付けくわえる。「さいぜん申し上げたくらいのことしか存じませんが」

「かまわん」いってから、今さらのように首をひねる。「なぜ、わしがあの三人を張っていると分かった」

男が笑声をあげると、口のまわりに白い湯気がただよった。やはり冬が近づいているらしい。

「お侍さまの尾け方は、あからさまでございましたからね。手前でなくとも気づきましょうよ」

「さようか」照れ隠しに顎のあたりを掻く。

百姓や田畑が相手のお役目であるから、密偵じみた行為に慣れているわけもない。三人が帰るまで粘るつもりでいたが、下手をすると藪蛇になるやもしれぬ。

「よろしければ、手前が代わりましょうか」

庄左衛門の思案を見抜いたらしい。相手は何気ない口ぶりでつづけた。

「どうせ、毎晩この辺に立っておりますから」

そっと男の表情をうかがう。提灯の明かりに浮かびあがった眼差しには、どこか溟いものがたたえられているようだった。

「ありがたい話じゃが」さぐるような口調で語を継ぐ。「存念を聞かせてくれぬか……いささか親切すぎる」

「存念なんという気の利いたものは持ち合わせちゃおりません」男は破顔した。闇夜に咲く花のような、重くしめった笑い方である。「こう申しちゃ失礼ですが、ちょいと面白げに見えましたもので」

「ふむ……」庄左衛門は頬に手をあて、つかのま考えこむ。宗太郎たちはただ編笠の武士から馳走になっているだけかもしれないが、それで片づけるには手がかりが少なすぎた。仮にいま見たことを伝えたところで、志穂が安堵するとは思えぬ。もうしばらく張る必要があった。

蕎麦屋のあるじは得体が知れぬが、面白い、という言いようはふしぎなほど腑に落ちた。自分でも気づかぬうち、剣呑な匂いに引き寄せられていく質の男と見たのである。身分からいっても懐ぐあいからいっても、罠にかけるほどの値打ちがおのれにあるとも思えない。

「頼むとするか」庄左衛門はみずからへ言いきかせるように告げる。男が唇もとをわずかにゆるめた。

「が——」間を置かずつづける。「ただというわけにもいくまい……あいにく、見てのとおりの軽輩ゆえ、駄賃をはずむこともできぬが」

「ときどき手前の蕎麦を喰いに来てくだされば」

すかさず応えが返ってくる。心なしか、物憂げだった男の面ざしに生気が閃いているようだった。

「それでよいのか」

「へい——二十文なら、なおありがたく存じますが」

いって、にやりと笑う。庄左衛門もつられて笑い声をあげた。

「分かった……高瀬庄左衛門と申す。郡方じゃ」告げながら小料理屋のほうへ視線をすべらせたが、二階の明かりはそのままだった。人数が増えたような気配はうかがえない。

「名のるほどもない半端ものでございますが……夜鳴き蕎麦の半次と申します」

半端ものか、と庄左衛門は苦笑をもらしそうになった。いつだったか、志穂との遣りとりのなかで、おのれをそう評したことがあったように思う。男の名も、あるいはそうした心もちをこめてみずからつけたものかもしれなかった。

半次がふしぎそうな眼差しでこちらを見つめている。かるく笑みをうかべると、庄左衛門はおもむろに踵をかえした。

三

「新木の穫(と)れ高はこれで間違いないのだな」

郡方支配の定岡市兵衛がひょろりと痩せた顔を近づけ、念を押すように聞いた。三日前に帳面を上げてから、すでに何度目かの確認だが、毎年のことなので庄左衛門もすっかり慣れてしまっている。「相違ございませぬ」と手短かにこたえて席にもどった。

刈り入れがおわると、穫れた米の高を村ごとにまとめる。それをもとに郡代(ぐんだい)や郡奉行(こおりぶぎょう)、はては家老たちが幾日も鳩首(きゅうしゅ)して来年の年貢を定めるのだった。その材料となる帳簿づくりが定岡の任となっているが、藩の財政に直結する役目ゆえ、誤りがあっては一大事である。日ごろに増してくどくなるのも無理からぬことだった。庄左衛門の受けもつ二十ヶ村のうち、新木村の穫れ高は領内有数のもので、二千石を超える。同等の収穫が見込める村は、あと二つしかなかった。ゆえに執政たちも新木のことはとくべつ気にかけている。ご下問があったときに備え、定岡も仔細に実情をつかんでおきたいのだろう。

秋が深まるころになると郷村廻りはひと区切りとなり、かわりに文書をまとめる仕事が中心になる。各村の庄屋から申告された収穫高や、みずからおこなった検見、見聞きした現地のようすなどを御留書（おとどめがき）と呼ばれる帳面にしるし、定岡に提出するのだった。郡方の下役はぜんぶで十五人だが、春さきからはそれぞれ受けもちの村を廻るのが常で、この季節にならなければ全員そろうことはまずない。

「新木はつつがないようで、何よりじゃの」

隣の席から声をかけてきたのは、金子信助（かねこしんすけ）だった。庄左衛門と同年配で、やはり定岡に追い越された口だが、気にかける風もなく淡々と勤めをこなしている。村々からの評判もよく、郡方のまとめ役ともいえる男だった。金子の受けもちにも、やはり二千石級の村がふくまれているが、そちらはまだ不作から持ちなおしていない。といって、庄左衛門へかけた言葉にそねみが含まれているわけでもなかった。付きあいやすい相手なのである。

「羨ましゅうござるなあ……まあ、高瀬どのもいろいろございましたから、お勤めぐらい、するりといかねば」

反対側の席から、やけにくぐもった響きが押しかぶさってくる。いろいろ、とは啓一郎のことを言っているのだろう、声のぬしは、やはり同役の森谷敏五郎である。庄左衛門たちよりひとまわり齢下のはずだが、その割に老けてみえるのは日ごろの不摂生がたたっているからにちがいない。とぼしい扶持のほとんどを酒についやしているという噂で、郡方らしからぬ突き出た腹をいつも重たげに揺すっていた。

森谷の受けもちである榑谷村は、新木の隣村にもかかわらず、地味は痩せており荒蕪の地といってよかった。もと天領だったのを、元禄のころ加増の名目で下げ渡されたのだが、実情は厄介払いというところである。今年の収穫も目をおおう惨状と聞いているが、それでいて、もと天領という気位だけは高いから、やりにくくて困るといつもこぼしているのだった。金子がかるく睨むような眼差しを向けると、太い首をすくめて手もとの書類へ目をおとす。

「――お役目が落ちついたら、柳町あたりでゆっくり呑むか」

金子がひとりごつように告げると、森谷が伏せていた顔をうれしげに起こした。が、もういちど睨まれ、たるんだ顎をあわてて下げる。

庄左衛門はうなずきながら、すこし声を落とした。

「ありがたいが……よければ、ほかで呑もう」

「ほう？」金子が首をかしげる。

「柳町はいささか食傷ぎみでな」

景気のいい話じゃ、と笑いながら帳簿仕事にもどる。それ以上問いをかさねる男でないことは分かっていた。

半次と名のる蕎麦屋に出会って半月ばかりがすぎている。非番の折や、勤めがはやく終わった夜などに、何度か柳町をおとずれ様子を訊ねていた。宗太郎たちは、やはりしばしば例の小料理屋に足をはこんでいるらしく、半次は三人があらわれた日や、どれくらい留まっていたかを仔細に教えてくれる。

志穂には、まだこのことを告げていなかった。事情がはっきりせぬまま伝えても不安をつのらせるだけだと思ったのである。

が、これまでは、絵の稽古がおわると、帰るまえに簡単な煮物などをこしらえてくれていたのだが、

「今日は外で食べるゆえ、支度せずともよいぞ」

断ることが何度かつづいたものだから、どうも不審を招いているらしい。つい一昨日も、遠慮まじりながら、諫めるように膝をすすめてきた。

「外で召し上がるのが癖になると、食べるものが偏りはいたしませぬでしょうか」

「む……」まことのわけも言えぬから、おぼえず口ごもる。われながら、あやしい応

え方になってしまった。「どのみち、出かける用があるのじゃ」

その返答も気に食わなかったらしく、わずかに顰めていた眉がぐっと寄った。こころもち低くなった声でつづける。

「ご自分でこしらえるのが面倒なら、お勤めの日にもなにかお届けいたしますが」

「いや……とりあえず今日のところはよい」今だけじゃ、と言いたかったが、この先どうなるものか見当もつかぬ。口には出せなかった。俊次郎は上がり框に腰かけ、庄左衛門たちの遣りとりを退屈そうに眺めている。

金子たちと話しているうち滞っていた仕事に、ふたたび手をつける。清書した御留書は定岡に出したが、来年にそなえて自分なりの覚えを整理しておかねばならなかった。編笠の侍が何者かは気になるが、とくに目立った動きもないようだし、日に日に寒さがくわわり夜の外出も億劫になっている。そろそろひと区切りつける頃合いかもしれなかった。

「ご支配はいつにも増して、くどうございましたなぁ」

森谷敏五郎が呑気な声でつぶやいたのは、つれだって役所から退出したあとである。まだそれほど遅い時刻ではないが、あたりにはすでに夕映えが満ちていた。左手にのぞく古びた蔵の陰から斜光がさし、砂利道を朱の色に染めあげている。ここ数日で、日の足がにわかに早まったようだった。

郡方役所は二の丸の東南にあるが、春先や夏の盛りにはみな出払っていることが多いためか、隅のほうに押し込められたような具合でひっそりと佇んでいる。すこし歩いて馬場へ沿った道に出ると、下城する人影がそこここに行き交っていた。

「まあ、この時期はしかたあるまい」

金子信助がぽつりという。庄左衛門がうなずきかえすと、

「借り上げ分のもどりが待ち遠しゅうござるわ」

森谷がおどけた声をあげる。が、話の中味が中味だけに笑いが起こるでもなく、やけにしらじらとした沈黙が落ちてくるだけだった。

今年はどうにか持ちなおしつつあるようだが、神山藩では昨年まで三年間、不作に見舞われた。ことに去年は涼しい夏が長くつづいたうえ虫害が絶えず、稲は全滅に近い被害を受けたのである。お蔵米、つまり備蓄分と大坂の米問屋から調達したものでどうにかしのいだが、藩士の禄は大幅に借り上げられ、今も半分しか支給されない状態がつづいている。庄左衛門たち軽輩はもともと苦しい内証であるから、ぎりぎりまで追い詰められているといってよかった。

「――あっ」

森谷がふいに頓狂な声をあげた。

薄暮の気配が広がるなか、庄左衛門たちと入れ違いに石畳を上がってくる人影があ

る。数人の供が中のひとりを取りかこみ、あたりにするどい眼差しをくばっていた。

――ご家老さまか。

日ごろ接する機会もない上つ方だが、さすがに顔くらいは知っている。筆頭家老の宇津木頼母だった。齢は五十後半に差しかかっているはずだが、白髪も目立つほどではなく、足どりは精気に満ちている。顎の張った恰幅よい体躯が近づいてくると、威圧感を覚えるほどだった。

庄左衛門たちが脇に寄って低頭すると、だれひとり礼を返すでもなく通りすぎてゆく。しばらくして顔をあげると、すでに一行のうしろ姿は藍色のまじりはじめた大気に溶けこみ、ほぼ見えなくなっていた。

「お忙しいことじゃの」

ふたたび足を踏みだしながら、金子がいくぶん呆れたようにつぶやく。

「まことにな」

ふつう、この時刻からの登城はありえない。非番か、すでに下城していたところへ何かしら判断を仰ぐ必要があって呼び出されたのだろう。

「まあ、上つ方はその分うまいものも食える道理……あっちもこっちも羨ましいことでございますよ」

森谷が腹のあたりを叩きながら、気だるい声をあげた。昨日の酒でも残っているのま屋敷にもどろう、と庄左衛門は思った。

か、息がわずかに熟柿くさい。苦笑してさりげなく面をそらしながら、今日はこのま屋敷にもどろう、と庄左衛門は思った。

四

城下のはずれにある組屋敷へ帰りついたときには、夕焼けの名残りと薄闇のまじりあう頃合いとなっている。くっきりとした満月が、はやくも家々の屋根を白く浮き上がらせていた。金子や森谷とわかれ、屋敷へ足を向ける。両隣には明かりがともり、夕餉どきの賑わいが外にまで漏れているが、人けのないわが家は、むろんひっそりと静まりかえっていた。

――ぼちぼち、下城の折にも灯がいるの。

そのようなことを考えながら、玄関の引き戸に手をかける。

開けた途端、かさりという音が立った。月光をたよりに足もとをうかがうと、二つ折りにされた紙片が微風で飛びそうになっている。あわてて手をのばした。

ひらいて紙のおもてを月にかざす。すっきりした筆跡でごくみじかい文言がしたためられていた。

〈こよひ　くれ六つ　かのこつつみ　　半〉

と読める。

庄左衛門は玄関さきで立ち尽くしたまま、こうべをひねった。

〈半〉とは半次のことだろう。家の場所を教えたことはないが、郡方と名のっているのだから、組屋敷に辿りつくのは難しくないはずだった。柳町からここまでは半刻もかからないし、あの男が手紙を置きに来たこと自体にそれほどの不思議はない。が、今宵暮れ六つ云々とはなんであろう。鹿ノ子堤は、街道沿いに流れる杉川の氾濫をふせぐため整備された土手のことである。城下への入り口に位置しており、春先には他国へも知られたほどの桜並木が咲ききそうあたりだった。

鹿ノ子堤で会おう、という意味かと思ったが、仮に急ぎの用があるとしても柳町へ呼べばいいだけのことである。味のわりには、ひっきりなしに客が来るというほど繁盛もしていないようだし、話ならいつもの屋台でじゅうぶんだろう。

――……いかにも剣呑。

あやうい匂いがした。やはり、あの男とはかかわりを断つべきか、などと思いに沈んでいるうち、にわかに肩のあたりが強張る。背後から近づいてくる足音が耳に刺さった。

さりげなく腰のものへ手をのばしながら振りかえると、燃えさかる残照を押しひらくようにして、俊次郎が畦道を駆けてくる。唖然として見守るうち、はやくもかたわらに辿りついた少年は、膝のあたりに手をつき、犬のようにはっはっと息を喘（あえ）がせた。家から走ってきたものか、すぐにはことばが発せられぬらしい。歩けば四半刻ほどの距離だが、駆けとおしたのだとすれば、十歳の軀にはかなりこたえるはずだった。

まずは水でも飲ませねば、と井戸の方へ爪先を向ける。その途端、

「宗にいが――いえ、兄上が」

ようやく顔をあげた俊次郎が声を絞りだす。冷えた腕で胸のなかを掻きまわされるような心地がした。

おもわず少年に一歩近寄ったとき、

「――義父上」

息をはずませながら、志穂が駆けこんでくる。やはり急いできたと見え、ひやりとした夜気が広がりはじめているにもかかわらず、額から首すじにかけて、しとどな汗で濡れていた。すこしくずれた鬢のあたりに滴がたまっている。みだれた襟もとをあわただしく直しながら、

「申し訳ございません……この子がいきなり飛び出していきまして」

きれぎれに発する。咎（とが）めるような視線が俊次郎に向けられていた。

何が起こったのじゃ、と問うまえに、

「飛び出したのは兄上のほうです」

不満げな調子で少年が口をとがらせる。

さいぜん影山敬作がおとずれ、連れ立ってどこかへ出かけたのだという。いつもの夜遊びかと思った志穂が、

「そろそろ謹んでもよいのではありませんか」

意を決してたしなめると、

「……今日はちがうのです」

ひどく強張った表情で返し、重ねて質す間もなく駆けだしていった。只事でない気配を感じたものの、父の宗兵衛はまだ勤めからもどらぬし、母はおろおろするばかりである。どうしたものかと惑っているうち、庄左衛門に知らせてくるといって俊次郎が家を出ていったのだった。

「ご迷惑をおかけしてはいけないと申したのですが……」

途切れがちに告げながら、志穂が身をちぢめた。顔をうつむけると、汗がひとすじ頰をすべり落ちる。

「――わしにまかせよ」庄左衛門はおもむろに唇をひらいた。

「えっ？」

おぼえず、ふたりの声がそろう。じっとしていられず知らせにはきたものの、庄左

衛門がどうにかできると思っていたわけではないのだろう、当の俊次郎も、目をおどろきの色でいっぱいにして、せわしない瞬きを繰りかえしている。

「心当たりがある……くわしく話している間はないが」戸惑いと不安のまじった表情を隠せぬ志穂へ、ことさらしずかな口調で伝えた。

「ともあれ、いまは屋敷へもどるがよい」

言い置いて小走りに駆けだしてゆく。白い月が高くのぼり、正面から澄んだ光を放っていた。そのかがやきを追うように歩をすすめる。役目がら足腰には自信があった。鹿ノ子堤までなら、どうにか駆けとおせるだろう。

〈くれ六つかのこつつみ〉とは、宗太郎たちの行く先と時刻を示したものと見当をつけた。確かめている間はないが、半次はなんらかの方法でそれをつかんだのだろう。無関係と片づけるには時宜が合いすぎるし、いずれにせよ、ほかに手がかりはなかった。鹿ノ子堤へは駆けてもゆうに半刻以上かかる。暮れ六つまでに辿りつけるか心もとないが、今は走るしかない。

脇すじを抜けて街道へ出たころには、月がさらに高みへとのぼっていた。おのれ以外の人影はまったくうかがえない。遠い森の奥で、おもく沈むような響きが大気をふるわせた。あるいは、暮れ六つの鐘かもしれぬ。庄左衛門は喘ぐように息を吐きながら、いっそう足をはやめた。

左右の木立ちが途切れたところで、とつぜん視界がひらける。土手の下では、幅十間もあろうかと思われる川が溟い水面をひえびえとした光にさらしていた。城下のほうへ向かう流れはおだやかなはずだが、今はすこし恐ろしいほどの水音が耳もとへ押し寄せてくる。

行く手で、いくたりかの人影が黒いかたまりを作っている。そのあたりで月明かりが不自然にはじけた。あるいは抜刀しておるのか、と全身が強張ったが、確かめるゆとりなどない。足をゆるめることなく、そのまま向かっていく。

気配を察したのだろう、背を見せていた影がひとつ、すばやく軀をひねる。編笠をかぶった長身の武士だった。思ったとおり大刀を抜いている。切っ先を庄左衛門のほうに据え、おこたりなく身構えていた。

――宗太郎か。

からだつきで見当がついた。と、相手の方が度をうしなった様子で息を呑み、

「た――」

叫ぶようにもらして口をつぐむ。こんどは庄左衛門がおどろく番だった。足はこびを落とし、慎重に近づいてゆく。

高瀬さま、と言いそうになったのだろう。が、祝言のときいちど会ったきりでろくに話もしていない。一年以上まえのことだが、よく覚えていたものである。

――目がよいのだな。

正眼(せいがん)にかまえた腰つきはどっしりと安定し、それでいて瞬時に動けるよう、ぬかりなく爪先の方へ重心をうつしている。ただの天狗かと思っていたが、驕(おご)るに足るだけのものは持っているようだった。庄左衛門の名を呑みこんだのもよい思案である。たがいに素性を知っているとなれば、あとあと面倒なことにならぬものでもない。

じゅうぶんな間合いをとって足をとめた。川の面からは、おもい水音が絶え間なくひびいてくる。庄左衛門は、こころもち前かがみになって場を見わたした。

影山敬作なのだろう、宗太郎と背中合わせになったもう一つの影が、やはり抜刀して何者かへ切っ先を向けている。相手も編笠をかぶっているため顔はかくれているが、旅姿であることは見てとれた。女かと思うほど華奢(きゃしゃ)なからだつきをしているが、背は宗太郎とおなじくらい高い。腰に大小をたばさんでいるものの、いまだ抜いてはいなかった。

いかがしたものか、と思案するように眼差しを落とし、足もとを見据える。しろく澄んだ月光がくたびれた草鞋を照らし出していた。松虫の声があたりに満ち、耳をくすぐる。

にわかに砂利のこすれるような音が立った。宗太郎が構えをたもったまま、ひと足こちらへ踏みだしている。

刹那、すらりという響きがおのれの手もとで起こった。気づいたときには、抜きはなった大刀の先を宗太郎のほうへ据えている。対手の全身に緊張がはしり、すばやく上段へと刀をあげた。

庄左衛門はふしぎなものでも目にするように、おのれが抜いた剣の切っ先を見つめる。夜の光を浴びて、銀色の刀身がすずしげにきらめいていた。

——あのとき以来だな……。

そんな思いが唐突に脳裡をよぎる。ひとへ刃を向けたのは、三十年近くむかしのことだった。

が、からだが覚えていたのだろう、正眼の構えは見事にととのい、それることなく剣先が対手の喉もとをとらえている。影山敬作も思わぬ成りゆきに呆然となったらしい。すっかりこちらに気をとられ、おのれの刀から注意がそれている。いまだ、と思った。

その心もちが通じたのか、すかさず旅姿の影が動く。宗太郎たちの脇をおおきく廻りこみ、庄左衛門のかたわらに身を寄せた。

——これで二対二。

安堵の気もちが身内にひろがる。不利と思えば、若者たちは退くかもしれなかった。

そのとき、

「――あとはよろしゅう」

若い声が耳もとでささやいた。おびえた様子はなく、気のせいか、わずかにいたずらっぽい笑みまでふくまれているふうな響きである。

――え？

振りかえる間もなく、猫のようにしなやかな足音が、城下のほうへ駆けだしてゆく。

啞然となり、とまっていた汗が背すじに噴きだしてきたが、背後へ目を向けるわけにはいかぬ。動揺しているのはおなじだろうが、宗太郎の剣はぴたりと庄左衛門をとらえている。隙を見せることはできなかった。落命しないまでも、ごまかしきれぬほどの深手を負いでもしたら、どんなお咎めを受けぬともかぎらない。

構えをくずさぬまま、対手の面を見やる。編笠にかくれて表情までは分からぬが、呼吸の乱れが伝わってきた。若いふたりの全身から、焦燥の匂いがはっきりと立ちのぼっている。こころもち注意が庄左衛門を素通りしている気がするのは、駆け去ってゆくうしろ姿を捉えているのだろう。影山敬作が焦れたようすで踏みだそうとしたが、宗太郎が制するのと、庄左衛門がいちはやく剣先を動かし威嚇するのが同時だった。追うのは断念したらしく、そのまま足をとめる。

大気がそよぎ、かすかに衣の裾がゆれた。すこし寒気をおぼえるほど、ひえびえした風である。

そのまま、どれほどの刻が経ったか、ふいに宗太郎の全身から剣気がうせ、一歩さがって切っ先を下ろした。敬作もそれにならい、やはり後退して刀身をさげる。うなずきかえすと、庄左衛門はことさら大きなしぐさで納刀した。合わせるように宗太郎の剣が動き、やけに高い音をたてて鞘へ吸いこまれてゆく。

気だるげな空気があたりを満たしていた。三人が三人とも、どうしたものか惑うような風情で立ちつくしている。

庄左衛門は息をつくと、行く手をあけるように、川の方向へ身を寄せた。宗太郎たちがあるかなきかの黙礼をかえし、じゅうぶんなへだたりを置いて爪先を踏みだす。そのまま、城下のほうへ足をすすめていった。旅姿の影は、もうどこにも見当たらない。

ふたりの後ろ姿がしだいに遠ざかり、月明かりの向こうにうずくまる闇のなかへ消えた。いつしか虫の音も熄んでいる。

庄左衛門は腰に手をのばし、大刀の柄をにぎった。これを抜いたことが現でないように思えたが、掌にたしかな感触が残っている。不可解な事件に巻き込まれたという思いが、心おぼえず、ふかい溜め息がもれた。

身を重くしている。ひとまず宗太郎たちが大事にいたることは防げたものの、これで八方めでたしとなるかどうかは分からない。

――やはり、浮き世に静穏などというものはなかったやもしれぬ……。

うんざりしたような気分と不安が入りまじり、胸にのしかかろうとする。振りはらってこうべをあげ、頭上を見つめた。

満ちた月が、天頂に近いところで、さえざえとした光をはなっている。その冷たさが、火照った身にここちよかった。夜空には切れはし程度の雲がただよっているだけで、月の面に浮かんだ模様の細部までくっきりと見える。兎のようでもあったが、なぜか波間をたゆたう女人のようにも感じられた。しばらくそうするうち、わずかながら胸のつかえが軽くなってゆく。

――もどって月の絵でも描くか。

明日は非番だった。午後から志穂たちが来ることになっているが、すこしは朝寝ができるだろう。たまには夜っぴて筆を走らせるのもよい、とひとりごちながら、庄左衛門は足を踏みだす。背のあたりに、こぼれるような月光が降りそそぐのを感じた。

遠方より来たる

一

門口に姿を見せた老爺は恐縮した体で小腰をかがめたが、いくらかは辟易してもいるらしい。困惑まじりの表情から、そうした心もちがうかがえた。

「……どうか、もう」

つねのごとく胡麻塩あたまをふかぶかと下げ、固辞するさまを崩そうとしない。奥から顔をのぞかせた中年女は姪のはずだが、もどかしげにこちらを見つめている。高瀬庄左衛門は苦笑を浮かべ、差しだした紙包みを懐へもどした。

「では、あらためるとしよう」踵をかえしながら、思いだしたように付け加える。

「近いうちに、また来る」

老爺は押し黙ったまま面をあげようとせぬ。しばらく歩いてから振りかえると、やはりそのままの姿勢でぴくりとも動いていなかった。かたわらに姪が出て、しきりとなにか言いつのっている。もらっておけばいいのに、とでもぼやいているのだろう。

胡麻塩あたまの男は、この夏まで高瀬家の小者をつとめていた余吾平である。暇を出したあとは、在所の長沼村へもどって慣れぬ米づくりにはげんでいた。父母や兄はとうに亡くなり、唯一の身寄りである姪のもとへ転がりこんでいる。

伜・啓一郎の死にまつわり、たがいに呑みくだせぬ思いをかかえて暇を出すことになった余吾平だが、長年にわたって仕えた事実が変わるわけではない。在所へもどるに際し、なけなしの蓄えからひねりだした一分を見舞金の名目で届けたのだった。

ところが、余吾平はいっかな受けとろうとせぬ。啓一郎が亡くなったのはおのれの咎だから、もらうわけにはいかないの一点張りだった。こちらもほとほと疲れ、一度は折れたものの、なかば意地となって、その後も暇をみては金子をたずさえ足をはこんでいる。前回は当人が留守だったので、よほどくだんの姪にあずけて帰ろうかと思ったが、物欲しげな相手の顔を見ているうちにその気が失せた。長沼村は城下を出てほどなくのところだから、行くのに難儀するというわけでもない。野歩きのつもりで、いましばらく通ってみるつもりだった。

――それにしても、頑固な男じゃ。

村はずれに差しかかったところで、ゆっくりと顔をあげる。楓の大樹が赤い葉叢をそよがせ、そのむこうに鰯雲が散っていた。庄左衛門は立ちどまり、おもむろに矢立を取りだす。雲にかぶさる紅葉のさまをすばやく懐紙に描きつけた。昼からは志穂たちが来ることになっている。今日は紅葉を画題にしよう、と思った。

絵の構図などをあれこれ考えながら歩くうち、長沼村はとうに出て城下へつづく街道に入っている。左手に杉川が見えたところで足がとまった。

乾いた木肌をさらした並木が、幅広い道に沿ってまっすぐのびている。土手をくだったあたりでは、銀色の光をたたえた水がゆるやかに流れていた。先夜、秋本宗太郎たちと対峙（たいじ）した鹿ノ子堤である。五日が経っているが、その後、不穏なことは起こっていなかった。あの騒ぎは何だったのか気にならぬわけではないが、このまますむならそれでよいと思っている。これ以上、厄介ごとに首を突っこみたくはなかった。

――おや……。

ふたたび始めようとした歩みをためらったのは、少しさきの川べりに人だかりができているのに気づいたからである。二、三十人というところだろう、町人や船頭もいれば、非番らしく釣竿をもった武士の姿もあった。

瞳を凝らしているうち、前方でざざっという音が立つ。こうべをあげると、町方が何人か、土手を駆けおり岸のほうへ向かっていくところだった。群衆がさっと道をあけ、水ぎわに黒い塊のようなものが流れ着いているのが目に入る。

――土左衛門か。

見当がついたところで、ほとけの方を片手で拝んで歩きだす。頻繁ではないにせよ、水死人は年に何件かあることだった。

春かと惑うような日ざしが背後から照りつける。組屋敷が見えてきたころには、額に汗が滲んでいた。庄左衛門は息をつき、足どりを速める。志穂たちが来るまえに、昨夜の冷や飯でも腹へ入れておこうと思ったのである。

が、次の刹那、踏みだした爪先がとまった。

組屋敷のほうから、畦道をこちらへ近づいてくる人影がある。編笠をかぶっているため面体はたしかめられぬが、大小をたばさんでいるし、無紋ながら仕立てのよい羽織をまとっていた。武家であることは間違いないだろう。

その姿におぼえがある、と気づいたが、咄嗟には思いだせぬ。相手も庄左衛門をみとめたらしく、つかのま歩みをとめたものの、すぐに足早となった。近づくにつれ、かなりの長身であることが知れる。

おどろくほどためらいのない動きで、編笠の武士が間合いに入りこんでくる。あまりに無防備ともいえる振る舞いに庄左衛門のほうが戸惑い、おぼえず一歩ひいた。

——あっ。

脳裡へひらめいた考えに立ち尽くす。相手が何者か、ようやく思いいたったのである。

その心もちが伝わったのだろう、武士の足がとまり、のばした指が届くかどうかという距離で向き合ってくる。庄左衛門は油断なく身がまえたまま、相手の動きに注意をかたむけた。

ふいに、編笠の下からのぞく口もとがゆるむ。やけに紅い唇がゆっくりと開かれた。

「——高瀬庄左衛門どの、でござろうか」

晩秋の澄んだ大気を通してひびいたのは、想像通りの若い声だった。

二

あがってすぐの座敷へ招じ入れたところで、相手ははじめて編笠を脱いだ。庄左衛門はかるい驚きに見舞われる。ほっそりした輪郭は軀つきからも想像できるものだったが、若者の貌立ちが人目を惹く（ひ）ほど整っていたからである。

眼（え）は選りぬかれた種のようにきれいな楕円（だえん）を描き、目尻のあたりがかすかに上がっている。まっすぐ伸びたほそい眉と相まって、研ぎ澄まされた空気を醸し出していた。ほどよく高い鼻すじの下にはやや小ぶりな唇がおさまっていたが、色が紅くつよいため、ちょうど釣り合いが取れている。

衆道の嗜（たしな）みはない庄左衛門だが、ここまで端整だと、さすがに落ちつかぬものを覚えてしまう。若い娘なら、なおさらだろう。

――はて……。

うまそうに白湯をする相手を見つめるうち、ふしぎな心もちにとらわれる。鹿ノ子堤で宗太郎たちにおそわれた折、この若者は編笠を下ろしはしなかった。が、それでいて、面ざしにどこか覚えのある気がしたのである。

頭をひねるうち、若者が湯呑みを置き、つと容儀をあらためた。

「――先夜はご助勢、まことにかたじけのうござった」

丁重に告げ、こうべを下げる。一本の白髪も見当たらぬ黒々とした髷が、庄左衛門のほうに向いた。

「気をつけるよう、言われてはおったのですが。おかげで助かりました」

「いや……」

どう応えたものか惑い、くぐもった声をかえす。だいいち助勢とはよく言ったもので、この若者は、

――あとはよろしゅう。

そうささやいて遁走(とんそう)したのではなかったか。

相手もそのことを思いだしたらしい。顔をあげ、くすりという笑いをもらした。

「その節は、まことにご無礼いたしました」いって、刀をかまえるような形をつく

る。「こちらの方はからっきしで」

「はあ――」

これまたはかばかしい返答を思いつかず、間のぬけた声を発してしまう。

「わたくしがおったところで、役には立ちませぬ」相手も、さすがにばつがわるそうな表情となった。「が、逃げてしまえば、かの者らもあきらめようかと」

庄左衛門は溜めていた息を吐きだした。都合のよい言い草ではあったが、実際そのとおりに運びもしたのである。いったい、なにが起ころうとしているのか、さっぱりつかめなかった。

あらためて眼前の若者を見やる。途切れがちな遣りとりに動じるようすもなく、唇もとにはしずかな笑みさえ湛えていた。

――まだ名も聞いておらなんだ。

今さらながら気づいたものの、ふと兆した疑問がさきに口をついて出る。「なにゆえ、それがしの名や住まいをご存じで」

「ああ……」若者は、手妻の種明かしをする子どものような口調で語を継いだ。「そこもと様が駆けつけられた折、相手のひとりが『た――』と洩らしたように聞きとめました」

その通りであった。秋本宗太郎が庄左衛門をみとめ、名を発しそうになったのである。

「あ、とか、う、とかなら聞き捨てにいたしましょうが」若者の瞳を思案するような影がよぎった。おのれの推量を思いかえしているのかもしれぬ。「驚いたときに、た、と叫ぶものは、この日の本にまず一人（いちにん）もおりますまい」大真面目な口調に、庄左衛門はつい吹きだした。若者も表情をやわらげて言い添える。「これは名を呼ばんとしたものかと見当をつけまして」

「なるほど」応えはしたが、次の瞬間にはもう首をかしげている。襲われた当人がそこまで注意をめぐらしていたのは驚きだが、家中に〈た〉からはじまる名字の者はあまたいるであろう。庄左衛門へ辿りつくまでには、まだいくつもの岐（わか）れ道があるはずだった。

　その不審が顔に出たらしい。相手は頷きながらつづけた。

「家中の分限帳（ぶげんちょう）で〈た〉からはじまる家を調べ尽くしました」ひといきに言って、さらりと付け加える。「齢は五十前後、身なりからして大身とは思えませなんだゆえ、百石以上はのぞく……」

　庄左衛門は苦笑した。聞きようによっては人を小馬鹿にした物言いとも思えるが、たんに事実だけを述べているつもりらしい。どうにもふしぎな相手だった。

　その反応にはかまわず、若者は途切れることなくことばを繋（つな）いでゆく。「そこまで絞れば、あとはいくらも残りませぬ。三軒ほどそれらしき家がございましたから、ひとつずつ回りまして……こちらが最後の一軒でございます」

言い終えて、はれやかな笑みを浮かべる。おのれの推量を誇るというよりは、当ったことがうれしくてならぬという無邪気な笑いに見えた。庄左衛門は目を見開き、感嘆めいた声を発する。「まるで奉行かお目付のようでござるな」

若者がおもわずといった体で笑声をもらした。「実家が目付でござりまして」

聞いた瞬間、頭の隅に閃くものがあった。死んだ倅の面影がまなうらに明滅し、つかのま息が荒くなる。それには気づかなかったらしく、若者はあらためて居住まいをただすと、

「名のりが遅れました」ふかぶかとこうべを下げた。「目付役・立花監物（たちばなけんもつ）が弟、弦之助（げんのすけ）と申します」

池の面にただよう水草が微風にあおられ集まるように、記憶のきれはしがゆっくりとつながってゆく。いま耳にした名には覚えがあった。啓一郎が学問にはげんでいたころ、たびたび聞こえてきたもので、つねに神童という形容がともなっていたように思う。つまり、この若者は藩校・日修館で倅と首席をあらそい、勝ちをおさめた当の相手ということらしかった。そのころは目付の次男と聞いていたが、そういえば何年か前に当主が卒し、嫡男がお役を継いだはずである。

若者の容貌にどこかしら覚えがあったのは、おそらく倅がまだ少年だったころ、藩校へ迎えに行った折などに、幾度か見かけたということだろう。おぼろげにだが、ずいぶんきれいな貌の子がいるものだ、と思ったような記憶もある。が、日修館では上士と下士の子弟は学ぶ部屋がことなるし、当人同士が知り合うこともまずない。庄左衛門とて、その少年が倅の競争相手だとは分かるわけもないし、むろん、こうして目のまえにあらわれるなど、夢想したことすらなかった。

「立花……弦之助どの」

告げられた名を、ぼんやりと繰りかえす。

「はい――」若者は紅い唇をほころばせると、いくぶん誇らしげに付けくわえた。

「号は天堂（てんどう）と称しまする」

「てんどう、でござるか……」

まだうまく頭がはたらかずにいると、弦之助がふいに人差し指をたて、頭上を指し示した。「天空の天に、お御堂（みどう）の堂」いって、いたずらっぽく笑う。「こたびの帰国に際し、みずからつけました」

――そうか。

江戸へ遊学していたはずのこの若者が、いよいよ藩校で重職への道を歩みはじめるのだろう。啓一郎亡きいま、もはやおのれとは関わりない話のはずだが、なぜか胸がざわりと波立ち、背中を汗がつたう。あわてて湯呑みを手にとり、ぬるくなった白湯をふくんだ。それでも渇きは癒えず、埃を舐めたような味が舌にのこっている。

ふと視線を移すと、天を指した若者の右袖が下がり、肘のあたりが覗いている。そこに痣のようなものがうかがえた。肌が赤黒く引き攣れ、かなり目をひく大きさである。ずいぶん古い傷のように感じられた。

庄左衛門の眼差しに気づいたらしく、相手もはっとして腕を下ろし、あらためて低頭する。「まずは過日の礼を申しあげんと参上した次第」

「……それはどうも」自分でもおざなりな返事だと分かっていたが、それ以上のことばが出てこない。が、靄のかかったように白茶けていく頭のなかで、かすかな疑問が浮かんでいた。「礼をいうためだけに、わざわざここまで……？」

若者が唇もとをゆるめた。その問いを待っていたという表情に見える。

「じつは、折り入ってお頼みしたきことがござる」

庄左衛門は、その先をとどめるように右の掌を押しだした。

「……その儀は、ご遠慮申し上げたく存ずる」

「まだ、なにも言うておりませぬが」不満げな声がもれた。整った面ざしに、まるで童のごとく拗ねたような色が差す。それにかまわず、なるたけ平静な言いようをこころがけて告げた。

「それがしごとき軽輩がお役に立てることなど、あろうとは思えませぬ」

「さにあらず」弦之助は、ゆるやかにかぶりを振った。「高瀬どのでなければならぬ訳がござる」

「それがしでなくば、とは」困惑が声に出る。おのれの眉がしらがおかしな形にねじれるのが分かった。「いったい、なにごとでござろうか」

「わたくしを――」言いながら、弦之助がにじり寄ってくる。「新木村へお連れ願いたいのです」

思いがけぬ申し出に絶句し、尻を浮かせて後じさる。不可能というわけではなかろうが、頼みの是非を考えるまえに、こんどは両の掌を押しだしていた。「ひらにご容赦を」

「いや」なおも弦之助が追いすがろうとしたとき、からりと音をたてて玄関の戸がひらいた。おぼえず、二人してそちらを振りかえる。

やわらかな日ざしを背に、戸惑ったような表情をうかべて志穂が立ちつくしていた。秋らしい朽葉色の綿入れをまとっている。来客があるとは思っていなかったのだろう、弦之助を見つめてこころもち首をかしげたが、さすがにその容貌へ目をひかれたのか、いくぶん落ちつかぬ気配をただよわせてもいた。遅れて顔をのぞかせた俊次郎が、ふしぎそうに大人たちを見まわしている。

「お客様とは存じませず、失礼いたしました」

どちらへともなく頭をさげる志穂へ、

「いや、よい……ちょうどお帰りになるところゆえ」

いささかぶっきらぼうに告げる。

「またあらためてうかがいます」

弦之助も苦笑しながら腰をあげた。

「――ご息女で？」

玄関さきを見やりながら若者が問う。志穂が困ったようなしぐさで面を伏せた。

「嫁でござる……亡き息子の」庄左衛門が重い声で応えると、弦之助がはっとして眼差しを曇らせる。にわかに押し黙り、低頭しながら座敷を出た。上がり框へ腰をおろし、手早く足ごしらえに取りかかる。道をあけるように志穂と俊次郎が脇へ寄ったときには、もう立ち上がっていた。

躯がふれそうになるほどせまい玄関さきで志穂たちに黙礼を送ると、若者はちらと庄左衛門のほうを振りかえる。なにか言い残すのかと思ったが、唇を結んだまま、羽織の裾をひるがえし戸外へ滑り出ていった。

三

日が落ちてきびしさを加えた寒気が、綿入れを押し破るように迫ってくる。庄左衛門はおもわず身をちぢめた。猪口（ちょこ）の燗酒（かんざけ）をあける手つきも、つい早まってしまう。

空になった徳利の首を所在なげに振っていると、目のまえに、すいと次の一本があらわれた。おどろいて眉をあげると、

「手前からの差し入れで」

半次がうっそりと笑い、自分の猪口にも注いで唇をつける。

「……ありがたくいただくとしよう」

面映げに告げながら、あたらしい酒を喉へ流しこんだ。熱い甘さが胃の腑から総身にひろがり、凍えていた指先に血が通いはじめる。冬には寒さのこたえる土地柄だが、水が澄んでいるせいか、酒がうまいのはありがたかった。

半次の屋台をおとずれるのは、鹿ノ子堤の一件が起こってから初めてである。夜は冷える時季に差しかかっていたし、立花弦之助と名のるふしぎな若者が訪ねてきて以来、どことなく出かける気にもならなかった。

もっとも、足が向かなかったいちばんの理由は、先夜の話をするのが億劫だったと

いうことになるだろう。あれ以来、宗太郎の夜歩きはおさまっているらしく、志穂も胸を撫でおろしていた。庄左衛門としてはそれで充分なので、できればあの件は忘れたいというのが本音である。

が、そこは半次も心得たものか、庄左衛門が久しぶりに顔を出し、

「先日は、いかい世話になった」

かるく低頭すると、

「お役に立ちましたなら何よりで」

会釈を返したきり、その話には触れてこない。ことさら気をくばっているというよりは、元々どちらでもいいのだという鷹揚(おうよう)さが感じられて心地よかった。気がゆるんで燗酒を頼んでしまったのは、そのせいである。

二口三口と猪口を啜っていると、背後のほうでがらりと戸の開く音がひびき、女の声がそれにつづいた。振り向くともなく目をやると、「井之上」と書かれた行灯が視界に飛びこんでくる。例の小料理屋だった。門口で幾人かの女たちが、商家の主人らしき客を送りだしている。

女たちは小腰をかがめて丁重に客を見送り、やがてかすかな気だるさを漂わせながら思い思いに店のなかへもどっていった。仲居頭(なかいがしら)というところだろう、最後のひとりが暖簾をくぐりざま、ちらりとこちらを見て、さりげなく礼を送ってくる。半次がい

くらか気まずげに頷きかえしていた。あの小料理屋に知り合いがいる、という話は聞いていない。どことなく閃くものがあった。

「――わるい男だの」

思わず苦笑いがこぼれ出る。男女の仲に察しの利くほうではないが、女のしぐさからは親しさを隠そうとする気配がうかがえ、かえって閨にこもった汗のにおいまで吹きつけてくるようだった。

半次は困ったような笑みをたたえ、無言のまま炭火に掌をかざしている。宗太郎たちの件をさぐるため女に近づいたのだとすれば庄左衛門にも責のある話だったが、たしかめるのはやはり気重だった。若いころは人なみ以上に無謀なところもあったはずが、いつの間にか、いろいろなことから目をそらす癖がついている。そうやって、どうにか日々をやり過ごしてきたのだった。

――目をそらすといえば……。

あの若者と向き合ったときの胸苦しさも、自分はそうやって肚の底へ押し込めようとしているのだな、と庄左衛門は思った。

武士として恥ずべきことではあるが、立花弦之助にいだく不穏なざわめきは、ありていにいえば嫉妬と呼べるものであったろう。

――これほどすべてを持っている者がいて、いいのか。

という思いを抑えきれなかったのである。

目付役三百石というめぐまれた家に生まれ、藩校・日修館の考試ではあまたの俊秀をしりぞけ首席を得た。おまけに、容姿すら人目を惹くほど際立ったものである。世の輝かしさが、あまさず弦之助ひとりに降りそそいでいるようだった。

親の欲目はおいても、倅・啓一郎とて衆にすぐれた青年だったはずである。が、しがない郡方の家に生まれ、考試でも望みは果たせなかった。挙句、若いいのちを散らすことになったのである。

そのどれ一つとして立花弦之助の咎でないことくらいは分かっていた。庄左衛門の胸を重くさせるのは、あらためて見せつけられた世の理不尽というものである。それに流され、あの若者をこばんだおのれの狭量さにも嫌気がさしていた。

木枯らしが夜のあいだをすり抜けてゆく。庄左衛門は懐手になって吐息をついた。靄のような白い塊がつかのま宙に浮かんだが、炭火の熱がひろがっているせいか、それほど大きくはならず、すぐに掻き消える。

「待たせたの」

声をかけながら隣に肩をならべたのは、同輩の金子信助だった。お勤めが一段落したら呑みに行こうと約束していたのが、ようやく実現したのである。屋敷でと考えていたが、金子が蕎麦好きだったことを思いだし、半次の屋台に誘ってみたのだった。

「粋なところを知っておるな」屋台を見まわしながら声をはずませた。さっそく期待をつのらせているらしい。「かけを一杯」

「わしもじゃ」庄左衛門がつづけた。せっかくだから一緒に喰おうと思い、まだ頼んでいなかったのである。

へい、とみじかく応えて半次が七厘に鍋をかける。ほどよく煮立ったところで、手際よく蕎麦の玉を湯に通した。金子は楽し気に、その一部始終を眺めている。

待つほどもなく、湯気を立ちのぼらせた鉢がふたつ差しだされる。庄左衛門は箸をとり、先につゆを喉へ流しこんだ。また寒さにちぢみかけていた胃の腑が、ゆったり広がってゆく。あらためて空腹をおぼえたところで蕎麦を啜った。ほどよく嚙みごたえを残した茹でぐあいも出汁の利かせ方も、いつもよりさらにうまく感じられる。

金子のほうへ視線をすべらせる。ちょうど鉢から離れた唇が、心地よさそうな形をつくるところだった。

「うまい――」満足げな声がもれる。「江戸でもこれほどの蕎麦には、なかなか出逢えぬぞ」

次男だった金子は若いころ、江戸詰めの親類に養子入りしたことがある。兄が早世したため実家を継ぎ国もとへ戻ったのだが、蕎麦好きはかの地で身につけたものらしかった。

——おや。

江戸ということばが出た刹那、半次の眉尻がぴくりと動いたように思える。一拍おくれて、

「そりゃどうも、恐れ入ります」

礼を述べたものの、どこか上の空だった。気のせいかもしれぬが、いささか落ちつかぬ風情に見える。

——江戸の出なのか。

と思ったが、やはりわざわざ問うたりはせぬ。うまい蕎麦を喰わせてくれる屋台があれば、それでよかった。

「……市の字のほうは大事なかったか」

残りのつゆを呑みほしながら、庄左衛門は訊いた。市の字とは、郡方支配の定岡市兵衛を指す符牒（ふちょう）のようなものである。もともと朋輩であるから、本人のいない席では、そう呼びならわされていた。

夕刻、郡奉行からにわかな呼び出しがあり、定岡が役所をあけることになった。運悪くというべきか、戻るまで留守居をするよう金子が仰せつかったのである。もっとも、さほど遅れずあらわれたところを見ると、延々待たされたわけでもなさそうだった。

「うむ」かるくうなずき、こうべを傾げながら応える。「明日あたり、皆にも話があるだろうが」

「ほう――」こちらも、つい首をひねってしまう。金子は声をひそめて告げた。

「お奉行のもとに、なにやら胡乱な投げ文があったらしい」

おぼえず眉を寄せた。百姓たちから訴えや願いがあれば、受けもちの郡方を通すのが常である。投げ文とはただごとでなかった。

「なにが書かれておったのじゃ」

「うむ、領内に不穏な動きあり、と」話の中味とは裏腹に、さも旨そうにつゆを呑みながら語を継ぐ。「さっそく、受けもちの村に、なんぞ変わったことがないか訊ねられた」

「不穏な動き……」つぶやきながら、顎に手をあてる。

「一揆などということだろうが、今のところ気配はないな」

金子もそれ以上は考えがおよばぬらしく、気分をかえるように、もういっぱい蕎麦を注文した。半次が顔をほころばせ、きびきびと支度にかかる。

神山藩じたいは十万石程度の高で、これといった特徴もないが、二百年もまえに分かれた本家は日の本有数の大藩である。一揆や強訴が起こり幕府の咎めを受ければ、本藩にまで火の粉が降りかかるやもしれぬ。奉行や定岡が気を尖らせるのは無理もないが、三年つづいた不作もようやく持ちなおしつつある。金子ならずとも心当たりはなかった。

お待たせいたしました、と声をかけて半次が新しい鉢を金子に手渡す。湯気にまじって昆布だしの匂いが立ちのぼっていた。

「まあ、蕎麦がまずくなるような話はこれくらいにしておこう」

待ちかねたといわんばかりに、金子がひとくち啜る。そのさまが、あまりに旨そうで、つい、わしももう一杯、と声をあげてしまった。

四

濃い眉を伏せ、いたたまれぬような体で座敷の隅にひかえているのは、志穂の弟・秋本宗太郎だった。時おり、姉の肩ごしに気まずげな視線をさまよわせているが、唇はかたく結んだままで、ことばを発しようとはしない。

昨晩、同輩の金子信助と半次の屋台で呑み、組屋敷にもどったところまでは覚えていたが、目ざめると日はすでに高くなっていた。今日は非番ゆえ、昼すぎからは志穂たちがやってくる。あわてて髭を剃り、衣服を替えたところでおとなう声が聞こえたのだが、ともなわれてきたのは俊次郎でなく兄のほうだった。

「……敬作さまが」

蒼ざめた顔で志穂が口にしたのは、思いがけぬ話である。

影山道場の跡取り・敬作が五日前に杉川で水死しているところを見つかったという。身元が分かるようなものを携えていなかったため、調べは難航した。が、今日の朝方になってやはり倅を探していた父の甚十郎とつなぎがとれ、遺骸をたしかめてもらったらしい。

——では、あれが……。

先日、土手の上から目にした光景がまざまざとよみがえる。それはすぐに、何十年も会っていない甚十郎や妻女のおもかげに取ってかわられた。

——影山も、子を亡くしてしもうたか。

胸のあたりから胃の腑にかけ、にぶい疼きがひろがる。啓一郎をうしなって、まだ日が浅い。心もちが想像できるというより、差し迫った痛みとして伸しかかってくるのだった。

心なしか、志穂はかすかに震えているようだった。にわかに鼓動が速まるのをおぼえる。自家のもめごとに軽々しく庄左衛門を巻きこむ志穂ではなかった。わざわざ弟を連れて相談に来たということ自体、すでに尋常とはいえぬ。

宗太郎はあいかわらず声をあげようとしない。庄左衛門は先をうながすように志穂を見やった。

「――ちょうど同じころから、誰かに尾けられている、と宗太郎が申すようになりまして」

ひといきに吐きだすと、寒気に襲われたごとく膝のあたりを幾度となくさする。

つまり、影山敬作は何者かに害され、宗太郎もまた狙われているやもしれぬ、と言いたいのだろう。鹿ノ子堤での件は結局くわしく話していないし、宗太郎も同様だろうが、弟がなにかしら剣呑なことに巻きこまれたというくらいは察しがついているはずだった。

「……溺れ死に、ということであったの」

眼差しへ力を籠めるようにして、宗太郎に面を向けた。若者は観念した体で、ひと膝進みでる。

「傷はなかった、と聞いております」低い声に不安の色が滲んではいたが、瞳の奥はよどんでおらず、身のこなしにも気怠(けだる)さはうかがえない。

うなずきながら、庄左衛門はつづける。「心当たりはあるかの」

宗太郎が困惑と気まずさの入り混じった表情を浮かべた。重い口をひらき、ぽつぽつと語りはじめる。

最初に声をかけてきたのは影山敬作のほうで、春ごろのことだという。冗談めかしてではあるが、そのうち宗太郎の腕を借りるやもしれぬと言われた。齢も近いし、日ごろから親しい仲である。「わが腕でよければ、いつなりと」などと気軽に応えていたが、その後、話がないのですっかり忘れていたらしい。すると一月（ひとつき）ほどまえになって、柳町へ行こうと誘われた。出向いてみると、中年の武士に引き合わされ、二人してなんども小料理屋で馳走になったという。

「――で、相手の素性は」

庄左衛門は身を乗りだすようにして問うたが、

「それが、聞けずじまいで……」

面目なげにかぶりをふった。隠し立てしているふうには見えぬ。

むろん敬作は承知しているようだった。が、何度聞いても、さる重職のご家中だがいまは明かせぬ、の一点張りだったらしい。道場の跡取りでもある兄弟子に、俺を信じろ、と言われてしまえば、食い下がることはむずかしかった。

中年の武士は、たびたび二人をもてなしたあと頼みごとをしてきた、と宗太郎はつづける。近々江戸からもどってくる奸物（かんぶつ）を懲らしてほしいのだ、という。

「奸物、な……」

紅い唇の若者を思いうかべながら、庄左衛門は首をひねる。たしかにくせの強い男ではあるが、腹黒さのようなものは感じなかった。ただ、おのれの心もちを顧みても分かることだが、敵をつくりがちな青年だという気はする。

あの日、呼びだされた敬作がくだんの小料理屋へおもむくと相手はおらず、女中から書きつけのようなものを渡された。そこにおおよその時刻と場所が記されていたので、宗太郎を同道して鹿ノ子堤へ出向いたという。おそらく、半次の女はその書きつけを盗み見たのだろう。

「……それにしても」つい溜め息まじりのつぶやきを漏らしてしまう。「どこの誰とも知れぬ者のいうまま、ひとを斬る気であったか」

いかになんでも思慮がなさすぎよう、とつづけたかったが、そのまえに宗太郎が控えめながら、はっきりと告げた。「ただ脅せばよいのだ、といわれまして」

腑に落ちた、という体で庄左衛門は幾度もうなずく。たしかに、よほどの義理でもなければ、頼まれたところでたやすくひとなど斬るまいが、脅す程度ならよいかという気にならぬものでもない。さんざん馳走になったあとでもあり、日ごろから真剣を抜いてみたい気もちもあるだろう。相手は奸物だといわれれば、なおさらだった。ひとの心もちを巧みにとらえた運びようと思える。

依頼主の風貌を尋ねた折、その感はさらに強まった。中年の侍というだけで、どうにも目立ったしるしのない男だったという。背は高からず低からず、太っても痩せてもおらず、ほくろや傷のような特徴すらなかった。

「むろん、会えば分かるとは存じますが」といって宗太郎は目を伏せた。

厄介だな、と庄左衛門は喉の奥でことばを吞みこむ。その男ひとりの企てならまだ簡単だが、誰かがあえて記憶に残りにくい者を表に立て、ことを進めているのだとしたら、かなり考え抜かれたやり口といえる。どこまで奥のある話なのか、見当がつかなかった。

「………………」

庄左衛門はふいに面をあげた。無言のまま立ちあがり、摺り足で窓のほうへ近づいてゆく。志穂と宗太郎が、戸惑いをあらわにした表情でこちらを見あげた。声を出すな、と目顔で告げ、ひといきに障子窓をひらく。

「あっ――」

最初に声をあげたのは志穂である。窓のむこうには、冴え冴えとした秋の日ざしを背に長身の若者がたたずんでいた。

「先日はご無礼を」

いくらか決まりわるげに頰のあたりを搔きながら、立花弦之助が頭をさげる。あわただしく低頭する姉のとなりで、宗太郎は不審げな表情を隠そうとしなかった。「失礼ながら、どちらさまで」

なにか言いつくろって場をおさめねば、と思案するうち、弦之助が困ったような笑みを唇もとへのぼせる。「……奸物、ということになりましょうか」

一瞬、呆気にとられた顔となった宗太郎だが、素早くわれに返り、かたわらの大刀へ手を伸ばす。それを厳しい眼差しで制して、庄左衛門は窓の外を振りかえった。

「暫時、お待ちくだされ」

弦之助がうなずくのを目の隅で捉えつつ、いそぎ外へ出る。

「――いかな御用でござろう」

いくぶん咎めるような口調でいうと、若者はかえって訝し気な表情を浮かべた。

「またうかがうと申し上げませんでしたか」

おぼえず肩を落としそうになったが、かろうじて押し込める。ここで長々と遣りとりしているゆとりはない。ともあれ、この青年を追い返さねばならなかった。咳払いして、「その儀は……」と言いかけたところを、

「聞こえてしまったのですが」

弦之助のことばがさえぎる。庄左衛門はこころもち眉を寄せて、若者の面ざしを見あげた。目尻にすずしげな微笑をたたえている。

「よろしければ、お力添えいたしましょう」

「……どのようにして」

おどろきと戸惑いが入り交じり、妙な声が喉から溢れ出た。弦之助は気にしたよう

すもなく、さらりと告げる。

「さる筋に願って、あちらのご一家へ警護の者をつけましょう……むろん、目立たぬように」

「………」

押し黙ってしまったのは、ご一家、ということばが胸に重くひびいたからである。宗太郎の危難、とばかり考えていたが、言われてみれば志穂や俊次郎にまで累がおよばぬものでもない。

頭の隅でゆらりと立ちのぼるものがある。それは御用小屋に横たわる啓一郎の亡骸や、杉川の岸辺に流れ着いた影山敬作のむくろだった。親指で、つよく眉間を押さえる。おのれのまわりで、もうだれ一人死んでほしくはなかった。かといって、自分だけで秋本の家を守りきることなど、できるわけもない。この若者に助けられるのはどうにも業腹だが、迷う余地はなさそうだった。

庄左衛門はあらためて眼前の青年をうかがう。形のよい目にしずかな光を浮かべ、こちらを見つめていた。総身から力が抜け、おおきな吐息がこぼれる。「……かわりに何をすれば」

「えっ？」

弦之助が不似合いなほど頓狂な声をあげる。が、ややあって、「ああ」と腑に落ちたような呟き(つぶや)をもらした。いくらか不本意そうな色が眉宇(びう)にただよっている。「恩に着せるつもりなど、毛頭ございませぬ」

「さようか……」心もちがすこし軽くなるのを覚える。肩の強張りが解けていった。

「もっとも」間をおかず弦之助が語を継ぐ。「着てくださるなら、拒みもいたしませぬが」

庄左衛門は、いま一度ふかい溜め息を吐きだした。渋い表情になるのを自覚しながら若者の面ざしに目をやる。整った顔立ちをくずし、子どものように嬉しげな笑みを浮かべていた。

五

村のいたるところに稲架(はさ)が立てられ、かわいた穂が微風に揺れていた。穫り入れのおわった田圃には稲わらが鋤(す)きこまれ、饐(す)えたような独特の臭気を放っている。この匂いこそ土が憩(いこ)うている証しで、翌(あく)る年の実りを呼ぶものだった。来年はさらに持ちなおすとよいがと考えながら、庄左衛門はかたわらを振りかえる。菅笠(すげがさ)をかぶった立花弦之助が、周囲の山なみを見渡しながら無言で歩いていた。夏を経てなお残る雪の冠が、はるかな山頂を覆っている。

この季節の郷村廻りは必須というわけでないが、同輩たちもそれぞれ行なっていることだった。村人たちも仕事が一段落して、すこし話をするゆとりがある。ぽろりと本音がこぼれ出ることも珍しくないから、村の内実を知るにはむしろ好都合という面もあった。

ゆえに、届けを出したときも格別不審がられることはなかったが、

「供はどうする」

定岡市兵衛に聞かれて、内心ぎくりとした。むろん、余吾平に暇を出し、庄左衛門がひとりで暮らしていることは知っている。その問いにさしたる含みがないのは長い付きあいですぐ分かったから、

「……こたびは親類の者にでも頼もうかと」

なるべく平静な声音となるよう心がけてこたえた。定岡は案の定、ふうんと気のない返事をもらすと、

「ま、そろそろ誰か雇うたがよいぞ」

鼻毛を二、三本抜きながら無造作に言い渡す。はっ、と低頭しておのれの席にもどると、脇の下に冷や汗が滲んでいた。

弦之助は約束通り秋本家に警護の者をつけてくれたらしく、志穂の話ではその後、不審な気配は感じられないということだった。実家の母はなにかというと気がふさぐ

質の女子だし、父は小心と実直が衣を着たような男である。俊次郎に話すと、うかと漏らさぬものでもないから、この件は志穂と宗太郎だけの密か事になったらしい。

「なにかと気が張るの」

案じるように告げると、

「それが――」

といって、志穂がおかしげに笑った。そうすると、頰にきれいなえくぼが浮かぶ。

「あれ以来、宗太郎がすっかりやさしくなってしまいまして」

それまでは出戻りの姉を粗略にあつかうところもあったのだが、見違えるほど丁重になったという。

「けがの功名というやつか」

庄左衛門も微笑をかえしたが、おのれの声が曇っていることも分かっていた。のちのち振りかえれば、秋本宗太郎が飛躍する契機だったとなるのかもしれないが、引き換えのようにして人ひとりが死んでいる。真相はいまだ不明ながら、失われたいのちが戻ってこないことに変わりはなかった。それを思うと、いささか索漠たる心もちになってしまう。

宗太郎がとりわけ未熟な若者というわけではない。いや、むしろ思ったより人としての筋がよい、と感じていた。鹿ノ子堤で対峙したときの振る舞いもそうだが、姉につよく言われたとはいえ、妙な意地を張らず、庄左衛門のもとを訪れたのもよい思案である。おのれができること、できないことをはっきり弁えているのだろう。

それでいて、周囲に持ち上げられ、天狗になっていたのもたしかだった。つくづく人とは厄介なもの、とおのれ自身の若い日も振りかえりながら、胃の腑がずっしり重くなるのを覚える。

――この若者も、せいぜい持ち上げられた口であろうが……。

いくらか意地のわるい眼差しになるのを自覚しつつ、笠の陰からのぞく青年の面をうかがう。慣れぬ山歩きでつかれたのか、今日は朝からことば少なだった。

田の畔で憩うている百姓たちが、庄左衛門に気づいて礼を送ってくる。それに応えながら、ふたことみこと声をかけ、家族の成長や生き死にの様子を頭に入れていった。

前任者の致仕にともない、庄左衛門が新木村の受けもちとなったのは、二十年近くまえのことである。長くかかわっていると、生まれたころから知っている者も数多いて、それがすでに父母となっていたりもするから、親類のような心もちになる。

ちょうど田から上がり低頭してきた若者もそうしたひとりで、多吉という名だった。稲わらの鋤きこみをしていたらしく、全身から独特の匂いを発している。

「嫁女はかわりないか」

足をとめ、庄左衛門のほうから声をかけた。多吉は去年嫁をもらい、来春には子どもが生まれると聞いている。が、当の女房は姿を見せておらず、かわりに、俊次郎よりひとつふたつ上と見える少女が田に入り、いっしんに働いていた。多吉の妹で、たしか、みよという名である。

「へえ」かたわらをちらと見やって応える。弦之助が笠を脱ぎ、汗をぬぐっていた。見なれぬ顔だと思ったのだろうが、とりたてて関心をもった様子はない。浅黒い顔を曇らせ、いくぶん重い声でつづけた。「粥の匂いがするだけで気もち悪いなんぞと言いよって……難儀しとります」

「まあ、この時期でよかった」庄左衛門がひとりごつようにつぶやくと、まったくで、とうなずき返してきた。

ふた親の様子や村人の消息などをあれこれ尋ねる。と、ふいに細い手が二人のあいだへ伸び、話がさえぎられた。驚いて顔を向けると、いつの間に田から出たのか、みよが何か握りしめた拳を突きだすようにしている。かすかに甘い匂いが鼻さきへただよってきた。

柊の花である。ちょうど畔道のところに木がつらなっているから、上がってきて摘んだものらしかった。

「なんじゃ」

多吉が眉をひそめるのにかまわず、

「……いい匂いがしますから」

うわずった声でそれだけ言い、震える腕を差しだしてくる。小さな掌のなかで白い花が揺れていた。視線はやはり落ちつかなげにさ迷っている。つかの間その先を辿るうち、

――ああ、そうか。

すとんと腑に落ちるものがあり、庄左衛門は目顔で弦之助を差し招いた。一面の田を見渡しながらたたずんでいた若者が、戸惑ったような色を浮かべて近づいてくる。

「新来の方への心づかいでござる……受けとられよ」

庄左衛門が告げると、手を伸べたまま、みよが面を伏せた。弦之助はうなずき、泥だらけの手からそっと柊を取る。

「葉にはさわらないでください」思いがけぬほど強い口調に、若者がぴくりと肩をすくめた。少女はしまった、というふうに身をちぢめ、ささやくように語を継ぐ。

「……とがっていて、痛いから」

「――ありがとう」

弦之助が唇もとをほころばせ、かるく頭をさげた。からだを固くしたまま、みよが「いえ……」とだけ返す。日ごろ、ひと一倍おとなしい少女だから、これほどまとま

ってしゃべるのは初めて聞いた気がした。

――十（とお）でも女子だの。

いや、十だからできることか、と苦笑を噛みころす。どことなくむっとした様子の多吉へ、取り成すように声をかけた。「……春には父（てて）じゃの」

多吉の女房はおそらく大事ないだろうが、収穫たけなわの時であれば、つわりだからといって休んではおられぬ。じっさい、無理をして子を流してしまう農婦も毎年ひとりやふたりではなかった。お役についたばかりのころは、なぜ休ませてやらないのかと訝ったものだが、それはおのれら武士が米を取りたてるからだと今は分かっている。いくら親しくなっても、そこに越えられぬ線がはっきりと引かれているのだった。

おそらくこの若者にもそれは伝わっているだろう、と歩きだしてから弦之助を振りかえる。菅笠を小脇にかかえ、うつむきがちに歩んでいた。人を喰ったところのある男、と思っていたが、いつになく神妙な風情に見える。

「国もとへもどったからは、領内の様子を承知しておきたく……なかんずく神山のかなめ新木村を」

そのことばがどれほど真剣なものか、いまひとつ分からぬが、遊び半分でないことは確かなようだった。

にわかに風が吹きぬけ、いっせいにざわめくような音があがった。あざやかに色づいた楓の葉叢がそよぎ、しばらくは、そのあたりにかるい揺らぎが残っている。

風がはこんできたのか、冷え冷えとした空気が急にあたりへ満ちた。庄左衛門は肩をすくめながら、行く手に向きなおる。噎せかえるようだった山の緑はとうに枯れ色をたたえ、来たるべき季節に向けて静けさを増していた。足もとの土からも、落ち葉の発する乾いた香りが立ちのぼってくる。その匂いがもういちだん強さをくわえたころ冬が訪れるのだ、ということは長年の郷村廻りで分かっていた。

さほど険しくはない道をもう半刻ばかり行くと、川の瀬音が聞こえはじめる。岸辺には太郎松と呼ばれる巨木がひときわ高くそびえ、天を覆うように枝をひろげていた。弦之助が歩みをゆるめ、梢を仰ぐ。このあたりでも珍しいほどの大樹だから、目をひかれたのだろう。

太郎松を過ぎてすぐのところが、ふた又になって岐れている。この道へ差しかかると、いまだにぶい痛みが庄左衛門の胸を過ぎるのだった。北に向かう細い筋は、隣村の榑谷へ通じているが、途中の断崖で啓一郎がいのちを落としたのである。そっと頭を振って、行く手に気もちをもどした。

西へまっすぐ進めば、次郎右衛門の屋敷まではほどもない。うっすら汗の浮いた喉を手甲でぬぐった。

次郎右衛門は新木村の庄屋である。すでに七十近いが、いまだ背筋の曲がる気ぶりもなく、村の政を一手に取りしきっていた。米だけに頼らず、里芋や豆などの育成をすすめて飢饉の折も死人を出さなかった名庄屋として知られている。それでいて、いかにもやり手といった空気とは無縁の人物だった。体軀も小柄なほうで、たいてい愛想のよい笑みをたたえ村人にも気さくに声をかけている。が、瞳の奥にはつねに鋭いものが覗いているようにも感じられるのだった。

次郎右衛門なら、なにか知っているだろうか、と庄左衛門は思った。

金子から投げ文の件を聞いた翌日は非番だったものの、次の日に出仕したところ、朋輩たちにはやはり前日のうちに話があったという。とはいえ、半次の屋台で聞いた中味と大差はない。不穏な動きというだけでは、つかみどころがなさすぎた。定岡にはやはり受けもちの村についてねちねちと聞かれたが、思いあたることはない。領内には大小あわせて四百もの村がある。おのれの受けもちに限っても、すべての内情を把握するのは無理というものだった。

が、次郎右衛門は新木村のみならず、十ヶ村をたばねる大庄屋でもある。おかしな動きがあれば、いちはやく摑んでいるやもしれぬ。できればたしかめておきたいことの一つではあった。

幅ひろい畦道を行くと、じきに三百坪はあろうかと思われる広大な構えの屋敷が目に飛びこんでくる。先代のときに建てなおしたと聞く茅葺きの平屋だった。晩秋のかわいた空気につつまれ、敷地ぜんたいが眠っているように見える。屋根のうえに広がる空では、いつの間にか雲が厚みを増していた。

　あらかじめ来訪を伝えていたためか、門口に下男が待ち受けていた。つづいて、小柄な影が薄い光のなかにあらわれ、ゆっくりと低頭する。次郎右衛門はつねの如くやわらかな笑みをたたえていたが、眼差しの奥はやはり鋭かった。かたわらで、がさっという音が立ちのぼる。おどろいて振りかえると、立花弦之助がふいに踵をかえし、いま来たほうへ歩み出そうとしていた。虚をつかれ、かろうじて問いかけるような視線を向けると、若者はばつが悪そうに眉尻をさげた。

「……太郎松のところでお待ちしております」

　尋ねかえす間もなく、白鷺を思わせる影が、やけにせわしない足どりで離れてゆく。

　呆然と立ちつくし、遠ざかる背を見送る。肩を落とし気味にした後ろ姿が、か細い光のなか、ひどく寂しげに見えた。

六

「朝晩の冷え込みが、だいぶきつうなって参りましたな」

指さきで湯呑みをくるんで、次郎右衛門がつぶやく。炭火に手をかざしながら、庄左衛門もうなずきかえした。

いかにも百姓家らしい、真ん中に囲炉裏(いろり)の切られた十五畳ほどの板間である。縁側からは庭も望め、ぽつぽつと生(な)りはじめた南天の赤い実が目をひいた。屋敷の奥には畳敷きの客間もあるのだが、次郎右衛門がとくにこの部屋を好んでいるのである。

「その後、ご不自由なさってはおられませぬか」

世間話のようにして問うてきたが、庄左衛門が息子を亡くし、ひとり住まいになったことは承知している。啓一郎は父から引き継ぐかたちでこの村を受けもっていたから、むろん次郎右衛門とも面識があった。が、その死によって、一年にも満たぬみじかい期間で、また庄左衛門が舞いもどることになったのである。

「だいぶ飯炊きがうまくなったぞ」

われながら子どもじみていると思ったが、つい誇るような口ぶりとなる。

「それはよろしゅうござりますな」

応えながら、次郎右衛門も笑いをこらえる顔になった。ひとしきり飯炊き談義を交わしたあと、「ご無礼」とみじかく告げて老人が立ちあがる。湯呑みと煙草盆（たばこぼん）をもったまま、縁側に腰をおろした。庄左衛門は見るともなく庭のほうへ目をやり、しずかな音をたてて麦湯をすする。

頃をはかったように、女がひとり盆をかかげて入ってきた。こと、と音をさせて代わりの麦湯をおくと、丁重にあたまを下げてもどっていく。いつものことだが、この女がしゃべっているのは聞いた覚えがなかった。

名まえは知らぬが、昔からいる女である。四十前後というところだろうが、印象にのこっているのは、いまだ目をひくほど整った貌立ちをしているからだった。庄左衛門が新木村の受けもちとなった頃にはすでにいて、次郎右衛門の妾（めかけ）かと思ったものだが、そういうわけでもないらしい。かといって、ただの女中というふうにも見えなかった。

「ところで」あたらしい麦湯をひとくち含んでから口をひらく。喉を湿したつもりだったが、すこし声がしゃがれていた。「近ごろ、村になにか変わったことは起こっておらぬか」

次郎右衛門は横顔にかすかな困惑の色を浮かべただけである。とくに心当たりがあるようには見えなかった。

むろん投げ文の件を尋ねたいのだが、軽々しくそのことを明かすわけにもいかない。老人の姿は庭の一部となったかのようで、いささかも動かぬ。風の音だけがひたひたと通りすぎていった。

「――ここへお見えになったとき」ながい沈黙がつづいたあと、次郎右衛門がおもむろにいった。「どなたかお連れでございましたな」

丹田（たんでん）から力が抜けそうになる。立花弦之助のことだとはすぐ分かったが、どうにも唐突で、はぐらかされたような心もちに見舞われたのだった。

「いかにもじゃが……」取りあえずそれだけ応えたものの、あとは口をつぐんでしまう。あの若者がにわかに立ち去ってしまい、庄左衛門じしん戸惑っている。話のつづけようがなかった。

「まことに失礼ながら、郡方のご同輩とは見えませんでした」

なにげなく話してはいるが、かすれた声が問いただすような響きをおびていた。庄左衛門は内心、頭をかかえてしまう。おざなりな嘘が通じる相手ではなかった。

「……まあ、ちょっとした知り合いというか」

間をおいて、ようやく出たのは、そのような応えである。

老人は食い下がるふうもなく、かたわらの煙管（きせる）を取り上げる。口もとへはこぶと、うすい煙がゆらりと立ちのぼっていった。

奥の山から下りてきたのだろう、瑠璃鶲（るりびたき）が一羽、青い翼をはためかせて庭の松にとまった。ひやりとした大気のなかに、澄んだ啼き声が染み通っていく。

「むかし――」ややあって、次郎右衛門がぽつりと声をもらした。煙管が盆に置かれ、高く硬い音が響く。「この村に福松（ふくまつ）と申す子どもがおりましてな」

「えっ？」おぼえず頓狂な声が出て、話をさえぎってしまう。

「さきほど参った女」振りかえり、まっすぐこちらを見つめてくる。瞳の奥は、やはり笑っていなかった。「あれが母親でございます」

どう応じてよいのか見当がつかず、ただ頷きかえす。

「うの、と申しまして、わたくしが片腕と頼うでおりました者の娘ですが……どこでお目にとまったのか、さるお武家さまが側女（そばめ）にと所望なさいまして」

一瞬の間をおいて、庄左衛門は喉の奥で声を呑みこんだ。老人が弦之助の生い立ちについて話しているのではないかと思ったのである。たしかに、うのという女の面ざしは、儚（はかな）さがまさってはいるものの、どこかしらあの若者に通じるところがあるようだった。

――妾腹ということか……。

おぼろげに想像はついたし、さきほど頭をかすめた違和感の正体も腑に落ちた。弦之助が太郎松の名を口にしたとき、自分でも見落としそうになるほどささやかな不審い。

を感じていたのである。この村で暮らしていたとすれば、あの巨木を知らぬはずはない。

「この村で……」木偶のように繰りかえす。目付の息子がなぜこのような山里で暮らしていたのかも分からぬが、次郎右衛門がおのれにその話を聞かせることがさらに訝しかった。

——わたくしを、新木村へお連れ願いたい。

そういって頭を下げた若者の、ひたむきな眼差しだけが思いおこされる。

「戻ってこられたのですな」次郎右衛門がささやくようにいった。庭へ視線を据え、おのれに確かめるごとく続ける。「遠目でも、あの貌だちは見紛いようがございませぬ」

「待て」庄左衛門は乱れた呼吸を懸命にしずめながら発した。「なぜ、わしにその話をする」

「ながいお付きあいに甘えておりまする」老人が悪童のような笑みを唇もとに刻んだ。が、次の瞬間、声がしみじみとしたものを孕む。「わたくしも、じき七十……このことを知るものも、だいぶ少なくなりました」

どのような縁かは存じませぬが、香典の前渡しと思うてお聞きくだされませ、とひとりごとめかしていう。いつしか濁った雲が広がり、頭上を厚くおおっていた。

立花の正室は、気の病かと思われるほど悋気のつよい女人だったらしい。うのが来た当初から、あからさまな嫌がらせがつづいたが、身ごもったことが知れると、しばしば打擲にまでおよんだという。当主がとどめようとするほど逆上は増し、ひとまずうのを村に戻して、どうにか身ふたつになった。

　福松が五つになった折、ようやく屋敷へ引き取られることとなったが、それは母との別れをも意味していた。子どもだけなら、というのが正室の出した条件だったらしい。

「が、引き取ってみれば」次郎右衛門のことばが喘ぐようにふるえた。「母親ゆずりのうつくしい顔が憎らしい、とそれはすさまじい折檻がはじまりましたようで」

　庄左衛門は、おもわず息を詰めた。次郎右衛門がわずかに肩をおとす。そのころ味わったやるせなさが甦ってきたのだろう。

「ある夜、この屋敷の戸を叩く者がおりまして」老人は堪えかねたように、ふかい吐息をもらした。「驚いて開けると、血だらけになった福松が倒れておりました」

　城下からこの村までは五里以上はなれている。子どもの足でどれくらいかかるものか分からぬが、なまなかな覚悟でしたはずはない。途中の山道でけがをしたのだろうか、と眉をひそめていると、庄左衛門の思いを読みとったように、老人がゆらゆらとこうべを振った。

「このようにして、折檻から顔を庇ううち——」次郎右衛門は両手であたまを抱えるようなかたちをつくった。「とうとう肉がえぐれるほどの大けがを負うてしまったようで」

庄左衛門はおのれの拳をぼんやりと見つめた。右腕の古傷をあわてて隠す若者の姿が瞼に浮かぶ。

その頃うのの父はすでに世を去っており、次郎右衛門が母子の後見役となっていた。福松をこのまま村で育てようと肚をかためたものの、立花家には、ほかに八つ上の兄がいるだけだったから、貴重な男子を野に放つわけにはいかぬ。うのは最後まで抵抗したが、けっきょく福松は引き取られ、すでに手がつけられぬありさまとなっていた正室は、なかば幽閉されるかたちで屋敷の一隅に遠ざけられた。やはり気の病もあったらしく、数年ののち、みずからの怨念に押しつぶされるように生を終えたと聞く。福松あらため弦之助が神童として名を馳せるのは、そのころからだった——。

すこしつかれを覚えたのだろう、語りおえると、この老人にしてはめずらしく、放心した体で虚空に目をさまよわせる。

ふいに、庄左衛門の唇から乾いた笑声がもれた。咎めるごとき眼差しが向けられたのに気づき、詫びるようなしぐさで右手をあげる。「……すまぬ。おのれを笑うたのだ」

それはまことである。

ひとの幸不幸などかんたんに推し量れるわけもないが、すくなくとも啓一郎は父母から慈しまれた記憶を抱いて成長したはずだった。

――すべてを持つ者など、いるわけがなかったな。

そのようなことは最初から分かっていたはずだが、おのれの嘗めてきた理不尽にのみ目が向いていたらしい。五十年生きてこのざまかと心づけば、いたたまれぬほど恥ずかしかった。理不尽というなら、世は誰にとってもそうしたものであるだろう。

「……今日は疲れたの」重い息を吐きだすようにいった。

「おたがいに」老人が、いたずらっぽく笑う。

「また、あらためて寄せてもらおう」両刀を帯に差しながら立ちあがる。村内のあれこれを尋ねる気力はとうになくなっていた。心もち足をひきずるようにして玄関口へむかう。次郎右衛門も腰をあげ、あとにつづいた。

式台のところにはうのが控え、無言のまま、ふかぶかと頭をさげてくる。青白い頬が、いくらか上気しているように見えた。あるいは、なにかを察しているのかもしれぬ。

――母に会いに来たのだな。

ならば、なにゆえ逃げ出してしまったのかと、足ごしらえをしながら思いにふけっていると、脇から差しだされたものがある。面を向けると、うのが胸へかかえるようにして番傘を捧げもっていた。

「雪が降るやもしれませぬ」声を発したのは次郎右衛門のほうである。「お持ちなされませ」

門口を出ると、そのことばどおり雲が重さを増して広がっていた。が、ほの明るい光がどこかから差しこみ、あたりを照らしだしているように感じられる。庄左衛門は冬の気配を押しわけるようにして歩をはこんだ。鼻のあたりからさかんに白い息がこぼれる。

「あ……」

おぼえず喉から声が漏れたのは、くだんの巨木が視界に入ってきたときである。長身の影が、松の根方にぽつりとたたずんでいる。その姿を覆うようにして、触れれば消えそうな雪のかけらが、雲の隙間から落ちてきた。すぐに熄むものかどうか様子を見ているのだろう、整った面ざしを落ちつかなげに動かし、空模様をうかがっている。時おり所在なげに、掌の柊をもてあそんでいた。庄左衛門はいっそう足をはやめる。

若者の姿がはっきり見えてきたところで、歩度をおとした。ゆっくり近づき、背後から傘を差しかける。弦之助がびくりと肩をすくめ、こちらを振りかえった。庄左衛門をみとめると、かすかな安堵を瞳にたたえながらも、はじめて見せるような涙いまなざしを向けてくる。淡い雪のつぶがその面をよぎった。

「……もう、よろしいので？」

問いかけると、逡巡するごとき間が空いたものの、やがて肯うように顎を引いた。庄左衛門はうなずきながら、ことさら淡々と告げる。

「それがしは、このまま村廻りをつづけまする……城下への道はお分かりでござろうか」

「はい――」応えながら弦之助が寒々とした笑みを浮かべる。どこか痛みをこらえるような表情に見えた。「障りないと存じまする」

そうだった、と庄左衛門は口中でつぶやく。たったひとり、血を流しながら山坂を歩く少年の姿が脳裡をかすめた。この若者にとっては、忘れようのない道すじにちがいない。

「では、くれぐれも気をつけられよ」

ささやくように言って、傘を渡す。生みの母が手にしたものとは知るわけもないが、それでも伝わる何かがあるやもしれぬと思った。一礼し、そのまま歩をすすめる。

雪はか細い降り方ながら、とどまることなく零れつづけている。蓑（みの）をつけたほうがよさそうだ、と思いながら、引きずられるようにして来た道を振りかえった。

松の根方にたたずんだままの長身が、うつむかせていた貌をはっと上げる。こちらを見つめて唇をひらいたようだった。

「――このまま同行してはいけませぬか」声を張りあげ、ひといきで言い切る。面喰らった庄左衛門がことばを返せずにいると、慌てたような口調で付けくわえた。「その……ご迷惑でなければですが」

「迷惑にきまっておりましょう」庄左衛門は素っ気なくいった。粉雪が横切る視界の向こうで、若者の全身が強張ったふうに見える。

「が――」肚に力をこめ、無数の白い粒を掻き分けるように発した。「まだ恩に着せるおつもりなら、拒むわけにもいきますまい」

相手の応えは待たず、ふたたび身をひるがえした。

耳を澄ませていると、背後で力づよく駆けだす足音がひびく。ひと足ごとに若い息づかいが近づいてくるようだった。

雪うさぎ

一

誰からともなく合図の声があがり、庄左衛門はあわてて膝をついた。かたわらに立つ郡方支配の定岡市兵衛や同輩たちも、我さきにという体でひざまずく。横目でうかがっていると、道の向こうから先ぶれの槍持ちが姿を見せた。独特の節をつけた掛け声を発しながら、幅の広い街道を歩んでくる。足軽の一団がそれにつづいた。

江戸から帰国した藩主一行の行列なのである。例年ならば寒さも遠のく時季だが、今年はまだあちこちに白いものが残っていた。

重職たちはもっと城に近いところで待ち受けているはずだが、庄左衛門たちが控えているのは城下のはずれである。道の左右に稲を植えるまえの水田が隙間なくひろがり、視界の尽きるあたりには、雪に覆われた山嶺が四囲を取りかこむように聳(そび)えていた。

ほどなく陣笠をかぶった騎馬の一団が、定紋入りの駕籠を護るように足をすすめてくる。神山藩の禄高は十万石であるから、行列も三百人を切るくらいだった。大半は足軽や小者などで、騎乗の者は十人ほどしかいない。

面を伏せたまま、袴のあたりをぼんやりと見つめる。下士という身分でよいことはあまりないが、こうした時は気楽なものだと感じぬでもない。これから藩主を迎え、あれこれ報告せねばならぬ重職たちと異なり、ただいっとき頭を下げていれば、それですむのだった。

つらつらとそのようなことを思いめぐらしていた庄左衛門の肩が、ぴくりと跳ねる。行列がにわかに進度を落としはじめたのだった。息を詰めているうち、あろうことか目のまえに駕籠の引き戸が来たところで止まる。滑るような音をたてて戸がひらき、庄左衛門は身を縮めて、さらにこうべを下げた。定岡や金子ら郡方の面々も度を失いながら、いっせいに深く低頭する。動悸が耳もとで鳴るごとく、強くはっきりと聞こえた。

駕籠のまえに置かれた草履へ足袋が通される。まぶしいほどの白さだった。

「――まだまだ雪があるな」

ひとりごつような調子で、足袋のぬしがいった。「やはり、このあたりから見る山が格別」

かたわらの馬からだれかが下り、近づいてくる。いくぶん高い、張りのある声が耳朶をそよがせた。「お寒くはございませぬか」

「大事ない」応えてから、揶揄するふうに笑う。「寒いのは修理のほうであろう」

「恐れ入ります」声に親しさが加わったように感じたが、狎れた口調にはならなかった。

会話の主は見当がついている。藩主・山城守正共と、側用人の鏑木修理であろう。景色を見たくて駕籠を止めさせたということらしかった。

山城守は三十五歳という壮年である。四年前に襲封した直後、領国の不作という困難に見舞われたが、国家老・宇津木頼母の差配よろしきを得て、大事にはいたらなかった。こたびは二度目の国入りということになる。鏑木修理は藩主より二つ三つ若いはずだが、少年のころから側近くしたがい、絶大な信頼を得ていると聞く。じっさい経綸の道にもあかるく、神山藩の次代をになう逸材と目されていた。

「その方らは、どこの配下か」

山城守が発した。正面に平伏する庄左衛門は背筋を強張らせたが、耳なれた声が脇から響く。

「はっ——郡方にございます。それがし、支配役の定岡市兵衛と申しまする」心なしか、名前のところに力がこもっていた。いつもならこっそり苦笑いを噛みころすところだが、そのようなゆとりはない。息をひそめ、やり過ごすのを待つだけである。

「さようか……なにかと大儀であるな」

不作から回復しつつあることを言っているのだろう、山城守が親しげに告げた。気さくだと思われたいご性質なのだな、と庄左衛門はとっさに感じる。口調にどこかしら周囲へ聞かせようとする気配を覚えたからだが、べつにそれが悪いというわけではない。そういうお方として、心にしまいこむだけのことである。

が、

「めっそうもない。この定岡市兵衛――」

とふたたび声を張りあげた上役をさえぎるように、

「郡方な……」

鏑木修理まで近づいてきたときには心の臓が鳴った。仕立てのよい紺地の袴が視界を横切り、定岡のほうへ向かってゆく。さっと空気がそよいだのは、修理が身をかがめたからだろう。

中味は聞こえぬが、ささやくほどの声で、ふたことみこと遣りとりが交わされている。

――投げ文の話か。

郡奉行の役宅に文が投げ込まれた一件は、なんら進展もないまま年をまたいでいた。不穏な動きというだけでは、庄左衛門たちとしてもやりようがない。実際、目につくようなことも起こっていなかった。が、江戸屋敷にも報告くらいは伝わっているだろうから、修理がなにか質したものと考えたのである。

すこし気になり、面をさげたまま視線だけ横へすべらせる。

とっさに唾を呑みこんだ。剝いた卵のような、つるりとした肌の男がおのれを見つめている。目が合うと、かすかに唇もとをゆるませたようだった。笑ってみせた、というところらしい。

わけも分からず身をすくませているうち、その武士が立ちあがり、

「では、お上」

声をかけながら乗馬のほうへもどってゆく。

「おう」

山城守が豪放めいた声をあげ、ふたたび駕籠に乗りこんだ。掛け声が発せられ、列が動きはじめる。当たり前のことではあるが、庄左衛門はついに藩主の顔を見なかった。

しばらく経ち、土埃がしずまった頃合いで面をあげる。行列の名残りはすでに気配すらなかった。高く晴れた空に鳶の啼き声がこだましているだけである。

どことなく脱力したふうな思いで立ちあがると、

「おい」

なんとも言いようのない表情をたたえて、定岡市兵衛が近づいてくる。ぐい、と顔を寄せ、耳もとで告げた。

「いったい、どうなっておるのだ。ご用人さまが、高瀬庄左衛門とは、どの男かとお尋ねであったぞ――」

その声は怪訝そうでも不快げでもあり、なにかを畏れているようでもあった。

二

内側からわずかに開いた戸をこじあけ、雪にまみれた男が転がりこんでくる。いきおい余ってそのまま土間に倒れた。飛びのいた庄左衛門は呆気にとられながら、うずくまった男をうかがい見る。

夜鳴き蕎麦の半次だった。白い息をはずませ、きれぎれに発する。

「……相すみません。雪を枕に野垂れ死にもよかろうと思っておりやしたが」

「が？」

庄左衛門がつられて繰りかえすと、口惜しさと面映さのまじった表情を浮かべた。

「思いのほか寒すぎて、おちおち死んでもおられやせん」

おぼえず笑声をもらしてしまう。座敷へあげ、いそいで薬缶を七厘にかけた。藩主の帰国から数日して、季節がすっかり逆もどりしている。雪も降りだし、真冬なみの寒さがおとずれていた。熱燗のひとつも振る舞いたいところだが、貧乏所帯にそのような余裕があるわけもない。半次は白湯をそそいだ湯呑みを両手でかかえ、むさぼるように呑んだ。

「——野暮な連中にちょいと難癖つけられちまいまして」

なるほど耳を澄ますと、雪まじりの風にのって遠くから怒号めいたものが聞こえてくる。賽を振るしぐさをしたから、賭場でいかさま扱いでもされたのだろう。あるいは勝ちすぎてしまい、いかさまということにされたのかもしれぬ。同輩の森谷敏五郎などは、慶雲寺で開帳されている賭場にときどき顔を出しているらしいが、庄左衛門は長らく亡妻の延が目を光らせていたから、そうした場所とはすっかり縁遠くなっている。

「とんだご面倒をおかけしちまって」火鉢に手をかざしながら、半次が腰を浮かせる。庄左衛門は、とどめるように右手をあげた。

「なんなら、泊まっていってもよいが」

「かまいませんので——」当惑と安堵の入りまじった声がもれる。うなずくと、にやりと笑いかえしてきた。「当分、蕎麦のお代はまけさせていただきます」

「ありがたい」こちらも、いたずらっぽい笑みでこたえる。

つかのま思案したが、たいして部屋数があるわけでもない。布団を出して、この座敷に泊まらせることとした。啓一郎夫婦の寝室だったところは空いているが、まだひとを通す気にはなれなかったのである。

待たせておいて、納戸へ布団を取りに向かう。覆いを取りのけ、倅が使っていた藍地の布団を持ちあげると、かすかに埃っぽい匂いがした。たまには干したほうがいいなと思ったが、何のために、という自嘲がすぐに湧く。その下にあった茜地の布団は志穂のものだったが、どことなく見てはいけないような心もちになり、視線をそらしてしまった。

座敷へもどると、半次が恐縮した体で、あらためて礼をのべた。が、待っているあいだ目にとまったのだろう、

「あれはどなたが……」

とつぶやき、部屋の隅へ顔を向ける。

そちらに目をやり、苦笑を浮かべた。文机のうえに描きかけの雪景色が広げられている。あがってすぐのこの座敷は、もともと客間だったが、近ごろではもっぱら絵の稽古に使われているのだった。一昨日、志穂と俊次郎が来た折に手をつけたものだが、完成しなかったのでそのまま置きっぱなしになっていたのである。雪に埋もれた

庭の景が写されており、松の樹上には、翼を広げた寒雀が止まっていた。未完成ではあるが、白いまま残すつもりの部分と、薄墨でぼかしたところ、わずかばかり剝き出しになった幹との釣り合いが、自分でも気に入っている。

「退屈しのぎよ」

韜晦まじりにいうと、

「では、ご自分で――」

感心した様子で、興ぶかげに紙面を覗きこむ。やがて、驚くほど真剣な面もちとなって、

「そのうち、ひとつ手前の絵など描いてはいただけませんでしょうか……ご無礼ながら、ただでとは申しません」

ひといきに言いきった。

「ああ……」

戸惑いながらも、すまなげな声が出る。「じつは、ひとを描いたことがないのだ」

半次がいぶかしげに首をひねった。「一枚も、でございますか」

なにげない問いだったが、庄左衛門のほうが口ごもってしまう。不自然なほどながい間が空いてから、

「……いや、ただ一枚だけ」

そらした眼差しが、文机の脇に置かれた箱でとまる。半次はその視線を追おうとはしなかった。からりとした笑声をあげ、

「なるほど、手前の出る幕はなさそうですな」

重ねた布団をきびきびと敷きにかかる。そのさまを見やりながら、

「できぬと言うておいて、なんじゃが」つい言葉がこぼれでた。「なぜ描いてほしいと思った」

素町人だの下士だのの似せ絵というものは見たことがない。まして、この男らしくもない気がしたから、興をおぼえたのである。

敷きおえた布団のかたわらに半次が腰をおろす。あぐらを掻き、沈思する体で右手を頰にあてた。庄左衛門も男の横顔が見える位置にすわる。夜着を通してきびしい冷えが這いのぼり、おぼえず軀がふるえた。

「さいぜん、このままくたばるのだと思ったとき浮かんだことですが」半次はおもむろに口をひらいた。「手前も親しい者の幾人かと死に別れております」

ふかくうなずき返す。おのれの身の上を話したことはないが、以前、文を届けにきた折のようすから、ひとり住まいだとは見当がついているだろう。なにかしらの不幸を経た家と思っているやもしれぬ。

「手前にとっては替えのきかない者たちでしたが……」そこまでいって半次は口をつ

ぐんだ。むりに話さずともよい、と発しかけたところで、思い切ったふうに唇をひらく。「近ごろ、顔を思いだすのに刻がかかるようになってまいりました」

はっと胸を突かれた心地になった。妻や息子はともかく、実家や高瀬の父母がみまかって、十年二十年が経っている。たしかに、その面影がいつでもあざやかに思いおこされるわけではなかった。

「手前の――と申したのは、まあ、照れ隠しというやつで」言いながら、はにかむように表情をくずす。どちらかといえば渋い笑みを浮かべることの多い男だが、時にはこんな顔も見せるらしかった。

亡くなった知りびとの絵が欲しかったのだな、と庄左衛門は思いいたる。が、それが誰かは聞けぬ。できれば叶えてやりたいが、ひとを描いたことがないのはまことであるし、その面ざしを目にできぬのであれば、さらに自信がなかった。ただ一枚の例外は憑かれたように筆がはしって描き上げたが、後にも先にもそれっきりである。

「それじゃ、ありがたく休ませていただきます」ことさら気軽な口調で告げ、半次はそのまま布団をかぶった。行灯の火を消して部屋を出ると、廊下が痛いほど冷えきっている。足の裏がぎゅっとちぢんだ。

寝間へ入って明かりをともすと、座敷から持ち出した箱をあらためて見まもった。半次が開けるとは思わぬが、そのまま置いていくのも落ちつかぬので、出がけに持ってきたのである。

もとは高瀬の舅が使っていた古ぼけた文箱だった。漆が塗られていたようだが、いまでは大半が剝げ落ち、露わになった黄楊の木肌はあちこちささくれだっている。手をのばし蓋を開けると、巻き物のごとく丸められた紙が置かれている。あの日、描き上げてから、そのまましまいこんでいたのだった。

庄左衛門は、生まれたばかりの雛をつまむような手つきで、ごわごわした紙を取りあげた。ためらいがちに見つめたあと、灯火へ向け、おもむろに開く。眼差しを落としぎみにした女の首すじに、かすかなおくれ毛がまといついていた。

三

縁側からながめると、わかい梅の木はちょうど雲を背負っているように見えた。枝さきの赤い花弁は五分咲きというところだろう。根もとのあたりにうずくまる雪と相まって、いかにも冬と春のまじりあう季節を感じさせた。腰をおろし、筆をとった俊次郎が、寒そうに足先をすり合わせる。居間から火鉢を持ってきてやろうかと思ったとき、

「ごめん候え」

玄関口でおとなう声がひびき、かるくこたえて志穂が立ちあがった。この家に来ると嫁の気分にもどってしまうのか、つい以前のように働いてしまうらしい。

待つほどもなく古い濡れ縁が鳴り、志穂にともなわれて長身の若侍が姿を見せる。編笠は脱いで手に提げているから、色白の相貌がはっきりとうかがえた。

——ほう。

とつかのま思ったのは、志穂と青年の連れ立っているさまが妙にしっくりと感じられたからである。いわば、一対の絵としておさまりがよかった。

若者は、藩校・日修館の助教、立花弦之助である。

俊次郎はこの若者が気に入らぬのか、むっつりと黙りこんでいた。心なしか、こちらへ向ける視線が咎めるような色をおびている。庄左衛門はあいまいな苦笑をかえし、今いちど梅の木を見やった。頭上の雲がわずかに動き、薄い晴れ間がのぞいている。

——妙なことになったな。

弦之助がわが家の縁側に坐し、くつろいだ風情で日ざしを浴びている光景が、まだすんなりとは呑みこめぬ。

初雪が降った日、新木村をたずねたふたりは、そのまま三日ほどの郷村廻りをともにした。とくべつ踏みこんだ話をするでもなく、城下まで戻ってそれきりのつもりだったが、以来、弦之助はときどき高瀬家を訪れるようになったのである。

庄左衛門としては倅・啓一郎とこの若者の因縁を忘れ去ったわけではないし、決して歓迎しているつもりもなかった。が、その後も秋本家への警護はつけてくれているようだし、むげに追い払うこともできぬ。不本意ながらもこの成りゆきに慣れてきたというところだった。

とうぜん、志穂たちとも顔を合わせるようになる。だが、絵を描く気などは端からないらしく、

「それがしは勝手にいたしておりますゆえ、どうぞお気遣いなく」

などと笑い、持参した本をぱらぱらめくったりして刻をすごしている。志穂も最初はとまどっていたようだが、弟の宗太郎が狼藉(ろうぜき)をはたらいたにもかかわらず、自分たちを護る手配をしてくれているのだから、粗略に思えるはずもない。控えめながらも絵や藩校のことなど、世間話くらいは交わすようになっていた。心なしか、そうしたひとときを志穂も楽しんでいるように見える。首席あらそいの件は嫁に来る何年も前のことだから、知るわけもなかった。あえてその話にふれる者など、高瀬家にはいなかったのである。

「あ……」

かるい驚きの声は、俊次郎があげたものだった。顔を向けると、少年が庭の一角を

見据えて瞳をかがやかせている。「うさぎ」

野うさぎでも迷い込んできたのかと思ったが、そうではなかった。松の根方にうさぎをかたどったとおぼしき雪塊がうずくまっている。陽の当たらないところなので溶け残っていたのが、まわりの雪がすくなくなって気づいたらしい。ごていねいに、南天の実で目までつけてあった。

半次がつくったものである。

いや、その場を見たわけではないが、そうとしか思われぬ。あの翌朝、庄左衛門が目覚めると、すでに男の姿はなかった。が、布団はきれいにたたまれ、朝餉の支度までととのえられている。そして庭の片隅に、雪でできたうさぎが残されていたのだった。

――存外かわいらしいことをしおる。

少しずつ形をくずしながら、半月ばかりもその場にうずくまっている姿は可憐といってもよく、つねにどこかしら夜の気配をたたえているあの男とすぐには結びつかなかった。

――亡き者の絵、か。

熱心に筆をはしらせる志穂の背を見やりながら、庄左衛門は先夜の遣りとりを呼びおこす。できればという心もちはあったが、やはり描ける気がしなかった。

長らく田や畑にばかり注意を向けてきたせいか、自然の景ならという自負はひそかにある。が、ひとを描くわざは根から異なるものと思えてならない。ためしに描いてみて、おのれはもちろん、半次にとっても不本意なものができあがるとしたら、この上ない苦痛だった。あの男にとって思い入れのある人物なら尚更(なおさら)である。

よく見ると、志穂の絵に雪のうさぎが描きこまれている。それが好みらしく、実物よりも丸く太り、あどけない仔兎のごとく見せていた。志穂らしいと、唇もとがほころぶ。すでにその人ならではのものが出せているのだとすれば、思いのほか上達がはやい。

――志穂なら、似せ絵も描けるのではないか。

ふと、そのような考えが浮かんだ。おのれはひとを描くことにためらいが勝ちすぎるが、志穂は必ずしもそういうわけではないだろう。自分が画題を決めているため、風物ばかりを写してきただけである。稽古をすれば、ひとの姿も描けるのではないだろうか。

――まず、だれを描くかだが……。

喉の奥でつぶやき、ぐるりとあたりを見回す。縁側の隅で、持参の経書をひもとく若者と目が合った。なにか察したらしく、もの問いたげな眼差しでこちらを見つめてくる。庄左衛門は腰をあげると、近寄りざま小声でささやきかけた。

「じつは、ちとお頼みしたきことがござって――」

四

――おや。

庄左衛門は歩みを止め、行く手を見据えた。柳町の大通りをふさぐようにして、人だかりが道いっぱいに広がっている。なにかを遠まきにしているらしかった。ところどころ開いた隙間から、騒然とした気配や男たちの怒声が漏れてくる。庄左衛門は急かされるように人垣を分け、前方へ転がり出た。

店さきにつらなる行灯の輝きをうけ、黒く浮き上がった人影が入り乱れ、揉み合っている。

「あっ」

自分でも驚くほど大きな声が、喉からほとばしった。一見してごろつきと分かる風体の者たちが、屋台を背にした半次を追いつめている。こちらはひとりだが、一歩も引かず応じているらしく、相手のうちいくたりかは顔や腹をおさえてうずくまっていた。が、敵方はまだ動ける男が四、五人もいるらしい。半次がだれかと組み合っているうちに、他の者が屋台を足蹴にする。はげしく木の裂ける音が夕闇のなかに響きわたった。

とっさに踏みだそうとした庄左衛門の肩が、やにわに引きもどされる。驚いて振りむくと、同輩の森谷敏五郎が酒くさい息を吐きながら、目に怯えた色をたたえていた。

「……あぶない連中じゃ。関わり合いにならぬがようござる」

「む——」

庄左衛門が眉をひそめているうちに、

「この腐れ外道がっ」

半次がひとりを殴り倒しながら吼える。無精髭をはやした中年男が、屋台から鍋や七厘を引っぱり出しつつ、せせら笑った。「てめえだって似たようなもんだろうが」

「さしずめ畜生ってところだ」背の低い丸顔の男が甲高い声で応じ、看板のあたりをやみくもに蹴りつづける。悲鳴のごとき音を立て、屋台はみるみる崩れていった。じきに巨木が倒壊するような、やけにのろのろした調子で横ざまにたおれる。椀や笊があたりに散乱した。

「ああっ——」

おもわず半次が叫び声をあげるのと、森谷を振りきった庄左衛門が進み出るのが同時だった。ごろつきたちが戸惑った体で、しばし動きをとめる。あたりを囲む群衆も、声をひそめて庄左衛門を見守っていた。

喉の奥でにがいものを呑みくだす。森谷に止められるまでもなく、正義漢づらして出ていってもろくなことがないのは分かっていた。とはいえ、さすがに知らぬ顔を決めこむわけにもいかない。

ごろつきたちの背後を回りこむようにして、半次のかたわらに立つ。日ごろ感情をあらわにせぬ男が、面目なげに顔を伏せた。

「失礼ながらどちらさまで」

濃い頰髯をたくわえた四十すぎとおぼしき男が一歩踏みだし、さぐるような目を向けてくる。頭分というところだろう。

「……この屋台の客じゃ」

聞くと、男は歯ぐきを剝き出して笑った。あらわになった歯は、どれもひと一倍おおきく、獰猛な猿のごとく見える。

「ようは、あかの他人というわけで」

「まあ、そうなるが」庄左衛門は失笑しながら語を継いだ。「店は客のものでもある。無体をしてもらっては困るの」

言いながら、おやと思った。この調子にどこか覚えがあったのである。が、考える間もなく、野猿に似た男が肩をそびやかした。

「その野郎は、仁義にもとる振る舞いがありましたもんで、ちょいと懲らしめております。どうぞ、お引きとりを」

慇懃めかしているが、つまり引っこんでろということらしい。庄左衛門は苦笑いを嚙みつぶした。「そこまで言うなら、出るところへ出たらどうだ」

猿男が渋面をつくる。舌打ちしながらも、怯むことなく言いつのった。

「お上の手をわずらわせるほどの話じゃございません」

「遠慮することはない」庄左衛門はひと足踏みだした。剝き出しになった男の歯ぐきが闇にまみれ、どす黒く沈んでいる。「番屋までつきあってやろう。どうせ暇を持て余しておるのだ」

まずは賭場のいざこざと見当をつけていた。先夜、半次を追っていたのとおなじ輩かもしれぬ。寺の庫裏あたりで御開帳というところだろうが、それ自体がご法度である。男たちも明るいところへ出られるわけがなかった。

が、猿面はいささか骨のある男らしかった。喉の奥で唸り声を発しながら、帯に差した短刀へ手を這わせる。それと見て、庄左衛門も油断なく爪先をすすめた。群衆のなかから、わっと声があがり、人垣の一部が崩れる。

しばし身じろぎもせず睨みあった。遠くから風にのって、うかれ囃子がただよってくる。猿面の手下や半次たちも、声を吞んで成りゆきを見まもっていた。

相手の右肩にぐっと力が籠った、と感じた刹那、その強張りを解くように男が大きな吐息をもらす。「……今日のところはお武家さまにお預けいたしましょう」

「それはありがたい」

庄左衛門も背すじをゆるめる。

「つきましては、お名前をうかがっておきましょうか」

食い下がるように男がいった。庄左衛門はこころもち眉をひそめる。ついここまで踏み込んでしまったが、厄介ごとに巻きこまれるのは、もとよりご免だった。

「遊里で名を聞くなど、粋とはいえんな」芝居がかった言い草でごまかそうとしたが、

「もとより無粋が身上で」あっさりと切り返される。

「……聞く方から名のるが筋というもの」

やや声の調子が落ちたところへ、

「ごもっともな仰(おつしや)りよう。黒須賀(くろすが)の鮫造(さめぞう)と申すもの、憚(はばか)りながらこのあたりを取りしきっております」

かえって誇らしげに告げられてしまった。口中で舌打ちし、相手の眼差しを見据える。ややあって、おもむろに唇をひらいた。「立花――弦之助じゃ」

「立花さま……ご無礼ながら、どちらのお役で」

「その……藩校がらみだ」

つい声が細くなってしまう。承知した、というふうにうなずくと、鮫造は半次の面にするどい視線を叩きつけた。

「二度と、ここで商売するんじゃねえぞ」

それだけいうと、忌々しげに踵をかえす。行く手がさっと崩れ、ひらいた道を無造作に歩んでいった。手下たちもあわてて跡を追う。

気がつくと、首筋にじわりと汗を掻いていた。人垣ははやくも散りはじめており、森谷の姿も消えている。脱力したようすで膝をついた半次のかたわらに、いつの間にか女がひとり寄り添っていた。以前ちらりと見た、小料理屋「井之上」の仲居にちがいない。色街の灯りを映す瞳が際立ってうつくしかったが、窶れぎみの面ざしが印象を暗いものにしている。藍縞の小袖は店のお仕着せだろうが、すっきりとつめたい色合いがよく似合っていた。

「いったい、立花なんとかというのは――」

近づいていくと、半次は女の手をかるく払いながら、怪訝そうに尋ねた。

「口からでまかせじゃ」

庄左衛門は頬のあたりを掻く。あそこで弦之助の名を出したのは、ちょっとした意趣返しのつもりもあった。

側用人・鏑木修理がおのれの姓名を口にしたのは、はや二十日の余もまえのことになる。が、支配役の定岡はいまだに含むところありげな視線を向けてくるし、心なしか雑用を言いつけられることも増えていた。もしやと思い若者に尋ねると、

「ああ――いかにも高瀬どののお名は手紙に書きましたが、それがなにか」

こともなげに言い放つ。江戸屋敷で交流のあった修理に、帰国を報告する書中で庄左衛門のことも記したという。

――やはりそうか。

腹立たしいような、総身の力が抜けるような思いとなる。

「それがしごとき軽輩にとり、むやみに衆目をあつめるは却って不都合が多いものでござって……」

諭すふうに話してみたものの、弦之助はいっこうに呑みこめぬらしく、困惑した体で首をかしげるばかりだった。溜め息をついて早々にあきらめたが、黒須賀の鮫造に名を聞かれ、

――たまには、こちらが困らせてもよかろう。

ささやかないたずら心が頭をもたげたのである。あのごろつきが弦之助の住まいに押しかけるとも思えぬし、万一そうしたことがあっても、すぐに別人と分かるはずだった。

半次もそれどころではないし、かさねて聞いてはこない。小料理屋の女が目を伏せるようにして庄左衛門に会釈する。うなずき返しながら、

「立てるかの」

掌をさしのべた。

「もちろんで」

半次は片手で拝むようなしぐさをつくっただけで、手を取ろうとはせぬ。ひといきに腰をあげ、着物の裾を幾度かはたいた。

「はやく戻ったがいい」

素っ気ない調子で女に声をかけると、相手はとくべつ気にしたふうもなく、

「あとで来ておくれよ」

小声でささやいて店のほうへ帰っていく。かすれぎみだが、艶のある声だった。暖簾のあたりでは朋輩の女中たちが案じ顔で待ち受けている。半次とかかわりがあることは隠していたはずだが、こらえきれず飛び出してしまったのだろう。

「ぶじでよかった――が」

庄左衛門はいたましげに屋台を見やる。「二八」と記された看板や、その下をささえていた木組みが踏み砕かれ、無残に倒れていた。起こしたところで、立つとは思えぬ。あたりには桶(おけ)や鉢が散乱していたが、その大半はやはりばらばらに砕けていた。

――簡単には直せんな。

素人目でも分かる。それに、鮫造はここで商売をするなと言っていた。屋台を修繕したところで、今日のような騒ぎがたびたび起これば、結果として商売に差し障りがでる。かといって、酔客のつどう柳町以外では、どれほど実入りがあるものか心もとなかった。賭場のいざこざはどっちもどっちというほかないが、最後にわりを喰うのは徒党を組んでいない方である。

思案に暮れてたたずむうち、ふと気づくと半次も似たような表情で腕を組んでいる。庄左衛門はおもわず失笑をもらした。「まあ、今日のところは家にもどれ――近いのか」

半次はうなずくと、あらためて頭をさげた。

「ご面倒かけちまって」

それだけ口にすると、裾をひるがえして歩み去ろうとする。庄左衛門はいそいで呼びとめた。「送っていこう」

ここで別れれば、次はないという勘がはたらいたのである。けっして深い付きあいではなかったが、二度と会えないのだとしたら名残りおしい気がした。

半次にもそうした心もちがあったのか、とくに拒むことはせず、先に立って足をすすめた。数えるほどしか残っていなかった野次馬が、見届けたとでもいった顔つきで散ってゆく。その群れへまぎれるように二、三歩あゆんだところで、庄左衛門は腰のものに手を這わせた。大刀の柄をしっかり握りしめる。

三間ほどさきで、編笠の武士が行く手をふさぐように立っていた。黒っぽい着流しに羽織をまとっているが、風体に崩れたようすがないから家中の士であろう。見誤りでなければ、群衆のなかにこのような者を目にした覚えがあった。

庄左衛門が足を止めたのに気づき、半次もそれにならう。睨むような、窺うような眼差しを前方へ向けた。

「卒爾ながら、どちらさまで」

声を低めて呼びかける。無腰ながら、半次も油断なく身がまえているようだった。

くっ、と音をたてて武士の唇もとがほころぶ。笑いだしたいのを堪えているように見えた。「それは、こちらの言うこと」

「はっ——？」おぼえず眉を寄せた。どうにも遣りとりがつながっていないように思えてならぬ。

「とりあえず、付いてきてもらおうか」相手は無造作な口調で言い募ってくる。さすがに腹立ちが畏れを上回った。

「誰とも知れぬ者に、のこのこ付いてゆくわけには参らぬ」

まだ興奮が尾を引いているらしく、いつになく強い語調で叩きつける。そのとき唐突に、若いころはこんな喧嘩もたびたびしたな、と思いだした。先ほどちらと頭をかすめたのは、そういうことであったらしい。

　相手は動じる気配もなく、編笠の紐に指をかけて、するりとほどく。あらわれたのは、やけに色の白い小太りの顔だった。年齢が測りにくい面つきだが、三十代ではあるだろう。覚えはなかった。

　息をひそめて、その顔を見つめる。相手は庄左衛門の困惑がおかしくてならぬというようすで、とうとう声にだして笑った。「わしの顔を見忘れたか」

「……えっ？」

　戸惑いが総身をめぐり、棒立ちになってしまう。いくら言われても、記憶のなかに男の姿はなかった。相手は唇を嚙みしめて笑声をこらえ、肩を揺らしながら発する。

「目付役・立花監物……そなたの兄じゃよ、弦之助」

五

　色白の顔が真っ赤に染まり、息も熟柿くさくなっていた。呑めといわれて口はつけたものの、庄左衛門はほぼ素面（しらふ）のままである。とめどなく盃をかさねる眼前の相手に居心地のわるさを隠せなかった。

「まあ、だいたいの成りゆきは分かった」

いくらかおざなりな口調で立花監物がつぶやく。

小料理屋の二階座敷である。「井之上」よりも、いくらか構えの大きな店で、暖簾には「和香奈（わかな）」と染めぬかれていた。隣室との間にある襖（ふすま）は開け放たれ、そちらの卓では半次が窮屈そうに盃を干している。六十年輩と思われる白髪の武士が、やはり向き合うように座っているが、この男は一滴も口にしていないらしかった。時おりつまみのようなものを口にはこんでいるだけである。

評定所あたりで詮議を受けるのかと思ったが、連れていかれたのはおなじ柳町のなかにあるこの店だった。監物は馴染み客らしく、顔を見せるや、老女といっていい年ごろの女将（おかみ）が丁重に二階へ案内したのである。半次は関わりござらぬと告げたものの、念のため付いてこいと言われてしまえば、拒むすべはなかった。

「……が、不審なことが多すぎる」

泥酔といっていい有りさまだが、口ぶりには乱れたところもうかがえない。顔が赤くなるだけで、見た目よりも酒には強い質なのかもしれなかった。

「嘘など申しておりませぬが」

つい声が尖り気味になる。それはまことのことで、なにしろ相手は目付役である、隠しだてをしたところで早晩明らかになるものと、弦之助と知り合ったいきさつを洗いざらい告げた。ただし、倅・啓一郎との因縁と、新木村へ同行した件だけは伏せている。わざわざ話すことでもないと思ったのだった。

「そうではない」監物は餅のように丸い顔をゆらゆらと振る。腹違いとはいえ、これほど似ていない兄弟というのもふしぎに思えた。「そなたのいう、しるしのない男は、どうやって弦之助が城下に差しかかる時刻をつかんだのだ」

庄左衛門は口をつぐみ、拳を顎に当てた。すぐには答えが思いうかばない。というよりも、そこに疑問をもったことがなかったのである。監物は剃り残しの顎鬚を一本ぬくと、大儀そうにつづけた。

「まだある。人を使って襲わせておきながら、その後、嫌がらせめいたことすらないのは、どういうわけだ。また、影山の倅が消されたのだとして、秋本……であったか、なぜそちらには何ごとも起こらぬ」

「それは――ご舎弟が警護の者をつけてくださったからでは」庄左衛門はようやく糸口を見つけた思いで、むすんでいた唇をひらいた。が、監物はさらに強くこうべを振るばかりである。

「本気でなにかするつもりなら、いくらでもやりようはある」

庄左衛門はことばを失った。監物の指摘はいずれももっともだったが、渦中にいるあいだはあらためて突き詰めることもなくやり過ごしていたのである。具合がわるくなれば医者へ行くのが先決で、なぜ病になったかと深く考えはしない。それと似ていた。

――見かけによらず、といってはなんだが……。

切れ者と見てよい。似もつかぬ兄弟、と思ったが、すくなくとも頭のはたらきに関しては通じる部分をもっているようだった。

「それはさておき」また盃を干すと、監物は細い目をまっすぐ庄左衛門に据えた。

「そなたが弟の名を騙った件じゃが」

おもわず身をちぢめてしまう。運のわるいことに、目付は藩士の行状を取りしまるお役である。さすがに切腹などということはあるまいが、禄高の三分が一くらいは削られるかもしれぬ。すでに半ばを藩に借り上げられているのだから、これ以上減らされては暮らしが成り立つまい。

うなだれる庄左衛門の耳に、忍び笑いのごとき声が飛びこんできた。面をあげると、監物が意味ありげな表情を浮かべている。

「こたびだけは見逃してやろう」こちらが驚きの声をあげるまえに、ひとりごつような調子でつづけた。「ま、弄うてやりたくなる気もちも分からぬではないしな」

「ありがたきご配慮――」庄左衛門は卓から下がり、手をついてふかぶかと低頭した。まずは窮地を脱したという安堵が全身に広がってゆく。

「そのかわり」間をおかず監物が発した。ぎょっと肩を強張らせ、畳の目を見つめる。ささやくような声が耳もとに届いた。「時おり、弦之助のようすを聞かせてもらおうか」

おそるおそる面をあげた。相手は盃を手にしたまま、何ごとか考えこむ風情である。

弦之助が、実家ではなく藩校の宿舎に暮らしていることは知っていた。が、ようすを聞かせよとは、よほどふだんの行き来がないのであろうか。

不審が顔に出たのだろう、監物は盃を置き、ふっと表情をやわらげた。

「帰国してしばらくは屋敷の離れにおったが、藩校へ移ってからはさっぱり音沙汰なしじゃ」

「はあ……」

「無理もない」いくぶん自嘲めいた笑みを唇もとにたたえる。「聞き及んでおるかもしれぬが、あれとは腹違いでの」

「…………」新木村で次郎右衛門に聞いた話が脳裡をよぎる。だが、口には出せなかった。監物の声がおもさを増す。

「わしの母が、それは酷い目に遭わせてな……父は父で構うてやるでもなし、まあ、寄りつきたくないのも道理」

ひといきに言いきると、隣室の老武士へ声をかける。「すまぬが、いつものやつを頼んでくれ」

「はっ」白髪の武士は几帳面に応じると、座を立って部屋を出ていった。向かいに座っていた半次が、おおきな吐息をつく。と思う間に意を決した体で膝をそろえ、監物に向きなおってこうべを下げた。「かほどのご身分とは知らず、これまでご無礼の数々、お詫びいたします」

なんのことを言っているのか分からず首をかしげていると、半次がこちらを見て告げた。

「お名前は存じませんでしたが、手前の屋台によくお出でいただいておりまして……」

監物の唇もとにばつのわるそうな笑みが刻まれた。「柳町には、毎晩のように来ておるでな」

「それはまた」唖然としてしまい、そうつぶやくのがやっとだった。「お目付とは、そのようなことまで……」

「そうではない」監物が声に出して笑った。苦笑とはこういうものか、という感じの笑い方である。「妻（さい）が口やかましい女子でな……屋敷におると諍（いさか）いが絶えぬゆえ」

毎夜呑み歩いていれば口うるさくもなるだろうと思ったが、さすがにそうは言えぬ。所詮、夫婦のことはいずれの咎かなど定められるわけもなかった。

老武士が戻り、監物がちょうどよいとばかりに、そちらへ話を向ける。「家宰の戸田茂兵衛じゃ。以後、見知りおいてくれ」

「郡方、高瀬庄左衛門でござる」戸惑いながらも一礼する。茂兵衛と呼ばれた痩せぎすの老人は、気むずかしげな顔をほころばせるでもなく、無言のまま礼をかえした。

弦之助といい監物といい、望みもせぬのに義理ができ、どんどん搦めとられていく気がする。そんなところまで似た兄弟なのかと、溜め息が出る思いだった。

ほどなく華やいだ声がかかり、女中が数人、座敷へ入って来た。庄左衛門たちのまえにそれぞれ平たい土鍋を据えていく。黒光りする蓋の合わせ目から、さかんに湯気が吹き出していた。

女たちが出ていくと、監物がおもむろに口をひらく。「ともあれ食うがよい」うながされるまま蓋を取ると、白くたっぷりした雑炊の上に、大ぶりな蟹が丸ごと一匹載っていた。米と蟹の香が混ざり合って立ちのぼり、鼻腔をくすぐる。

蟹雑炊はこの地の名物だが、これほど見事な蟹にはそうそうありつけない。緊張がほどけてきたこともあって、空腹を覚えていた。庄左衛門も半次も夢中で蟹に取りつく。先にすこし米を腹へ入れてから、脚をちぎって身を掻きだした。ほぐした白い肉を飯とともに頬張る。臭みのない、甘く淡白な味わいが粒の立った米と溶けあい、舌の上でとろけるようだった。美食とは縁のない庄左衛門だが、とりあえずこれで今日のことはよしとするか、と思ってしまうほどの旨さである。

なるほど、宗太郎たちが謎の男の言いなりになったのも無理からぬところがある、と感じた。つい今しがたまで、馳走につられたかたちの若者ふたりを未熟と断ずる気もちがまさっていたのだが、美味は魔物、と頭の片隅にそのような考えが浮かんだのである。ふだん粗末なものを食べつけていれば尚更だろう。やはり貧しさというのは不幸なものだと思った。

「そういえば」監物がふと思いだしたという調子で隣座敷へ目を向けた。「こわれた屋台はどうする」

半次が箸を置いて、顔をしかめる。「……あれは問屋に借りているものでございますから、少しずつでも返していかないとなりません」

「が、あのざまでは商売ができまい」監物は腕組みして眉を寄せた。溜め息のかわりなのか、盛大に鼻息を吹きだす。「いくらか用立ててやってもよいのだが、出しゃばると町奉行がいい顔をせぬでな」

目付は町方のことに権限をもたぬ。融通無碍(ゆうずうむげ)と見える立花監物にも、やはりそれなりの枷(かせ)はあるようだった。

「めっそうもない」半次が笑いながら、かぶりを振る。「この蟹だけでじゅうぶんでございますよ」

「さようか」監物も鷹揚に笑って雑炊を口にふくんだ。「まあ、その成りゆきも合わせて知らせてもらうとしよう」

庄左衛門のほうへ面を向けてきたので、あわてて頭をさげる。「承知いたしました」

監物主従は雑炊を平らげたあとも残るということだった。どうやら、まことに屋敷へ帰りたくないらしい。丁重に礼を述べ、半次とふたりして立ちあがると、

「――若さまをよろしく頼む」

老武士・戸田茂兵衛が、ふしぎなほど真剣な面もちで告げた。

「心得て候」

応えてそろそろと座敷を出る。襖を閉めた途端に肩から力が抜け、おもわず立ちつくす。見るとかたわらの半次もおなじように肩を落としており、顔を見あわせ失笑してしまった。

若さまというのは、むろん弦之助のことだろう。監物もそうだが、立花家の人びとがあの若者を疎んじているわけでないことが少し意外だった。あれほど秀でた弟がいれば、ふつう心おだやかではなかろうと思える。

あるいは、と小料理屋の階段を下りながら口中でつぶやく。亡き正室の仕打ちがすさまじすぎ、かえって家人の同情を集めてしまったということもありうる。だからよ

かったとは微塵も思わぬが、もしそうだとしたら、弦之助が味わったものにも、いくらかは報いがあったというべきかもしれなかった。

門口の暖簾をくぐると、すでに夜の闇があたり一面に広がっている。が、遊里を照らす灯りはそれにあらがうごとく輝きをくわえ、町中が朧ろな光でつつまれていた。

正確な刻は分からぬものの、すでに深更と呼べる頃合いだろう。半次の家まで行くつもりだったが、目まぐるしい成りゆきにいくぶんつかれていた。「井之上」の女と落ち合うところではないかとも思われる。逢引きに同伴するほど無粋ではないつもりだが、このまま別れるのはやはり気がかりだった。

ふと眼差しを向けると、いくらか離れた居酒屋の軒下に、雪で出来た小さな達磨がひっそりと佇んでいる。余吾平に似ているな、と思った途端、脳裡をある考えがよぎった。

「――去年の夏、齢とった小者に暇を出しての」

ひとりごとめかして告げる。半次が戸惑ったような表情を見せた。庄左衛門はかまわずにつづける。

「かわりに家へ来ぬか」

半次が絶句した。むりもない、おのれも今のいままで考えもしなかったことである。

「通いでいい」いって、にやりと笑ってみせる。「住みこみにしては、女に恨まれるでな」

半次も声をあげて笑った。ややあって、少しためらうように言い添える。「……よろしいんで」

庄左衛門はゆったりとうなずきかえす。「そろそろ、ひとり暮らしにも飽きてきたところじゃ」

ではな、と声をかけて踵をかえした。しばらく歩いてから振りかえると、こちらへ頭をさげた姿勢で半次の姿が闇のなかに浮かびあがっている。軒先の行灯から降りそそぐ光が、引き締まった男の肉体を白く照らし出していた。

雪うさぎが飛びこんできたな、と庄左衛門は思った。

夏の日に

一

藩校日修館の助教・立花弦之助について、おだやかならぬ噂が飛びこんできたのは、ひどく暑い日の昼下がりだった。

高瀬庄左衛門にそれを告げたのは、小者の半次である。内職でつくっている筆をおさめに問屋へおもむいた折、小耳にはさんだという。この男にはめずらしく気がはやっているらしい。座敷へ入ってくるなり、早々に切りだした。

「なんでも筆頭家老さまへ献言申し上げ、却ってきついご叱責をこうむったとかで」

案じ顔ながら、いくぶん苦笑まじりとなっているのは、いかにもありそうなことと思ったからだろう。

麦湯を注いでいた志穂が、手をとめて半次の方をうかがっている。若者の身を案じているらしく、かたちのよい眉が不安げにひそめられていた。俊次郎はわれ関せずという体で、描きかけの紙面にむかって筆をはしらせている。先日、写生におもむいた海辺の風景を仕上げているのだった。

筆屋は藩校にも品物をおさめているから、そのつながりで耳にしたのだろう。とはいえ城中での出来事らしく、それ以上は聞き及んでいないようだった。

「言われてみれば、しばらく顔を見せておらぬな」庄左衛門は顎を撫でながら、ひとりごちた。「最近のことかの」

「そこはよく分からないようです」半次が首をひねる。「筆屋のあるじも、噂だがとしか申しませんでした」

いずれにせよ、今それ以上のことは知りようがなかった。庄左衛門は志穂が差しだした麦湯を口にふくむ。渇いた喉に香ばしいものが滲（し）みとおっていった。

筆頭家老というのは、むろん宇津木頼母のことであろう。すでに二十年以上もその職にあり、三代の藩主に仕える重鎮だった。神山藩は実質、この男が動かしているといってよい。もともと番頭（ばんがしら）の家柄だが、先々代の藩主に見いだされ、出世をかさねた。筆頭家老就任の決め手となったのは、新田開発に成功し、一万石におよぶ増収をもたらしたことが大きい。頼母自身が農政畑を歩んできたわけではないが、そういう意味では郡方とも無縁ではなかった。げんに、新田開墾のおりは当時の郡奉行も協力して、おおいに功があったという。

が、長年権力の座にあれば、お決まりの黒い噂とも無縁ではなかった。くだんの開墾にしても、結局は頼母ひとりが功を独占し、郡奉行はただ働きのような仕儀となったらしい。また、どこまでまことか分からぬが、城下の豪商何人かとは抜き差しならぬ関係というし、みずからが抜擢されたためなのか、かえって門閥の保持に熱心であると聞く。弦之助がなにを献言したのかは知るべくもないが、世の習いというものが丸ごと抜け落ちているようなあの若者とは、いかにも反りが合わぬだろうという気がした。

――ともあれ、おおごとにならねばよいが……。

案じられはするものの、噂ひとつで狼狽えてもしかたない。もうひとくち麦湯を呑みくだすと、膝のあたりに広げていた紙をあらためて見つめる。画面のなかから、若い武士がすずしげな眼差しをこちらへ向けていた。

志穂が描いた弦之助の似せ絵である。春のはじめに思いたって描かせてみたものだが、想像以上に出来がよく、この分なら半次ののぞみに応えられる日も遠くはなさそうだった。

新しい小者を雇うと聞いたときは志穂や俊次郎もとまどったようだが、今はすっかり慣れたらしい。半次は夕餉の支度をおえると、みずからの長屋へもどり、朝は早くからあらわれるのだった。独居も静穏でよい、と感じたのはたかだか一年ほどまえのことにすぎぬが、この暮らしはこの暮らしでよいように思える。さびしさというものが苦にならぬほうではあるものの、ひとりで過ごす刻がながくなると、内心に渦まくさまざまな思いに果てなく沈む瞬間が幾度となく訪れるのだった。志穂や半次がいなければ、とうにそうした渦へ呑みこまれていたかもしれぬ。

そして立花弦之助もまた、おのれをこの世へつなぎとめている一人なのだろう。あの若者が現れて以来、嫉妬だの苛立ちだの哀憐だのといった感情にせわしなく揺さぶられてきた。それは長いあいだ蓋をするのに慣れてきたもので、おのれのなかにそうした思いがあることすら忘れていたのである。感謝する、とまで言えるほどできた人間ではないが、弦之助のおかげで取り戻したものがあることは認めざるを得なかった。

――さて……。

庄左衛門は膝の似せ絵を丸めると、ゆっくり立ちあがった。

「そろそろでございますか」

志穂が日ざしの具合をうかがうように窓の外を見やった。玉となった汗が額や首すじのあたりに浮かんでいる。今日は所用があり、絵の稽古は早めに切り上げると伝えていた。

「さようだが……そなたらは、まだ描いていてもかまわぬぞ」

言い置いて座敷を出ようとすると、

「あの――」志穂が遠慮がちに呼びとめてきた。「お供いたしましょうか」振りかえり、小首をかしげる。どこへ行くとも告げていないのに、めずらしいことだった。そもそも実家にもどってから、ふたりで連れだって外出したためしなどない。庄左衛門も、ひとの目というものを気にしていないわけではなかった。この家に出入りするときも、写生に出かけるおりも、かならず俊次郎をともなっていたのである。

「きょうは一人でよい」

みじかく応えると、半次が含み笑いのようなものを唇に刻んだ。「手前も今朝がた、おなじことを申し上げたのですが……よほど一人がおよろしいようで」

志穂が、すこし睨むふうな眼差しを半次に向ける。「なぜ笑うのですか」

咎めるごとき口調に、かえって吹きだしそうになったらしい。半次は拳で口もとをおさえた。「いえ、隠し事がおありとは、旦那さまもまだまだ艶っぽいものと……」

「そなたは、艶だの色だの話が多すぎます」溜め息をつきながら、志穂が眉を寄せた。

「これはご無礼いたしました」半次がいくらか大仰に頭をさげる。

「益体（やくたい）もない……それくらいでよかろう」

苦笑まじりに取りなして、今度こそ座敷を後にした。まだ遣りとりが続いているらしく、ふたりの声が背後から聞こえてくる。廊下を曲がり、おのれの居室に入った。

着替えをすませ、部屋を出るまえに、古びた仏壇へ手を合わせる。奥に高瀬家代々の位牌が安置されているが、手前のふたつは亡妻・延と啓一郎のものだった。延はとりわけ息子をかわいがっていたから、こうして並んでいることが不思議なほどしっくりと感じられる。

――今ごろ、あの世でどんな話をしているやら。

とりわけ子を亡くした傷痕は、そうたやすく癒えるものではない。が、一年以上が経ち、悲愴さのなかに、いくぶん懐かしさのごときものが混じるようになってきた。

「……行ってまいる」

ふだんはせぬことだが、ことさら声に出して位牌へ語りかけた。仏壇の扉をそっと閉じ、廊下へ出る。籠った熱気が、にわかに押し寄せてきた。

二

組屋敷を出た庄左衛門は、城と反対の方角へ足を向けた。真昼は避けたつもりだったが、顔や胸もとに貼りつく大気は、いまだ十分すぎるほど熱い湿りをおびている。川をわたってしばらくは、町人たちの行き交うにぎやかな界隈がつづいていたが、しだいに人通りも途切れがちとなり、道の両側にならぶ杉木立ちがつよい緑の気配を漂わせるようになってきた。樹影が日ざしをさえぎり、わずかに暑熱がやわらぐ。

庄左衛門は足をとめ、草むらに咲く百合（ゆり）の花を何本か折り取った。根もとの方を懐紙でくるみ、黄味がかった白の花弁を散らさぬよう掌でつつむ。たちのぼる芳香につかのま心をうばわれるうち、

――去年もこのあたりで花を取ったな。

ふいに思いだした。決めているわけではないが、気づかぬうちに同じようなことを繰りかえしているのだろう。

油蟬（あぶらぜみ）の声が急かすように響いている。汗をぬぐってふたたび歩きだした。少しずつ木立ちがまばらとなり、左手にほそい脇筋があらわれる。庄左衛門はそちらへ歩みを向け、息をつきながらゆるやかな傾斜のついた道をたどっていった。

時おり目が眩（くら）むような心地をおぼえ、瞼のうえに掌をかざす。いまだ烈しい陽光が木立ちをすりぬけ、横ざまに差しこんでくるのだった。

やがてにわかに道幅が広がる。行く手を仰ぐと、燦（きらめ）くような日ざしを弾いて黒い山門がうずくまっていた。そこへ至るまでには、何十もの階（きざはし）がつらなっている。

人影は見うけられず、燃えるような熱だけがあたりに満ちていた。近づいて石段を見あげると溜め息がもれたが、肚をすえるしかない。庄左衛門は、最初の階にゆっく

りと爪先を下ろした。

休み休み足をはこんでゆくと、半ばを過ぎたあたりでかすかな涼気をおぼえる。振りかえると、たかく茂った木立ちの向こうに、光のつぶをたっぷり孕んだ海原がのぞめた。時おり写生におもむく三郎ヶ浜のあたりだろう。水面には白と銀のひだが視界のかぎり広がり、まぶしいほどの輝きを放っている。できればこの景を写しとりたいと思ったが、さすがにその余裕はなかった。脳裡へ刻むように見つめ、あらためて山門に向けて踏みだす。


黒びかりする門をくぐると、どこからか行行子（よしきり）の啼き声が耳に飛びこんできた。あるいは目のまえに聳える欅（けやき）の陰から聞こえてくるのかもしれぬ。

境内にもひとの気配はなく、陽炎（かげろう）だけがゆらりと立ちあがっている。庄左衛門は本堂の脇を廻りこみ、裏手へ向かった。

角をまがると、すぐに無数の墓石や卒塔婆（そとうば）が目に入ってくる。山肌に沿って築かれた墓域は、つよい陽光に浮きあがり、どこか白茶けて見えた。禍々（まがまが）しいものはいささかも感じられず、猫が昼寝でもしているようなのどかさが漂っている。庄左衛門は井戸から汲（く）んだ水を備えつけの桶にそそぎ、残りで喉をうるおした。ひんやりした清水が軀じゅうに染みわたってゆく。すっと汗が引いていった。

めざす宝篋印塔（ほうきょういんとう）は墓域の裾にあった。あちこちが苔（こけ）むし、古ぼけた感じは否めないが、手入れをおこたっている様子はない。周囲へ立てられた卒塔婆に、一本だけ新しいものが混じっていた。

庄左衛門は墓塔に水をそそぎ、持参した手拭いで力をこめてぬぐった。布切れがたちまちくすんだ緑にまみれる。それでもたいして汚れがとれたようには思えなかったが、ほどほどのところで止め、花を供えた。最後に懐から線香を取りだし、火を点じて手向ける。

膝を折り、合掌してしばし瞑目した。立ちのぼる香の匂いが鼻腔をくすぐる。ややあって瞼をあけたとき、かすかな違和感が胸をよぎった。すぐにはその意味が分からなかったものの、百合の花弁を見つめているうちに気づく。

――ほかの花がない。

そのことであった。例年であれば、おのれの数日まえに供えられたであろう花が、しおれながらも残っていたように思う。が、いまは何度見ても、白い百合の花びらだけがさびしげに日を浴びているのだった。

――いったい……。

些細なことだ、と胸底へ押し込めようとしたが、くすんだ雲のごとき心もちがとどめようもなく広がってくる。おぼえず眉をひそめたとき、

「――あの……」

背後で女の声がおこった。やわらかな響きに全身がつつまれる。振り向くよりさきに、ためらいがちな言葉がつづいた。

「原田……壮平さまでは」

背すじが強張り、とっさに息ができなくなる。最後にその名で呼ばれたのは、いつのことだったろうか。

どうにか呼吸をととのえ、おそるおそる背後を振りかえった。深みをおびた緑色の帷子が目に飛びこんでくる。帯は柿茶の質素なもので、わずかながら右のほうに軀がかたむいていた。

そのまま、ゆっくりと眼差しをあげる。光が瞼のなかにあふれ、人影が白っぽく霞んだ。が、それが誰なのかは、とうに分かっている。

目を細め、光を掻い潜って相手の面へ視線を向けた。

途方に暮れたような思いが庄左衛門の総身を浸す。おどろくほどかわらぬ姿で、芳乃がそこにたたずんでいた。

三

普請組で四十石をたまわる原田家の次男・壮平は、十一、二のころから剣術に血道をあげていたが、はじめは学問よりましという理由で選んだにすぎない。なにもしないにしては刻がありあまっていたし、家を継げる身ではなかったから、学問か剣術でいくらか名をあげ、養子の口でもかかるしか生きるすべはなかった。

入門したのは蕨町（わらびちょう）にある富田流の影山道場で、あるじの哲斎（てっさい）は藩内でも知られた遣い手である。が、それにしては武張ったところを見せぬ人物で、子ども心にも垢ぬけて見えたのは、若いころ江戸で十年ちかく修行したためかもしれない。

かくべつ望んで始めたわけではなかったが、水があったというものだろう、壮平はほどなく剣術のとりことなった。最初の半年ほどは、わけも分からず竹刀（しない）を振るっていただけだが、あるとき無我夢中で放った一撃が同輩の面をとらえた瞬間から、見える景色がかわったのである。それからは、打ちこめば打ちこむほど太刀筋が上達した。剣とは公平なものだと感じたことを覚えている。

むろん、向き不向きはあって、稽古に励んでいるわりには伸びの鈍い者も大勢いた。だが、どの家に生まれるかで生涯の大半が決まってしまうことにくらべれば、はるかに受け入れやすいと思ったのである。

十年ほど通うころには、いっぱしの剣士になっていて、他流との試合が組まれるときなどは、選ばれた人数のうちに入ることもしばしばだった。朋輩のなかに定岡市兵衛がいたのはくされ縁というしかないが、そのころ市之助（いちのすけ）といった定岡はからきしの部類である。隅のほうで居心地わるげに腰の据わらぬ素振りを繰りかえしていた。

　稽古は苦しいことも多かったが、充足感のようなものがまさった。が、無邪気に強さを目指しているだけですまなくなったのは、師に跡継ぎとなる男子がいなかったためである。いつしか、高弟のなかから養子が選ばれるのだろうという空気がながれ、哲斎もそれを否定はしなかった。道場で五本指に入るといって異論は出ぬ壮平だったが、あと四人のうち、ふたりは齢も上でとうに身を固めていたから、残るは二人ということになる。それが宮村堅吾と碓井慎造で、壮平もふくめてみな二十歳前後、軽輩の次三男というところも似通っていた。

　跡を継ぐとはすなわち、師のひとり娘である芳乃の婿になるということでもあって、青年たちの競争心はいやがうえにも煽られるようになった。おそらくそれが分かっていたからこそ、哲斎は跡継ぎの件をはっきり言いださなかったのだろう。

　師は稽古が終わると、若者たちを居室へ招いてよもやま話に刻を過ごすことを好んでいたが、そうしたとき、茶や菓子を持ってくるのは芳乃の役目だった。話の座に加わるようなことはなく、おずおずと茶を運んできては一礼して去るだけだったが、男たちにとってはそれが充分すぎるほどの刺激になっていたのである。

　芳乃は自分から前に出る質ではなく、むしろ冬の野にひっそりと咲く水仙のような女だったが、肌がきわだって白くなめらかで、黒目がちのととのった面ざしを持っていた。きまった習い事もしておらず、ほとんど屋敷から出ずに暮らしている。生まれつき片方の足がすこし短いらしく、歩くときにはいつも右側を引きずるようにしていた。おそらく本人が娘らしい羞恥心で人目に立つことを嫌がっていたのだろう。にもかかわらず、師が若者たちの前に娘を連れだしたのは、足がわるいことで芳乃を避けるなら、早いほうがよいという腹づもりだったのかもしれぬ。

が、この心づかいはかえって裏目にでた。

振りかえれば不思議というしかないが、芳乃の足が不自由であるということが、若者たちの気もちをいっそう掻きたてた。それは差し迫った慕情といってもいいほどのものので、年ごろの娘に対する素朴なあこがれが、庇護者めいた気もちにすりかわったのかもしれない。若い男にありがちなことだが、おのれこそ生涯かけて芳乃を守るのだ、という思いにみなが滑稽なほど衝き動かされていた。

「いっそ、さっさと勝負をつけてしまったらどうだ」

けしかけたのは定岡市之助で、もともと長男であるうえ、技倆からいってもこの競争にはくわわっていないから気楽なものだった。稽古が終わり、連れだって道場を後にする道すがらである。季節は夏のおわりで、夕刻といっていい頃合いだったが、あたりはまだじゅうぶんに明るく、かたむいた影だけが暮れ方の気配を感じさせていた。昼間さかんに啼いていた蟬の声も、いくらかくたびれてきたように聞こえる。

「というと」

眉をひそめて壮平が問うと、

「おれが見とどけてやるから、本当のところ、三人のうち誰がいちばん強いのか仕合ったらいいだろう」

にやにや笑って、堅吾や慎造までふくめ、ぐるりと見渡すようにする。無責任な口ぶりに苛立った壮平が、ふざけたことを言うな、と発するまえに、

「いいじゃないか」

いちはやく慎造が応じた。堅吾はむっつりと黙りこんだままである。

「先生としては、お嬢さんの足のことがあるから、さあ婿に来いとも言いにくいのだよ。このままでは、埒（らち）が明かんぞ」

定岡が訳知り顔でいう。むろんただの憶測だろうが、口調はやけに自信たっぷりだし、さもあろうと思わせる内容ではあった。

「いいじゃないか」

慎造がもう一度いって、痩せた軀を乗りだす。このなかでは、ただひとり三男だったせいか、日ごろから将来に対する危機感は人いちばい強かった。定岡はあいかわらず、にやにや笑いながら、慎造の反応を満足げに眺めている。

「それにしても突然だな」

急な成りゆきに戸惑い、ひとりごつように壮平がいった。が、そうしながらも、つい先刻茶をはこんで去った芳乃のおもかげが脳裡にちらついている。伏し目がちな表情がふとした拍子にほころぶことがあって、今日がやはりそうだった。到来物の最中(もなか)が出されたおり、無邪気によろこびの声をあげたおのれへ微笑みかけてくれたのである。側にいたら、ああいう貌がもっと見られるのだろうか、と浮かんだ途端、

「おれはいいぞ」

　自分でも思いがけないことばが零れ出ている。堅吾がおどろいたように顔をあげた。

「おまえはどうする」

　そちらへ試すような目を向けたのは定岡だった。自分の思いつきに昂奮しているのだろう、紅潮した頬がひくひくと動いている。堅吾はふとい眉をよせ思案する風情だったが、ほどなく無言でうなずきかえした。

「よし、やろう」

　慎造がことさら大音で告げた。声が、わずかに震えるような響きを帯びている。

「……どこでだ」

　堅吾がようやく口をひらいた。うんざりした表情を隠そうともしていない。

「河原がいいんじゃないか」

定岡のことばにも、はかばかしい応えを返しはしなかった。

――それでも、やめようとは言わないんだな。

その心もちは分かる気がする。むろん、考えてみるまでもなく、馬鹿げた成りゆきではあった。勝手におこなった腕だめしの結果がどう出たところで、芳乃の婿になれる保証など微塵もない。そもそも哲斎が、腕のたつ弟子を養子にむかえると明言したわけでもなかった。

が、それでも引き下がれないものがある。ここで手をつかねるようでは、あのひとの笑みをかたわらで見ることなどかなわないだろう、と思えてならなかった。だからこそ、ろくに考えもせず、いいぞと言ってしまったのだが、堅吾もおなじ気もちにちがいない。

ほかの場所を口にする者もないまま、四人が杉川の岸辺に立ったときには、すではっきりと日が落ちはじめていた。朱と橙に染まった太陽が山なみの向こうから光を投げかけ、水面には見渡すかぎり黄金色の輝きがちりばめられている。若者たちの顔も油を塗ったように、てらてらと陽を映していた。

「だれからやる」

肚を据えたのか、さっさと終わらせようということなのか、竹刀袋をほどきながら堅吾が口を切った。

「おれが相手しよう」

はやくも竹刀を取りだして慎造が応じる。「しっかり見とどけてくれ」

壮平がうなずくと、定岡も神妙な顔つきになって、「もちろんだ」といった。いくぶん声がうわずっているのは、おのれが煽ったことを目の当たりにして怖気づいたというところだろう。

——今さらだ。

と思ったが、それほどいやな気がしていないのは自分でもふしぎだった。あるいは皆、こころの奥ではこのような機会を待ち望んでいたのかもしれぬ。

堅吾と慎造が向かいあって礼をかわす。壮平と定岡はふたりを左右から挟むように立ったが、動作のすみずみにまで視線を吸い寄せられていた。

いつの間にか、息苦しいほど重い気配があたりに立ち込めている。まとわりつくような暑熱はまだ名残りをとどめていたが、喉もとに汗が吹きだしてくるのがそのためかどうかは分からなかった。

はじめ正眼にかまえていた堅吾はふた呼吸ほどするうち八双にうつり、それにつれて慎造が上段へと剣尖をあげた。壮平の位置からは、ふたりの向こうに杉川の流れをのぞんでいる。水面の照り返しがつよく、相対する軀ふたつはほとんど黒い影にしか見えなかった。

目を凝らそうとするより速く、堅吾が爪先を踏みだす。受けて勝つという常のやり方からすれば意外な動きで、壮平だけでなく慎造も戸惑ったのがはっきり伝わってきた。すばやくおなじ八双へと構えをかえ、大気を押し開くようにして竹刀の尖を奔らせる。堅吾がいま一歩まえへ出て、ふたりの剣先が交錯した。

立てつづけに二、三度乾いた音があがったと思うと、慎造はしたたかに籠手を打たれ、竹刀を取り落としていた。右手を押さえ、歯噛みするような顔で足もとを見やっている。

――勝ちに来た。

壮平は身震いした。人柄そのままに寡黙ともいえる太刀筋だったはずの堅吾が、闘志を剝き出して勝負に出ている。不本意げに河原までついてきた男は別人かと思えるほどだった。

「本気だな」

竹刀を下げて近づきながら、堅吾にだけささやきかける。これもめずらしいことだが、口の端をあげて、不敵ともいえる笑みをかえしてきた。

――だが、本気さでは負けん。

定岡に声をかけられるまでもなく、一礼して向かい合う。十間ほど左では豊かな水音をたてて杉川が流れ、その向こうに連なるなだらかな稜線が夕陽を半ばさえぎっていた。

先ほどとはことなり、堅吾は始めから八双にかまえている。壮平は太刀先をやはり八双に据え、食い入るように相手の姿を見つめた。

茜色に染まった堅吾の総身が、川からの照り返しを浴びている。光のつぶが軀のあちこちを休みなく往き交っていた。おのれも、そのように見えているのだろう。大気にかすかな涼風がまじり、高まる緊張とはべつに、やわらかな掌で肌をさすられるような心地がした。

堅吾は動かない。さいぜんの素早さは影をひそめ、石地蔵のごとく重々しい空気が全身をおおっていた。相手によって太刀筋を使いわけているのか、まずは勝ちをおさめ、ふだんの心もちを取りもどしたのかは知るべくもない。

——だったら、動くまで待ってやる。

日ごろ辛抱づよいとはいえぬ壮平だが、なぜか今は肚が据わっていた。慎造にはわるいが、初戦を目の当たりにしたことで、逸(はや)っていた気もちが落ち着いたのかもしれない。

八双にかまえたまま、二人とも微動だにせぬ。息を乱さぬよう心がけていると、風や水のそよぎがおどろくほどはっきりと感じられた。定岡や慎造が苛立っている気配まで、手に取るように伝わる。同時に、竹刀の重さをほとんど覚えなくなっていた。

――いける。

と思った瞬間、相手の切っ先が動いて、まっすぐ面にせまってきた。はじけるような音を立ててそれを払うと、踏み込んで脇に斬撃を叩きこむ。かろうじて受けた堅吾が、今度はこちらの胴を狙ってきた。

すかさず退いて剣先をかわすと、壮平はひといきに前へ出た。ほとばしる気合とともに、上段から面をとらえる。獲った、と思った一撃を、体勢をおおきく崩しながらも堅吾がしのいだ。間をおかず攻撃を繰りだそうとしたが、壮平もたたらを踏んでいる。いそいで背すじを起こし、籠手に振り下ろされる切っ先を撥ねのけた。烈しい打ち合いが幾度となくつづき、なにか裂けるような音が河原にひびく。さざなみの気配はとうに掻き消されていた。

昼のうちに出しきったはずの汗がとめどなく湧き、全身が水を浴びたようになっている。むろん、堅吾とて同じありさまだった。こちらへ向けた剣先は小刻みに震え、あらあらしく肩を上下させている。

――乱れてきたな。

隙は見えたものの、そこを突く力がおのれに残っているかどうかは分からぬ。とはいえ、あらかた精力は使い果たしていた。このまま受けに入ったところで、押し切られるのを待つだけだろう。

すでに日は山なみの陰にかくれ、赤黒く灼けた光があたりを満たしている。堅吾の輪郭も藍色となった大気のなかへ滲み、溶けてゆくようだった。

――やるか。

壮平は渇いた喉を水でうるおすように、少しずつ息を吸った。まなざしに闘気を浮かべぬよう心をくばる。

呼吸をさりげなく吐くほうへ転じ、左足に重心を移した。竹刀を握る拳に力を籠め、いっきに踏みだす。

と――

「もういいだろう」

無造作な声音が投げこまれ、思わずのめりそうになった。堅吾は一拍おくれて壮平の踏みこみに気づいたらしく、あわてて構えをあらためる。

むっとして声のほうを仰ぐと、慎造がうんざりした顔でこちらを見やっていた。

「名勝負もけっこうだが、日が暮れちまう。引き分けにしろ、つぎは俺と壮平だ」

「勝手なことをいうな」本気で腹が立った。ふだんはそうでもないが、きょうの慎造はいささか独りよがりが過ぎる。壮平から見れば次男も三男も似たようなものだが、当の慎造にすれば、日ごろかかえている鬱憤がいちどきに溢れでたということかもしれなかった。

「もう、やめだ」

急にばかばかしくなり、吐き捨てるようにいった。じっさい、もうひと勝負する気力はどこを探しても残っていない。

が、慎造はにわかに表情を強張らせ、詰め寄りながらささやきかけた。「じゃあ、おれの勝ちでいいか」

「いいかげんにしろ」壮平はおおきく吐息をつく。ひどく重いものが全身にかぶさってくる心地がした。

「おいおい」定岡がおろおろした声をあげ、ふたりの間に割りこんでくる。「もともと遊びじゃないか」

慎造の肩がぴくりと跳ねる。定岡に向けたまなざしは、目を逸らしたくなるほどすさんでいた。「なんて言った」

こころもち震えを帯びた、かぼそい声が返ってくる。「遊びだよ、ちがうのか」

「――お前だけだ、そう思ってるのは」叫ぶようにいいながら、いきなり慎造が大刀を引きぬいた。ひゃっという声をあげて、定岡が尻餅をつく。壮平は動転しながらも、定岡をかばうように立ちはだかった。堅吾も一歩踏みだし、三人が慎造と向かい合うかたちになる。

墨色のまさりはじめた大気を透かすようにして、慎造の貌を見つめる。もともと浅黒い面ざしが薄闇とまじりあい、こまかい表情まではうかがえなかった。

「……よせ」

「遊びなんかじゃないだろう、おれもお前らも」慎造は手にした大刀で、ひとりひとりの顔を指すようにした。切っ先も声も、小刻みに揺れている。

「だからといって、抜くことはない」壮平は低い声で発した。言いながら、次の動きに移れるよう、さりげなく腰を落としている。恐怖とはべつに、かすかな昂揚が胸の奥で躍っていた。「納めろ」

そういった刹那、慎造が聞いたこともないような唸り声をあげた。それは腹が裂けたかと思うほどの哮(たけ)りで、おぼえず背筋につめたいものがはしる。定岡がおびえた栗鼠(りす)のように、甲高い悲鳴をあげて背中を見せた。足もとで河原の石が乱れた音をたてる。

「馬鹿――」壮平が舌打ちするより早く、慎造は駆けだしていた。頭に血がのぼっているのだろう、逃げる定岡へ引きずられるように、抜刀したまま追いすがっていく。

壮平はすばやく身をひねり、そのまま疾走した。堅吾が跡を追う。速駆けには自信があった。慎造の背が見る間に大きさを増してくる。

追い抜きざま振りかえるのと、鞘から刀を放つのが同時だった。その動きは自分でもおどろくほど滑らかで、気がついた時には拳にはっきりした手応えがあって相手の抜き身を撥ねとばしている。呆然とした顔でうなだれる慎造を、堅吾がすかさず羽交い絞めにした。

「おまえ、真剣のほうが強いんじゃないか」

あきれたように堅吾がいう。おぼつかない足どりで戻ってきた定岡が、同意とでもいうふうにしきりとうなずいてみせた。

「……かもな」いささか面映くなり、ぶっきらぼうな口調で返しながら刀を鞘におさめた。たしかに、道場の稽古では感じたことがないほどの高鳴りをおぼえている。大刀の古びた柄に目を落とし、ぐっと握りしめた。

「――おい、お前たち」

突然、後ろから呼びかけられ、背すじが強張った。振りむく間もなく、咎めるような響きが押しかぶせられる。「ここで何をしている……私闘はご法度と、知らぬわけでもあるまい」

四

夕暮れの河原で声をかけてきたのは、兄弟子のひとりで鹿沼（かぬま）という男だった。技倆からいえば壮平たちより数段まさっていたが、もともと長男でもあったから、家を継いで小納戸役をつとめている。この日は非番で、道場でひと汗かいたあと、杉川べりで好きな釣りに興じて帰ろうとしていたところだったらしい。

その場ではなかば無理やりのように帰宅させられたが、鹿沼は数日かけ、めいめいに聞き取りをして事情をつかんだ。壮平に関していえば、肝心なところは黙して、河原で仕合っているうち弾みで真剣を抜いてしまったというふうなことしか語らなかったものの、おおかた定岡あたりがべらべらしゃべったのだろう、芳乃と道場の後継をめぐる鞘あてであることを正しく理解したらしかった。

その後ほどなくして、大がかりな試合が催されることになったのは、鹿沼の発案にちがいない。そろそろはっきり跡継ぎを決めておいたほうがいい、と哲斎に進言したのだろう。勝ち抜いた者を芳乃の婿に迎え、影山道場の次期当主とする、ということも明言された。

その日が近づくにつれ門弟たちはことば少なとなり、道場はかつてないほどの緊張感で満たされた。それはいちがいに悪いことでもなく、明らかに腕のおよばぬ者までどこか稽古への打ち込み方が違ってきたのである。

とはいえ、つまるところ壮平たち三人のあらそいになることは誰もが承知していた。とうぜん芳乃も話は聞かされているのだろう、以前のように控えめな微笑を浮かべることもなくなり、茶を出すと、どこか気まずそうに下がっていく。壮平はどのような貌をして接すればよいのか分からぬまま、うしろ姿を見送るだけだった。なす術もない、という風情はあとの二人も同じで、稽古が終わるや、そそくさと引きあげることも多くなっている。

その日もやはりそうで、若者たちは手早く荷物をまとめると、どことなく落ちつかぬ足どりでおもいおもいに帰路へ就こうとしていた。くだんの試合は数日後にせまり、昂揚と重苦しさのまじった空気が皆の頭上にのしかかっている。

連れだって引きあげるのでなければ、家の方角によって正面から帰る者と裏木戸から帰る者が分かれていて、壮平はもともと裏木戸組だった。哲斎の居室に寄ろうか迷っていたため刻を食ったが、けっきょくは赴かず、道場を出たときには夕日の色がいつもより濃くなっている。

壮平はおもてから帰る後輩とわかれ、木戸口に向かってちいさな庭を通った。大気は夏の名残りをとどめていたが、池の蓮はすでに散っている。白い萩が斜めから差しかかる光であかく染まり、はじめて見る花のように思えた。

門弟たちはおおかた引きあげたのだろう、あたりにひとの姿はなかった。わけもなく急かされるような気もちになって足を速める。

母屋の角を曲がりかけたところで、壮平は板壁につと身を寄せた。五間ほどはなれた木戸の手前で、夕映えに塗られたふたつの影が、息を潜めるように向き合っていたからである。

厚い背中をこちらへ見せているのは堅吾だろう。そして、色白のおもてに思いつめたような表情をたたえているのは、

――芳乃どの……。

そのひとに違いなかった。藤色の帷子がこぼれた夕日を浴び、織り目のひとつひとつまで浮きあがって見える。堅吾に向けて差しだした両手ははっきりとふるえていて、目を凝らすと、ほそい指さきに紺色のちいさな袋が握られていた。

女のふるえが伝わったかのごとく、壮平の背がかすかに揺れる。それはすぐに腰から足へとうつり、ふくらはぎより下がすっと消えていく心地がした。顔を炙る夕陽の暑さだけをぼんやりと感じている。

芳乃が差しだしているのは守り袋らしかった。堅吾の表情は見えないが、背にとまどいの気配が濃くただよっている。なにか約束があったというわけではなく、帰りがけに呼びとめられたという風情だった。

――いや……。

壮平は口中に溜まっていた唾を飲みこむ。ただ呼びとめたのではなく、待っていたのだろう。懸命といってもいいほどの面もちから、芳乃がある覚悟を秘めてここへ来たと分かる。試合を数日後にひかえた今、守り袋を渡すということの意味はあきらか

だった。

おのれの鼓動だけが耳の奥でうるさいほどに響いている。立ち尽くすうち、ふいに芳乃の視線が動いた。壮平は、わずかに覗かせていた半身をあわてて建物の陰にかくす。全身の血がひといきに凍えていくようだった。芳乃に気づかれたかどうかは分からぬ。が、ふたりがおのれの許へ来ないことだけをひたすら祈った。

そのまま、どれほどの刻が経ったか、気がつくと、壁に背を貼りつけるようにして蹲（うずくま）っている。あれほど耳を打っていた鼓動はいつの間にかひえびえと静まり、渦まくような蟬しぐれだけがあたりを覆っていた。

体中から力が抜け、立ちあがると足もとがよろけた。手が勝手に動いて袴の裾をはたく。おそるおそるという体でうかがったが、すでにふたりの姿はなかった。

いままで呼吸を忘れていたかと思えるほどふかい息を吐くと、さだまらぬ足どりで裏口へ向かう。木戸のあたりはひっそりと静まり、さきほど見た光景は夢だと言われれば信じてしまいそうだった。

壮平はふらつく軀を裏木戸にもたせかけた。藍色の混じりはじめた大気をゆっくりと吸う。掌の下で、古びた樫（かし）の戸が軋（きし）むように鳴った。

――あのひとは……。

突然、ある思いが胸を過ぎった。おれが勝ったら悲しむのだろうか。

五

庄左衛門は、墓前で手を合わせる芳乃の後ろ姿をそっと見守っていた。夏の日のかがやきを浴びて、丸髷の色がつややかに浮かびあがっている。仔細にうかがったりはせぬが、やはり白髪の一本も目につかなかった。

たしか五つほど齢下だったから、まだ五十には間があるはずだが、それにしても、ひとはこれほどかわらぬものだろうか、とふしぎな心地さえする。さきほど垣間見た面ざしも、娘のままとは言わぬまでも、三十過ぎと聞かされて疑う者はおるまいと思われた。

――原田壮平と名のっていた若き日の庄左衛門は、宮村堅吾との試合で完敗を喫した。

芳乃の思いを汲んでわざと敗ける、などという洒落たことができるわけはないが、なにがなんでも勝つという気もちが失せたのも確かである。立ち合いの記憶は、はやくも直後から失われており、気づけば一本取られていた、というのが実感だった。

「……おい、具合でもわるいのか」

最後の礼をかわしたあと、堅吾が訝しげに囁いてきたことだけは覚えている。自分がどう応えたかは思いだせぬが、おそらく、ああ、とか、いや、ぐらいのことをつぶやいた程度だろう。師の哲斎が、なぜかいたましげに面を伏せていた。

庄左衛門はそのまま道場をやめた。今ふりかえれば、あまりにも稚いやりようで、恥ずかしさにいたたまれなくなる。が、半面、分別というものにまみれて生きてきたそれからの歳月を思うと、その稚さもふくめた道場での日々が、何かかけがえのない、一瞬の光芒であったかのように感じられもするのだった。

予想はついていたが、堅吾は慎造にも勝ちをおさめたらしい。半年ほどは、折にふれて道場への復帰をうながしにやって来たが、やがて諦めたらしく現れなくなった。聞いた話では、そのころ婿入りの運びとなったらしい。

それでも通ってきたのは、意外なことに定岡市之助で、

「なあ、戻って来いよ。むずかしいことを考えずに、な」

毎回、泣きそうな顔で口説くのだが、一年が経ったころ、家督を継いで郡方となることが決まり、定岡自身が道場をやめた。前後して、慎造も去ったらしい。婿入り先が決まったのかどうかは分からなかった。

結局、三年ほど実家で肩身のせまい暮らしを送っていたが、二十五のとき、ようやく婿入りの口が見つかり高瀬家に入ったのだった。家つき娘の延は三つ下だったから、嫁きおくれといっていい齢である。気性がきつくてなかなか相手が見つからなか

ったというが、庄左衛門としては選り好みをいえる立場でもなかったし、落ち着き先ができるならそれでよかった。高瀬家は代々の郡方で、舅について見習いからはじめることとなる。定岡の同輩となったのには向こうも驚いたようだが、いいかわるいかは別として縁という以外ない。

その頃すでに、堅吾は師の前名である甚十郎を継いで、道場のあるじとなっていた。すぐには授からなかった子もつづいて生まれ、男女ひとりずつを儲けたらしい。そうした消息は、耳のはやい定岡が頼みもせぬのにいちいち教えてくれるのだった。師の哲斎がみまかったのは、庄左衛門が正式に家督を継ぎ今の名になったころで、啓一郎も生まれていた。定岡に誘われたが葬儀には行かず、ただ命日だけははっきりと脳裡へ刻んだ。

翌年から、庄左衛門はその日のすこしあとに、師の墓参へおもむくようになった。命日を避けたのは、堅吾、いや甚十郎と芳乃に出くわすことをおそれたからである。ふたりが供えたとおぼしき花がしおれてきたのを片づけ、墓前でこうべを垂れるのが毎年の倣いだった。

だからこそ、きょう供花の跡がなかったことに不審をいだいたのである。二十年近くではじめてのことだった。

芳乃はながい瞑目をおえるとしずかに立ちあがり、こちらへ向けてふかぶかと頭をさげた。庄左衛門もあわてて腰を折る。

「来てくださっていたのですね……毎年」

おだやかな声が耳朶をそよがせる。「そんな気がしておりました」

庄左衛門は顔をあげ、芳乃のおもざしを見つめた。唇もとや目尻にかすかな皺が刻まれてはいたが、やはり肌の白さは昔とかわらぬ。むしろ脂がぬけた分、透き通った感じが増しているようだった。

おのれは齢相応というところだろうから、気おくれを覚えぬでもなかったが、疑問のほうが先に口をついて出る。「……なぜお分かりで」

芳乃は唇をほころばせて、かぶりを振った。

「ただの勘でございます。原田さまは、そういうお方のように思えましたから」

「さようで……」とつぶやいたものの、あとが続かなかった。かわりに、どうでもいいようなことを付け加えてしまう。「いまは高瀬と申します。高瀬庄左衛門」

それを聞いた刹那、芳乃の瞳をふかい安堵の影がよぎった。すくなくとも庄左衛門にはそう見えたのである。

「そうでございますか――」胸の奥底から湧き出るような、安らいだ吐息をもらす。

風がそよぎ、つかのま蟬の声がやんだ。

ややあって芳乃がゆっくりとまなざしを上げた。庄左衛門を見つめ、震える声で言い添える。「おすこやかでおられましたか……あれから」

とっさに胸が詰まった。

──幸せだったか、と聞いているのだ。

なぜか、はっきりと分かった。同時に、あの夕暮れ、やはり芳乃は自分に気づいていたのだという気がする。あるいは、それが試合での敗北につながったことを察し、いくばくか心もちの枷となっていたのかもしれぬ。庄左衛門に落ち着き先があったと知って、荷を下ろした心地なのだろうか。

すこやかでしたと応えねばならぬ、と庄左衛門は思った。が、それでいて唇の動きが止まったのは、はたしておのれは幸せだったのかという問いを突きつけられたように感じてしまったからである。

微風にあおられ、消え残った線香のかおりが鼻先にただよった。このまま黙っていてはいけない、と思った瞬間、押しだすように声がこぼれ出る。

「……悔いばかり重ねてまいりました」

芳乃が面を伏せた。庄左衛門は内心で臍(ほぞ)を嚙む。ただ胸に浮かんだとおりを発してしまったのだが、自虐めいたことを口にしたつもりはなかった。いそいで言葉をつづける。「つまり、ふつうということでござろう」

あわてて告げたが、口調は自分でもふしぎなほどおだやかだった。芳乃が瞳をあげ、やわらかい微笑をたたえる。あのころと同じ笑みだ、と庄左衛門は思った。若いときは、いつもどこか張りつめた面もちしか返せなかったが、いまはおのれの唇もとも、しぜんとほころんでいる。

ふたりは墓塔にむかって軽くこうべを垂れると、連れだって山門のほうへ歩きはじめた。夕刻に近づいているはずだが、まだあちこちに暑熱がくすぶり、すこし歩んだだけで首すじへ汗がにじむ。芳乃も額のあたりを懐紙でおさえていた。

「今年は足が痛んで命日に来られなかったのです」ささやくような声が人気のない境内に滲みとおってゆく。「でも、おかげでお会いできました」

庄左衛門は、そっと芳乃の足もとへ目をやった。心なしか、軀の引きずり方が昔より大きくなっている。「堅吾……いや、甚十郎どのは」気になって問うた。

「……昨年、息子を亡くしまして」わずかながら、はっきりと女の声が揺れた。庄左衛門は、眼差しをおのれの足もとへそらす。「あそこに新しい卒塔婆もあるのですが、まだ詣でる気になれぬ、と申します」

「それは……」ただ、そう発することしかできなかった。じつはそれがしの倅も、と口に出かかったが、吐息とともに呑みこむ。そう告げることが芳乃たちの救いになるならよいが、同じような不幸に見舞われたとしても、失われたいのちはそれぞれ別のものであろう。軽々しく、分かるような顔をしたくはなかった。

山門のところに立つと、眼下へ広がる風景に目を奪われた。晴れわたった空の下にゆるやかな弧を描いて水平線がのびている。濃い碧にところどころ白い光が浮かび、まぶしく照りはえていた。

「べろ藍……」おぼえずつぶやくと、芳乃が問いかけるような視線を向けてくる。庄左衛門は面映くなり、鬢のあたりを掻いた。「あの海のような、深く青い色のことでござる——その、恥ずかしながら、時おり絵など描くことがござって」

「さようでございますか」芳乃が声を弾ませた。「父が江戸から持ち帰った絵を、いつも熱心に見ておられましたもの」

つかのま、ことばを失う。いまこの時まで忘れていたが、たしかにそのようなことがあった。哲斎はなかなかの趣味人で、自分でも絵をたしなむ一方、江戸で売られている刷り物をまとまって所持していたのである。稽古がおわって師の居室でくつろぐ折、よくそれらの絵を見せてもらったもので、鈴木春信だの、喜多川歌麿などという名もそのとき知った。

そのころの記憶がよみがえって来たのだろう、芳乃の瞳がなつかしげに細められた。「ほかの方々はすぐに飽きてしまわれましたけれど」いたずらっぽい微笑みを浮かべる。

たしかに堅吾や慎造は、そこに江戸への興味以上のものは見いだせぬらしかった。

が、庄左衛門は刹那の動きを捉えた線や、はじめて目にする色彩の数々に心をうばわれ、せがむようにして度々それらの刷り物を見せてもらったのである。

――そうか……。

郡方として稲の育ち具合を写しとるうち、絵を描くことが面白くなった、と志穂にも語り、自分でもそう思っていたが、じつはあの居室にこそ淵源（えんげん）があったのかもしれない。逃げるように道場から去った悔恨があらためて胸を刺す。が、いっぽうで、おのれも師から何かを受け継いだのかもしれぬという思いが、こころの隅で明るく灯りもするのだった。

雲がながれ、烈しい日ざしがさえぎられる。ふたりは、申し合わせたようにそろって石段を下りはじめた。

時鳥（ほととぎす）とおぼしき啼き声が左右の木立ちから響いてくる。庄左衛門はかたわらへ視線を落とした。段差の大きな階に、芳乃の足もとがおぼつかなく傾いでいる。かるく息を吸ってから、ためらいがちに告げた。

「……まことに失礼とは存じますが」芳乃がふしぎそうな眼差しを返してくる。庄左衛門はひといきにことばを続けた。「よろしければ手をお貸しいたしましょうか」

思案するふうに伏せられた芳乃の面が、ゆっくりと上がる。黒目がちの瞳に、透きとおるような喜びが浮かんでいた。「はい、お願いいたします」

左の肘を差しだすと、女の手がそこに載せられた。うすい衣をとおして、わずかに汗ばんだ掌の熱が伝わってくる。庄左衛門は爪先を踏みだした。一段二段と下りるうち、それでも芳乃の足もとがあやうげなのに気づく。そっと一礼して、おのれの右手を女の手にかさねた。

やわらかい生きもののような感触が掌のなかにひろがったが、自分でも意外なほど官能のさざめきはなかった。子どものころ、生まれたばかりの野兎を両手にくるみ、つぶさぬよう心をくだきながら家まで駆けたときのことを思いだす。庄左衛門と芳乃は、石段のひとつひとつが長い旅路でもあるかのように、刻をかけて階をくだっていった。

光に縁どられた水平線がやがて目とおなじ高さとなり、最後は山なみに隠れて姿を消す。射るようだった夏の光も、下りきったときには、どこかやわらぎはじめていた。

かさねた手をはなすと、どちらからともなく、こうべを下げた。芳乃は街道に町駕籠を待たせているという。

顔をあげると、庄左衛門はいま一度ゆったりとした微笑を浮かべる。ようやくこの人に笑いかけることができた、と思った。「……おすこやかで」

「はい――あなたさまも」

芳乃は白い花のように笑うと、おもむろに背を向けた。足を引きずりながら、焦るふうもなく歩きだす。庄左衛門は立ちつくしたまま、その後ろ姿を見送っていた。女の影が、すこしずつ熱い大気のなかに遠ざかってゆく。はじめ帷子の色まではっきりと見分けられていたのが、しだいに融けあっておぼろな塊となった。目を凝らして見守るうち、けし粒のようになった芳乃が街道へ通じる道のむこうに消える。見えなくなる直前、女が振りかえったように思えたが、もう確かめることはできない。

庄左衛門は吐息をついて、芳乃の去った跡を見つめた。道の両脇にならんだ松の葉が、しずかに揺れている。夕べの風が吹きはじめたのかもしれなかった。

視線をあげ、爪先を踏みだす。こうとしかならなかったのだな、と思った。堅吾に勝ち、芳乃とともに道場を継いでいれば、と考えたことがないわけではない。とくに若いころはそうだった。が、長い年月を経てそのひとに出会ってみれば、うまく言葉にはできぬものの、やはりこうなるしかなかったのだという気がする。ちがう生き方があったなどというのは錯覚で、今いるおのれだけがまことなのだろう。

道筋がにわかに細くなる。両側の木立ちが迫り、全身がひんやりとした影におおわれた。

――帰ったら、延に今日のことを話してやろう。

庄左衛門は唇をゆるめた。痩せぎすの、きつい面ざしが妙になつかしく感じられる。じっさいに聞いたら、さぞ不機嫌な応えが返ってくるだろうが、それはそれでよかった。

木立ちがまばらとなり、行く手に白く光る街道が見えてくる。ひっそりとしずまりかえり、ひとの気配はどこにもなかった。

頭上から、きらめくような木漏れ日が降りそそぐ。庄左衛門は、心地よいまぶしさにおもわず目をほそめた。

二年目

嵐

一

「なあ庄左──」

郡方支配の定岡市兵衛は、どこか狐に似た顔を近づけてくると、声をひそめていった。「おぬし、ひとを斬ったことはあるか」

とっさにあたりを見まわしたが、午後の日が黴くさい室内を明るませているだけだった。たしかめるまでもなく、おのれと定岡以外の人影はうかがえない。お勤め中、わざわざ声をかけられ別室まで足をはこんだのである。高瀬庄左衛門は戸惑いながら、幾度もかぶりを振った。「いえ、まったく」

それはまことである。若いころ剣術に血道をあげたのはたしかだが、用いるのは竹刀や木刀だった。真剣をひとへ向けたのは、ただの二度にすぎない。

すなわち、二十代のころ、もののはずみで同門の碓井慎造と刃を合わせた時と、昨年、鹿ノ子堤で秋本宗太郎らと対峙した折である。生涯でたったこれだけだから、ひとを斬ったことなどあるわけもない。おのれに限らず、今時あらかたの武士がそうしたものであろう。

庄左衛門のこたえを聞くと、定岡は安堵したようでもあり、危ぶんでもいるような、混み入った表情を浮かべた。「さようか……まあ、そうであろうな」

「――なにごとか出来(しゅったい)いたしましたので」

庄左衛門は、こころもち膝をすすめながら問うた。定岡が、ますます声を低めてささやく。

「以前、お奉行のもとに投げ文があった件をおぼえておるか」

「はあ」

いささか間の抜けた声が洩れる。たしか昨年の晩秋だったように思うが、郡奉行の役宅へ文が投じられたのだった。領内に不穏な動きあり、と記されていたらしい。受けもちの村にかわりはないか、皆がしつこく尋ねられたし、それぞれ探りもしたはずである。が、けっきょく目につくほどのこともなく、そのまま忘れられたのだった。

「あれ以来、みなの御留書(おとどめがき)にそれらしい話がないか読みこんでおったのだが」定岡は大げさに溜め息をつき、脂っぽい月代(さかやき)のあたりを掻いた。「代り映えのしない調書ばかりで、ほとほと嫌気がさした。おまけに字もきたない」

「……それはどうも」いくらかむっとして、かたちだけ低頭する。じつは定岡自身が、郡方で一、二をあらそう悪筆なのだった。庄左衛門の受け答えはどうでもいいらしく、にわかに居住まいをただすと、あらたまった口調で告げる。

「じつは昨日、新たな投げ文があっての」そこまでいって、わざとらしく周囲へ視線を這わせた。ひととおり見わたすと、さらに顔を寄せる。額が触れそうなほど近づいてきた。「中味がすこし詳細になっておった」

庄左衛門も真顔となり、先を促すように頷きかえす。上役は、めずらしく重い声を発した。「強訴の企てあり、という」

強訴とは、百姓たちが大挙して役所などへ押しかけ、願いのおもむきを突きつけることである。いわば城方への威嚇だから、むろん禁じられており、かりに請願が通っても、首謀者は極刑に処されることが多い。いのちがけの行為というべきだった。

「しかし、去年はなにも起こりませんでしたな」

庄左衛門がいうと、定岡は、分かっておらぬな、とつぶやいた。ことばとは裏腹に、どことなく機嫌のよい口調になっている。「そこよ」

「はあ」ふたたび気の抜けたような声がこぼれる。書類も山積みになっている、はやく仕事にもどりたかった。

「今度こそあぶない……わしの勘だが」かまわずに定岡が言いつのる。鼻の穴がひくひくと動いていた。「ことしは殿がおわすゆえ」

「なるほど」庄左衛門はおぼえず膝を打つ。市の字にしては慧眼だった。直訴ということではなくとも、百姓衆の意気を藩主に見せつけようとするのはありうる話である。あるいは、端からそのつもりで用意をすすめてきたのかもしれぬ。

「——穫り入れの終わったころがあぶない」

定岡がふいに真剣な口ぶりとなる。言わんとしていることは庄左衛門にも伝わった。体にしみついた習いのようなもので、百姓たちは何よりも米づくりを優先する。むろん断言するわけにはいかぬが、騒ぎが起こるとしたら、収穫が終わってからだと思われた。ふた月ほど先ということになる。

そこまで思いいたって、さきほど尋ねられたことの意味が分かった。定岡の面をうかがうと、けわしい表情となってこちらを見つめかえしてくる。

——あやしい動きあらば、斬ってもかまわぬということか……。

一揆や強訴はきわめて扱いがむずかしい。一歩あやまれば、お家取りつぶしや転封につながりかねなかった。そこまでいかずとも、農政にたずさわる役人が咎めをうけるのはよく聞く話である。庄左衛門や定岡の身にも、わざわいが降りかかるやもしれぬ。未然に防げるならそれに越したことはないが、

——斬る、か……。

なじみとなった村人の顔を思いおこす。おのれがその者たちを斬り伏せる姿は浮か

んでこなかった。しぜんと眼差しが落ちてしまう。

定岡が、意外にしんみりした口調でつづけた。

「まあ、気もちは分かるが、こういうときのための郡方よ」

上役の顔には、どこか諦めたような笑みが刻まれていた。

――そうか……。

釘をさすつもりで呼んだのだな、と見当がつく。

百姓たちにつつがなく米を作らせるのがわれらの勤めじゃ、と庄左衛門に教えたのは高瀬の舅だったが、かといって村人の仲間というわけではない。いくら親しんでも農民と武士のあいだには厳然とした垣根があり、だからこそ上手くいく部分もあった。

が、おのれの心底が百姓の側に大きくかたむいていることは自覚していた。同輩のなかには庄屋から小遣い銭をせしめるような者もいて、おそらく森谷敏五郎などの酒代はその辺から出ているのだろうが、自分はせいぜい茶菓をふるまわれる程度だし、村人との関係も総じて良好といってよい。啓一郎の死でみじかい間に終わったものの、受けもちをはなれた村々からは、いくぶん世辞ぶくみではあろうが、惜しむ声がいくつも寄せられたものである。それを承知しているからこそ、念を押してきたのだろう。妙な同情は起こすなということらしかった。

「それにしても分からぬのは」ややあって、定岡がひとりごつような呟きをもらす。首をまわすと、ごりりという音が立った。「投げ文のぬしじゃ」

首すじのあたりを揉(も)みながら、忌々しげに顔をしかめる。「こちらへ心を寄せるなら、もっとくわしく知らせればよいものを……半端なことをしおって」

「まんいち露見いたせば、どのような目に遭わされるか分かりませぬゆえ」庄左衛門は腕組みをして、浅い吐息をもらした。「百姓衆には逃げ場がござりませぬ」

「逃げ場がないのは、われらとて同じよ」

定岡が苛立ったように声を高めた。庄左衛門の腰に手をのばすと、大刀の柄をぽんぽんと叩く。

「ともかく、こいつを錆(さ)びつかせるなよ。せいぜい素振りでもしておけ」

二

目立つほど長い指先が、質素なこしらえの軸物を受けとる。紐を解き、おもむろに広げると、

「ほう」

驚いたような声がもれた。はっきりと感嘆の響きがふくまれている。庄左衛門はお

そるおそるという体でこうべを下げ、そのままおのれの座へもどっていった。

「……野に遺賢あり、というべきかな」

涼しげな声が二十畳ほどの客間に流れる。開け放たれた障子戸から初秋の日ざしが降りかかり、その向こうに手入れの行きとどいた庭が覗いていた。あわい紅色をした昼顔の花弁が、まぶしい陽光に浮きあがっている。

「お気に召しましたか」

嬉しげな声をあげたのは、藩校日修館の助教・立花弦之助である。そして、上座で庄左衛門の絵に見入っているのは、側用人の鏑木修理だった。うむ、という返事が聞こえ、われしらず胸が高鳴る。

「これほどの線、お抱え絵師でもそうは描けまい」

顔をあげてくれ、と告げられ、そろそろと面を向けた。白皙のおもざしが、しずかにこちらを見つめている。光の加減なのか、瞳の色がいくらか薄いように感じられた。

「高瀬庄左衛門――」修理が感に堪えたような声を発する。「みごとだ」

「はっ」

みじかく応え、膝につくほど頭を下げた。修理が見ている絵は、雨の庭を描いたものである。志穂の助言でくわえた燕が、濡れた翼をひろげて宙を横切っていた。実家へもどる際、餞別として渡したものだが、気にいった作を持参するよう言われたので預かってきたのである。その絵が誉められたのは志穂の手柄でもある気がして、より深い喜びが込みあげてくるのだった。

「郡方ではもったいないな」知的といえる眼差しが、思案する風情で宙を向く。「なにかふさわしい役目を考えねば」

「まことにありがたく存じますが……」庄左衛門はおずおずと告げた。修理の眉が怪訝そうにひそめられたので、面を伏せて言い添える。「いまのお勤めがいやなわけではございませぬ」

「ほう」側用人が意外そうな表情を浮かべた。修理がおのれに会いたがっていると聞かされたときは仰天したが、弦之助がお膳立てしてくれたに違いない。若者の気もちは素直にうれしかったが、そのことだけは言っておきたかった。どうにも訝しいといった面もちで、修理が語を継ぐ。

「その齢で野山を歩くは、辛うないか」

「辛うございますな」とっさに応えが口をつく。もう少し言いようがあったか、と気づくまえに、思わずという体で弦之助が笑声をあげた。

若者が「ご無礼――」とつぶやき、低頭する。修理だけがふしぎなほど真剣な色をたたえた瞳で、こちらを見守っていた。庄左衛門は、かるく咳払いしてことばをつづける。

「が、辛うない勤めなどございましょうや」

「いかさま、な」側用人が頰をゆるめる。「わしもつらい」

修理はかたわらの弦之助を見やると、いたずらっぽい口調で問いかけた。「そなたはどうだ」

「はて――」若者はこめかみのあたりに指をあてると、沈思するように視線を落とす。修理が茶化すふうにいった。

「考えねば分からぬか……しあわせな男だの」

「強いていえば」無邪気ともいえる笑みを刻みながら、弦之助が口をひらく。「この世にあることそのものの方が、辛うございますな」

口調はどこまでも明るかったが、何かするどいものが庄左衛門の胸に突き立ってくる。太郎松の下でぽつんとたたずむ影が、眼裏(まなうら)をよぎった。

が、修理はふかく考えるでもなく、

「それはまた、重篤じゃの――」受け流すようにいうと、あらためて庄左衛門へ向きなおった。「では、いまの勤めに兼ねてということで、なにか考えおくとしよう」

「ありがたきしあわせにございます」手をつき、おもむろに腰を折る。帰国してから表替えをしたのだろう、青々とした畳の目がやけにくっきりと見えた。

「礼をいうのは早い」自嘲めいた口ぶりになって側用人が告げる。「今すぐとはいかぬだろう……あのお方が居座られておるうちは」

にわかには、ことばの意味が分からぬ。庄左衛門は面をあげ、問いかけるような眼差しを弦之助へ向けた。それに気づいた若者が、頭のうえで左右の人差し指を立てる。鬼のつもりらしいが、ますますわけが分からなくなった。修理が吹きだしそうになった口もとをおさえる。

「ご家老よ。宇津木さまじゃ」

いって苦々しげな表情となった。

弦之助が筆頭家老・宇津木頼母から叱責を受けたという話を耳にしたのは、先月のことになる。しばらくして顔を見せたときに質すと、

「いや、手ひどくやられました」

まるでひとごとのように笑った。藩校の改革案を上申したところ、呼びつけられ目のまえで建白書を破り捨てられたという。

「上士と下士の区別をなくし、一堂で学ばせようと思ったのですが……」

おまけに、教授陣にも三年にいちど考試を課し、成果によって地位が上下するしくみを考え出したらしい。

「それは、なんとも……」

庄左衛門から見ても、やりすぎと思えるほどの実力本位といってよい。門閥の保持に心をくだいているという噂がまことなら、宇津木頼母が受けいれるわけはなかった。そばで聞いていた志穂が、気づかうように若者を見つめる。

「上士の方からそのような案が出るとは、ご家老様もさぞ驚かれたことでございましょうね」

「驚いたというより、怒ったというべきですが」端整な面ざしに口惜しげな色が浮かんだ。

「――なぜ、そういう話し方をするのですか?」

とつぜん声を投げてきたのは、坪庭で野良猫とたわむれていた俊次郎だった。開け放たれた障子を通して、いくらか突っかかるような目を若者に向けている。

「……なにかおかしいですか?」弦之助がいぶかしげに首をひねった。

「ほら」俊次郎が舌打ちめいた声をもらす。少年の気が逸れたためだろう、ぶちの猫がぷいと顔をそむけ、生け垣のすきまから表へ出ていった。「ていねいすぎます……上士なのに」

「あなたの言い方は乱暴すぎますよ」志穂がたしなめるようにいった。弦之助に向きなおり、わびようとするのを若者が手でとどめる。

「ううん」難問でも突きつけられたかのごとく、顎のあたりに手を当てた。「いままで考えたこともありませんでした」

しばらく宿題にしておいてください、というと、俊次郎が不承不承という体で顎を引く。庄左衛門はこっそり苦笑を嚙みころしたが、

「——つぎの建白書ができたら、ゆっくり考えますから」

弦之助の口からこぼれでた言葉には、さすがに啞然とした。

「あの、僭越とは存じますが」めずらしく、志穂の声もうろたえている。「しばらくはお控えになったほうがよろしいのでは……」

「だいじょうぶです」なだめるような調子で弦之助がいった。「べつの献策ですから」

志穂ともども絶句したが、若者はけろりとしたものである。庄左衛門と村廻りをしたおり、大半の集落が米づくりに頼りすぎていると感じたらしい。新木村のように、べつの作物も植えつけるよう提言するつもりだという。

「新木村は豆でしたが」すでに案がまとまっているのだろう、弦之助は淀みなく発した。「いっそ、神山あげての名産品を育ててはと……楮など、いかがでしょうか」

といわれても、にわかには思案がつかぬ。楮が桑の一種だというくらいは知っている。蒸してはがした樹皮を川水や雪にさらし、やわらかくした繊維を漉いて紙をこしらえるのだった。

「江戸では読本がさかんです。町人たちも楽しむため書物を手にする世になって参り

ました。紙はこれから、伸びしろのある品かと」

「読本……」志穂が反芻するようにつぶやく。

弦之助が力づよくうなずきかえした。「歴史や孔孟の教えではなく、読んでおもしろい物語の書かれた書物です。京伝や馬琴などという作者が人気ですが、絵もふんだんに入っているのですよ」

「ほう、絵がな――」庄左衛門も興味をひかれた。神山藩も小藩というほどではないが、片田舎であることは間違いない。すこし聞いただけでも、江戸のにぎわいは城下と比較にならぬほどと感じられた。

――それにしても……。

内心で吐息をもらす。この若者の明敏さは承知していたつもりだが、まだまだ奥は見えていなかったらしい。読本がさかんなのを目にして紙づくりを思いつくとは、たんに学問ができるという域は疾くから超えていた。

――もともと勝負になど、なっておらなんだのだな。

すでにわだかまりといえるほどのものは残っていないが、啓一郎のことを思い浮かべると、どこかもの悲しい気もちになるのも事実だった。

が同時に、弦之助という若者の奥深い部分も感じられるようになっている。現にいま修理に問われ、世にあることそのものが云々とこたえたのも、戯れ言というわけではない気がした。

ならぶものがない、とはそれこそ想像をこえた境涯だが、半面つねに一人ということでもある。おそらくこの若者には、藩内のさまざまな矛盾があからさまに見えているのだろうが、ほかの者が感じていないのであれば、山はたやすく動かぬ。旧弊の象徴と見なされる宇津木頼母が相手ではなかなか埒もあくまいが、見るところ鏑木修理は弦之助の後ろ盾となっているらしい。そこにどこか安堵めいた思いもいだくのだった。

「いずれ、その画技を生かせるお役を見いだすとしよう」

あらためて口にすると、今日は会えてよかったと言い残して、修理が立ちあがる。平伏した庄左衛門が面を起こすと、弦之助が子どものようにうれしげな顔で笑いかけてきた。

「いかがでしたか、修理どのは」

家宰らしき武士に先導され、玄関へ向かって長い廊下を歩みながら、若者がたずねる。

「それがしごときが申すのもはばかられますが……いかいご人物とお見受けいたしました」

弦之助が満足そうに首肯する。「いかにも、御家の次代をになうお方かと存じます」

江戸へおもむいた直後、屋敷に招かれて知遇を得たのだという。修理自身、かなりの博識で、天下国家の問題や史書にまつわる談義などをかわして意気投合した。遊学中は、なにかと便宜をはかってくれたらしい。

「ああ、そういえば」若者がふと思い出したというふうに付け加える。「志穂どののお宅につけた警護の人数も、修理どのにお願いしたのですよ」

「えっ――」驚きのあまり、声が裏返ってしまう。「それを先にいうてくだされ……お礼のひとつも申しあげぬまま、退出してしまいましたぞ」

「面目ござらぬ」弦之助も、さすがにばつわるげな表情となった。「直接お願いしたのは、そちらの……ええと、朝日（あさひ）どのでして」

「朝比奈（あさひな）でござる」

先に立つ中年の武士が苦笑まじりに振りかえった。あわてて、繰りかえし頭を下げる。当たり前と思えることが抜け落ちていたりするから、この若者の相手は骨が折れもするのだった。

式台のところまでくると、すでに半次が支度をととのえ控えている。供など無用と告げたのだが、「どうせ暇でございますから」と、ひとを喰ったことをいって付いてきたのだった。物見高いところのある男だから、側用人の屋敷なるものへ行ってみたかったのかもしれぬ。

「待たせたの」

声をかけたが、応えがない。ふしぎに思って顔を覗きこむと、ようやく気づいた様子で、「めっそうもない」と返してきた。その口調もどこか上の空である。

出された草履に足を通しながら、今いちど小者の面をうかがった。顔色がふしぎなくらい冴えない。もともと蒼白い面ざしではあるが、今はむしろ、くすんでいるとさえいえるほどだった。視線も落ちつかなげにあちこちさ迷っている。鏑木邸へおもむいたときには、そうしたようすは微塵もなかったように思う。

——待っているあいだ、何かあったということか。

あるいは、知り人にでも出くわしたのかもしれぬ。修理ほどの大身になると、中間(ちゅうげん)や小者だけで何十人とかかえている。江戸から来たものも数多いるだろうから、ばったり知人と顔を合わせることもないとはいえなかった。流れ者の落ちゆく先はそう多くない。

が、ここであれこれ尋ねるわけにもいかぬ。家宰の朝比奈に、弦之助ともども低頭して辞去する。

聳え立つ長屋門を出て振りかえったときには、すっかり肩のあたりが凝り固まっていた。延々とつづく海鼠塀(なまこべい)のむこうで、枝ぶりのよい梅が空へ向かってのびている。

早春のころには白や赤の花びらが匂やかに咲きほこるのだろう。

「……なんとも豪儀なお屋敷ですな」

塀に沿って歩をすすめながら、半次が呆気にとられた風情でつぶやく。外に出て気もちがほぐれたのか、いつもの調子を取りもどしていた。

「ご家老のところは、この倍もあるそうです」

弦之助がいくぶん皮肉めいた口調でささやく。むろん筆頭たる宇津木頼母を指しているのだろう。賄賂などの噂が念頭にあると見えるが、あまりひとへの好悪を口にしないこの若者にしてはめずらしいことだった。建白書を破られた件がよほど腹に据えかねているらしい。が、すぐ心もちを切り替えるようにして、尋ねてくる。

「――このあとは、どうなさいます」

初秋の日はまだじゅうぶんに高かった。たしかに、まっすぐ帰宅するのは、いささか惜しいようにも感じられる。

「たまには拙宅へお出でになりませんか」

「ほう」それもよいと思った。弦之助は藩校の宿舎に起居しているから、拙宅とは大げさだが、啓一郎の学び舎を久しぶりに訪れるということにも、こころ惹かれるものがある。

だが半面、乾きつつある瘡蓋のようなものが剝がれはせぬかという懸念もあった。

すでに一年が経つとはいえ、子に先立たれるとは想像以上に深いところを抉られるものらしい。そのひと自身への想いはもちろんだが、中途で断ち切られた命そのものへの哀惜が傷を深めるのかもしれなかった。

「ありがたくは存ずるが、今日は行くところがござって」

すこし考えた末こたえたが、嘘ではなかった。もともと余吾平のところへ行くつもりだったのである。さすがに最近はくたびれてきて、三月に一度くらいになっているが、相変わらず金子をたずさえ在所まで通っていたのだった。

「では、いずれ折をみて」

弦之助も屈託なく応じる。この若者とて忙しさは人後に落ちぬはずだった。これも半次が筆屋から仕入れてきた話だが、正規の講義にくわえ、希望者をつのって課外授業までおこなっているという。それがまた史書や儒家の書にとどまらず、経世家と呼ばれる人びとの著作を紹介し、金銭の流れまで説いているらしかった。藩校内で物議をかもしていることは言うまでもないが、弦之助は例によって気にとめるようすもない。

ちょうど長い塀が尽き、曲がり角に差しかかったところだった。郡方の組屋敷と藩校は逆の方角だから、しばし足をとめ、礼を交わし合う。踵をかえそうとしたところへ、

「高瀬さま——」

呼びとめる声が飛びこんできた。弦之助もおぼえず振りかえる。今しがたあとにした門のあたりから、中間がひとり駆けてくるところだった。鏑木家の者ではなく、郡方役所で召し使っている中年男である。近づくと、肩を波打たせながら、きれぎれに発した。

「……ようございました。また……行き違いになるところじゃった」

使いを命じられ組屋敷へおもむいたところ、のこって絵を描いていた志穂たちがここを教えてくれたのだという。まだ息をはずませたまま、いぶかしげに門のほうをうかがう。

「なんだってこんなお屋敷に……」

庄左衛門は懐から四文銭を何枚か出すと、すばやく男の手を取ってにぎらせた。

「とりあえず、ご支配には黙っておってくれ。で、どうしたというのじゃ」

ようやく背すじをのばした中間が、荒々しい呼吸を掻きわけるようにして告げた。

「新木村の庄屋・次郎右衛門どのがお倒れになり、重篤との報せでございます——」

三

黄金色の混じりはじめた稲穂が風にそよぎ、さわりと音をたてた。収穫までひと月というところだが、今年は順調に米が育っている。立ちはたらく村人の顔にも険しさは感じられなかった。

──あとひと月……。

庄左衛門は編笠のひさしを上げ、あたりを見わたす。遠い山なみの麓まで田畑がひろがり、いまだ烈しさの残る日差しをいちめんに浴びていた。あるいはひと月ののち領内のどこかで強訴が起こるやもしれぬ。それはむろん、この新木村なのかもしれず、そう思えば子をあやす農婦の顔ですら、隠しごとを秘めているように見えてしまう。

「……まだ迷っておられるので」

かたわらを振りかえり、呆れたような声をあげる。めざす屋敷が近づくにつれ、立花弦之助の歩みは目に見えて滞りがちとなっていた。「次郎右衛門どのは、そこもとにとって親代わりともいうべき御仁でござろう」

「齢からいえば祖父代わりですが」話をそらすように、若者が他愛もないことを返してくる。げんなりした庄左衛門が溜め息をつくと、「すみません」といって、やはり吐息をもらした。「──なにもかも、ご存じなのですね」

「まあ、おおまかにでござるが」つい口を濁してしまう。つづくことばを思いつかぬままのろのろと歩いたが、弦之助はなおも遅れがちとなっている。さすがに首をかしげた。

「ながらく会うておらぬと、訪ねるのが気重になるのも分かり申すが……いくらなんでも、度が過ぎはいたしませぬか」

弦之助が声を呑みこむのが分かった。途方に暮れた表情で、畔に腰をおろす。百姓たちは休息を取っているのか、近くの田に人影はうかがえなかった。庄左衛門は若者の背後に立ち、うすい背中を見つめる。弦之助が、笠の緒をほどいてかたわらに置いた。

「次郎右衛門どのではないのです」背を向けたまま、ぽつりとことばを零す。「ご存じなら話がはやいが……あの屋敷には母がおります」

なればこそと思ったが声には出さなかった。にわかに若者が振りかえり、雨に打たれた仔犬のようなまなざしを向けてくる。「話したことはおありですか」

「えっ——」思いがけぬ問いに戸惑ったが、いそぎ記憶を手繰って口をひらく。「いや……顔は毎度のように見申すが」

どこか弦之助に似た、はかなげな面ざしが浮かぶ。若者がゆっくりとこうべを振った。

「そのはずです、話せないのですから」

息のかたまりが重く喉をふさいだ。いわれてみれば、二十年ちかく顔を合わせていながら、一度も会話をかわしたことがないというのも不思議な話ではある。が、うのという女が白湯など出しては下がってゆくだけなので、とりわけ不審とは思わなかった。きわだった美しさと訳ありげな気配に、声をかけづらかったというのもある。

——生まれつき、ということか……。

そのような考えが脳裡をよぎるのと同時に、弦之助が右の袖をまくりあげた。いたましい傷痕があらわになり、つい視線をそらしてしまう。若者が押しころしたような声で告げた。

「骨が見えるほどの大けがで……母が泣きながら手当てをしてくれましたが」そのときの痛みが甦ったかのごとく、顔をゆがめる。「どうにか血が止まったときには、声を失くしておりました」

「………………」

「一生ぶん泣き苦しんで、心もちのどこかが裂けてしまったのかもしれませぬ」

「心もちが……」ただ繰りかえすことしかできなかった。若者が膝へ着くほど頭を垂れる。絞りだすように声を発した。

「わたしが逃げ帰らなければ……いや、もともとわたしという者さえおらねば、そんなことにはならなかった」拳を握りしめ、肩を揺らした。「母もそう思うておるやもしれませぬ」

「――それはちがう」自分でも思いがけぬほど勁い声が、喉を突いて出た。弦之助も弾かれたように振りかえる。

「親というは、子のためなら腕の一本くらい喜んでくれてやるものでござる」

若者が切れ長の目を見開く。揺れる瞳に向かって庄左衛門は語を継いだ。

「声を失う痛みより」啓一郎の面ざしが瞼の裏をかすめる。なぜか背を押されるような心地がした。「そこもとが訪ね来たる嬉しさの幾層倍まさることか」

弦之助は無言のまま、庄左衛門を見上げている。どこかで鳶の啼き声が響いたが、ふたりとも顔を向けはしなかった。たがいの息遣いだけが、はっきりと聞こえている。

ややあって、若者の面に血が通ってくる。蒼ざめた頬が紅潮し、昏く沈んでいた瞳にかがやきが戻ってきた。ぎこちない動きで立ちあがり、こちらに向けてゆっくり腰を折ると、庄屋屋敷のほうへ爪先を踏みだす。

庄左衛門もいくらか離れてあとにつづいた。このさきは若者ひとりで行くのがよいと思えたのである。

涼やかな音をたてて流れる小川をわたり、太郎松のかたわらを過ぎた。前をゆく弦之助が、足を止めぬまま巨木を仰ぐ。少年だった日々を振りかえっているのか、この根方でひとり庄左衛門を待っていた折のことを思いだしたのかは知るべくもない。

ほっそりとした影が庄屋屋敷のうちへ入るのを見とどけ、門のところで足をとめる。前庭で掃き掃除をしていた中年の下男が箒をとめ、若者になにごとか問いかけた。

弦之助がみじかく応えをかえすと、中年男は驚いたような表情をうかべ、いそいで屋敷うちへ引きかえしてゆく。のこされた若者は、空の頂からこぼれる光を浴び、秋の日のなかに一人たたずんでいた。いつのまにか、庄左衛門の掌が汗ばんでいる。

待つのにやや疲れをおぼえたころ、玄関口に人影が差した。目を凝らすよりはやく、藍色の袷姿がはだしのまま駆けだしてくる。ものしずかな日ごろの風情は消しとび、うのは呆然とした面もちを隠すことなく息子を見つめていた。

弦之助が母に二言三言ささやきかけ、これ以上ないというほどこうべを下げる。うのは瞳をおおきく見開くと、次の瞬間、激しくかぶりをふった。出ぬ声を振りしぼるようにして息子の手をとり、おしいただくふうに顔をうずめる。若者の小脇に挟まれていた編笠が足もとに落ちた。

庄左衛門は詰めていた息をゆっくり吐くと、ふたりに背を向けた。弦之助の嗚咽が聞こえはじめたところで門口を離れ、来た道をすこし戻る。むろんこのまま帰るつもりはないが、しばらくは二人にしておきたかった。

いつしか暑さがやわらぎ、わずかながら大気にひやりとしたものが混じっている。木槿（むくげ）はもうしぼむ時刻らしく、身をちぢめるように紫の花弁を寄せていた。見るともなくその花を眺めるうち、庄左衛門はふいに眉をひそめた。瞼をなかば閉じて耳を澄ます。どこからか、ざわめきのようなものが湧き上がるのをおぼえたのだった。

息をころし、周囲をうかがう。気の早い蜻蛉（とんぼ）が一匹、すぐそばを漂っていた。つかのま唇もとをゆるめそうになったが、禍々（まがまが）しい気配はしだいにはっきりしたかたちを取り、のしかかるような重さをともなって近づいてくる。

——足音だ。

それも、ひとりやふたりではないようだった。音を追って太郎松のほうへ駆けだそうとしたときには、すでに土煙があがっている。棒立ちとなって見守るうち、視界の向こうにはためくものが覗いた。長四角に編みこまれた藁（わら）が竹竿の先に吊るされ、初秋の風に翻っている。

——筵旗（むしろばた）……。

ことあるとき、百姓たちが掲げる目印だった。団結の合図といっていい。

忙しなくあたりを見まわした。が、庄屋屋敷に通じる一本道である。身を隠す場所がないことは分かりきっていた。

旗のもとに群がっていた黒い塊が、おもむろに鮮明さを増し、百姓たちの姿となって近づいてくる。道いっぱいにひろがった列が、見渡すかぎりつづいていた。少なく見ても二、三百人はいるものと思われる。

地の底から湧くような足音が轟き、百姓たちの喚声がそれに混じった。舌が喉に貼りつき、唾が一滴も出てこない。吹きつける砂埃で、口のなかがざらついて仕方なかった。

やがて、先頭に立つ者の顔が見分けられる距離まで来たところで、百姓たちが歩みをとめる。庄左衛門はたった一人で群衆に向き合うかたちとなった。侍に出くわしたのはむこうも予想外だったらしく、とまどった色を浮かべ、くちぐちに何ごとかささやきかわしている。

――市の字……。

勘がはずれたぞ、と毒づきたくなったが、あのときはおのれも同意したのだった。ことが起こるとしたら刈り入れが終わってからと推量したのは、百姓たちの習いからして的はずれではないはずである。次郎右衛門が病と知って、村人たちの箍がはずれたのだろうか。

が、次の瞬間、庄左衛門は眉を寄せた。先頭にならぶ幾人かに見覚えがある。あわただしく脳裡をまさぐると、ぼんやりした記憶がすこしずつ染み出してきた。

――榑谷だ。

声をあげそうになった。おのれの受けもちではないが、新木村の隣村であるから、郷村廻りの途次、たびたび通りすぎている。長年のことゆえ、顔くらいは覚えた者もいるのだった。庄屋屋敷へ押しかけようとしている様子からこの村の者と思いこんでいたが、太郎松のそばには榑谷村へ通じる道がある。そこを辿ってきたものらしかった。

「なんの騒ぎじゃ」

意を決して呼びかけたものの、百姓たちは顔を見交わしざわめくだけで、いっかな応えようとせぬ。おびえた目を向けてくる者もいれば、にやにやと気味のわるい笑みを浮かべる者もいた。

「願いの儀あらば聞こう」

声を張りあげてみたが、やはり返答はなかった。先頭の何人かが振りむいて顎をしゃくる。止まっていた列が、ふたたび動きはじめた。庄左衛門は、黒雲のような群れが近づいてくるのをただ見つめている。

――ひとを斬ったことはあるか。

定岡の声が耳の奥でいくども繰りかえされる。その響きに操られるかのごとく、大刀の柄に手をのばした。百姓たちがどよめきをあげ、いちはやく背を見せる者もあらわれる。

安堵めいた思いが胸をかすめた。むろん、斬りたいわけはない。できれば抜くこともなしですませたかった。

その隙を突くように、列のなかから突然ひとりの武士が飛びだした。抜刀しながら駆け寄ってくる。おどろきの声をあげそうになったものの、すかさず半歩踏みだし、大刀を鞘走らせた。

が、甲高い音が響いたかと思うと、抜き放った刃は対手の太刀に押し切られ、足もとへ転がっている。あわてて脇差に手をのばそうとしたが、するどい切っ先がいちはやく胸元に突きつけられていた。

――油断したわ……。

内心臍を噛んだが、もはや身動きもままならぬ。対手がほくそ笑むような表情を浮かべた。裂けるかと思うほど、口もとが大きく歪む。浪人なのだろう、月代のあたりはみだれ、擦りきれた袷をまとっていた。

「……弱くなったな」

血色のわるい唇から、ひどくしゃがれた声が漏れる。この場にそぐわぬ楽し気な響きだった。

――弱くなった……？

相手の顔を凝視した庄左衛門は、とっさに息を詰めた。おさえきれぬ驚愕が、肚の底からほとばしる。

「おまえ、碓井慎造なのか――」

遠い焔（ほのお）

一

黄昏（たそがれ）どきをすぎた日ざしが、大気を焦がすほどの輝きとなって庭を照らしている。烏瓜（からすうり）は焙（あぶ）られたようにあかく染まり、どこか甘い匂いがただようのは、熟した木通（あけび）の実が裂けたのかもしれなかった。

高瀬庄左衛門は、縁側で膝をかかえるようにしながら、暮れゆく風景を見つめていた。囲炉裏の切られた居間には布団がのべられ、次郎右衛門が瞼を閉じて横たわっている。枕辺にはうのと弦之助が沈痛な表情を浮かべて控えていた。部屋の内と庭に二人ずつ百姓が配され、こちらへ厳しい視線をそそいでいる。

新木村の庄屋屋敷に擒（とりこ）となったのである。庄左衛門が碓井慎造に敗れたあと、期待してはいなかったものの、弦之助も拍子抜けするほどあっさり大小を取り上げられた。次郎右衛門は気に入りだったこの部屋を病間として用いており、そこへまとめて押しこめられたかたちである。

庄屋は心の臓に障りが出たらしい。いのちの灯は消えておらぬが、あきらかに衰弱の方向へとむかっていた。先ほどからも、眠ったり起きたりを繰りかえしている。

いったい何が起こっているのか、皆目わからぬ。榑谷村はもと天領だったが、飛び地ゆえ扱いにわずらわしいことが多く、元禄の末年に加増の名目で神山藩に下げ渡されたのである。

が、内情は厄介ばらいというところだった。隣村でありながら新木村とはちがって地味にめぐまれず、収穫高もとぼしい。二十年以上もむかし、少壮の家老だった宇津木頼母が大がかりな新田開発を企てたおりも、見込みが薄いとしてそのまま捨ておかれたのである。

それでいて、もと天領という誇りがいまも残っているらしい。やりにくくて困る、と受けもちの森谷敏五郎がしばしばこぼしていた。森谷はもともと愚痴のおおい男だが、この件については宜なるかなという面がある。新木村と境を接しているから、庄左衛門も年に幾度かは村内を通るが、たしかにどこか人気があらく、すさんだ相貌の村人をまま見かける。もっとも、そうした空気がただよっているのは榑谷にかぎらぬ。百姓たちの不満は、どこで火がついてもおかしくないのだった。

吐息をついて、暮色のひろがる空を仰ぐ。ところどころ浮かんだ雲が、朱と藍のまじった影を孕んで、ゆっくりと動いていた。

すりきれた袷をまとう男の姿が脳裡をよぎる。碓井慎造に再会したときはむろん驚愕したが、喰いつめた浪人者が農村にながれ、用心棒まがいのことをして生計をたてるのはよくある話だった。じっさい一味のなかに何人か、ほかにも浪人らしき姿を見たような気がする。

――なにゆえ新木村に押し寄せたのか。

むしろ分からないのは、そちらの方である。強訴ならば城下に繰り出すのがふつうで、他村の庄屋屋敷を取りかこむなど聞いたこともない。季節はずれの決起といい、不自然なことが多すぎた。とはいえ、いくら考えをめぐらしても、はかばかしい答えなど思いつくわけもない。

がたりと音がしたので振りむくと、この家の女中がふたり、膳をかかげて入ってきた。榑谷の者に指図され、食事をはこんできたのだろう。戸口や庭先へひかえる男たちに向け、おびえた眼差しを隠そうともしない。膳をおくと、横たわる次郎右衛門をいたましげに見やっただけで、そそくさと出ていった。

見張りの男たちが、麦飯と味噌汁を不味（まず）そうに咀嚼（そしゃく）する。庄左衛門たちの分もあるようだが、誰も手をつけようとはしなかった。静まりかえった室内に、飯を嚙む音だけがくちゃくちゃと響く。男たちは、たいして意味のない会話を物憂げにかわしていた。

縁側にまでかぐわしい大根汁の匂いがただよってくる。にわかに空腹をおぼえ、迷ったものの思い切って立ちあがった。ずいと進みでて、膳のまえに腰を下ろす。男たちがぎょっとして上体を浮かしたが、かまわず汁椀を手に取った。

ひとくち啜ると、胃の腑から軀のすみずみにまで温かさが広がっていった。強張っていた背筋がゆっくりほどけてゆく。しゃきしゃきと砕ける大根の歯ざわりが心地よかった。案じるようにおのれをうかがう弦之助たちへ呼びかける。

「食うたほうがよい……あたたかいうちにな」

若者が表情をゆるませ、うのにひと声かけて膝を起こす。ふたりして庄屋の枕辺をはなれ、庄左衛門のかたわらへ腰をおろした。

「えっ――」

おもわず声が裏返ったのは、うのがいきなり手をつき、こうべを下げてきたからである。あわてて汁椀をおき見守るうち、弦之助に似たうつくしい面ざしをおもむろに上げる。切れ長の瞳が一心にそそがれてくるのを受けとめきれず、視線を逸らしてしまった。その先には弦之助がひかえていて、やはりふかぶかと腰を折っている。

若者の背を押した礼ということなのだろう。あの後いきなり榑谷の者たちにかこまれ、それどころではなくなっていた。膳も出て、いくらか落ちつきを取りもどしたのかもしれぬ。

「……まあ、ともあれよかった」

うまいことばが思いつかず、いくらかぶっきらぼうな口調となってしまう。が、言いおえぬうち、肩がぴくりと跳ねた。とっさに腰へ手をのばしたが、大小はとうに取り上げられている。舌打ちをもらすと、弦之助たちも庭先へ目をやり、身を強張らせた。

墨を溶いたような闇のなかにたたずむ影がある。いつからそこにいたのかは分からなかった。庄左衛門は引きずられる体で立ちあがり、縁側へ歩み寄る。

「よう」

碓井慎造が、にやりと笑いながら声を投げてくる。まるできのう別れたかのごとく自然な口ぶりだった。

二

「やはり老けたな」

庄左衛門が庭へ下りると、のぼりはじめた月明かりを透かすようにして、慎造が無遠慮なまなざしを向けてくる。これも若いころとかわらぬ口調だった。

「――お互いさまだろう」

慎造の髪は三分がた白くなり、まばらに伸びた無精髭も同様だった。皺はすくなかったが、窪んだ目から鼻筋にかけて覆いようのない険しさがこびりついている。老けたというよりは、荒(すさ)んだというほうが正しかった。

「白髪(しらが)はすくないな」

無造作に手をのばし、庄左衛門の鬢にふれてくる。とっさに荒々しく払いのけた。

「さわるな」

慎造は、おお怖(こ)わとおどけたように言うと、とつぜん真顔となり、低い声で発した。「……殺してやってもいいんだぞ」

にわかに禍々しいものが吹きつけてくる。胃の下あたりに寒気をおぼえた。ただの脅しと分かっていたが、場合によってはそれも辞さぬという、歪んだ自負のようなものが伝わってくる。

――殺したことがあるのだな。

わけもなく確信めいたものをいだいたのは、若き日に幾度となく剣をかわした仲だからだろう。

「どうせ、おまえらには質草としての値打ちもない」

黙りこんだ庄左衛門にかまわず、昏さを増す宵闇へ向けてつぶやく。勝手にまぎれこみやがって、と苦笑まじりにつづけた。

「……なにを企んでおる。きさまが頭目なのか」

横顔に問いかけたが、慎造は、

「まあ、そういうことになるか」

興もなげに応えただけで、値踏みするような視線を向けてくる。ふと気づいたという体で発した。

「壮平――おまえ、郡方か」

短袴に行縢という出で立ちに目をとめたのだろう。はぐらかされた気がして、胸の奥にまた怒りの灯がゆらめいた。押し殺した口調で告げる。「ああ……いまは高瀬庄左衛門という」

こんどは慎造が無言になる番だった。なにかを反芻するような、思いを押しこめるような表情となり、色のわるい唇を嚙みしめる。しばらくそのまま身動ぎもしなかったが、やがて、ぶるっと軀を震わせると、みじかい呻き声を吐きだした。「行き先を見つけたってわけだ……おまえも堅吾も」

おれだけかよ、と吐き捨てると、燃えるような目で庄左衛門を見据える。

「まあいい、じき何もかもご破算になる」ことばとは裏腹に、その声はむしろ楽し気だった。「今ごろ城下は大騒ぎだ」

慎造はなにかを見せつけるような口調で語りだした。すでに大目付のもとへ訴状を届けたらしい。榑谷村の天領への復帰と、当座のお救い米として一万石を要求し、容れられざるときは藩の穀倉ともいうべき新木村を焼き打ちにするという内容だった。

——なるほど……。

さまざまなことが腑に落ちる思いだった。百姓らしくないと感じた決起も、慎造ら浪人衆が計画を練ったのだとすれば合点がいく。むしろ、あるはずのない時期だからこそ、庄左衛門たちも油断したのである。おそらく榑谷村には女や子どもが残って、とぼしい収穫を手にするつもりなのだろう。男たちは、長いあいだに培われた新木村への羨望を煽られたにちがいない。ここまでは慎造たちの図にあたったといえる。

が、

「そのような訴え、聞きとどけられるわけがあるまい」

おぼえず声が出たのも本当のところだった。天領云々は幕府へ願いを出せということだろうが、表高十万石の藩で、十分が一のお救い米など出せるわけもない。

ふん、と鼻を鳴らすと、慎造は雲の広がる夜空を仰ぎ、嘲るような笑みを口もとに刻んだ。

「五日のうちにご返答たまわりたく候、と書いておいたが……まあ、米はたっぷりあるだろうし、ゆっくり待たせてもらおう」

おまえも骨休みのつもりでのんびりしろ、と乾いた声で告げると、踵をかえして離れてゆく。庄左衛門は、痩せた後ろ姿が宵闇に溶けこんでゆくのをじっと見つめていた。

囲炉裏の間へもどると、次郎右衛門が目を覚ましている。庄左衛門が庭に出るのと入れ違いに瞼をひらいたという。まだ軀を起こすことはかなわぬようだが、まなざしに曇りはなかった。

「……面目ござりませぬ」

かすれた声に、無念げな響きが隠しようもなく籠っていた。おのれが倒れたため、庄左衛門たちを巻き込んでしまったと感じているのだろう。なだめるように、ゆったりとかぶりを振った。「まあ、よいこともあった」

枕辺に坐す弦之助とうのを振りあおぐ。若者がはにかむふうに笑うと、次郎右衛門の瞳もいくらか安らいだようだった。

ふいに志穂のことを思いだす。日帰りのつもりで出たものの、戻りが遅くなるゆえ先に帰るよう半次には告げている。が、明日は稽古の日だった。

――おそらく、泊まりになったと考えるだろう。

そうは思ったが、近ごろはとみに志穂の腕もあがっている。本人も手応えを感じているのだろう、稽古に来るときも、いのちが躍るような匂いをさせてあらわれるのだった。留守と知れば落胆するにちがいない。息をはずませ畦道をやって来る女の眉が悲し気にひそめられる様を想像すると、胸がふさがるようだった。

だが、いま置かれた場を考えれば、それどころではないというべきだろう。そもそも、生きて帰れるとはかぎらぬ。百姓たちはさすがに侍を殺すことまではすまいが、慎造ならば躊躇なくやってのける気がする。

――いかがしたものか……。

庄左衛門はふらりと立ちあがると、

「厠へ行きたいが」

見張りの男たちにむかって告げた。百姓たちは一瞬とまどいの色を浮かべたが、なかのひとりが立ちあがり、ついて来いというふうに顎をしゃくる。

囲炉裏の間を出ると、にわかに足さきが冷えるのを感じた。日が落ちると肌寒さがしのび寄ってくるらしい。女中や男衆が、庄左衛門に向けていたましげな視線を送ってきた。刑場へ牽かれてゆく罪人のごとき気分になり、頭のうえに重いものがのしかかってくる。

ながい廊下を鉤の手にまがったところが厠だった。用を足すと、庭さきへ下りて鉢の水で手をすすぐ。水もすっかり冷たくなっており、指先がちぢんだ。

目をあげると、溟く浮かびあがった庭木の向こうにあかあかと燃える松明が掲げられている。それも、ひとつではなかった。一定の間隔を置き、いくつもの焰が垣根にそって並んでいる。

揺らめく灯が、それを手にする百姓たちの相貌を照らしだしていた。交代で番についているのだろう、庄左衛門のところから見えるのは数人にすぎぬが、まだ少年といっていい齢の者もいれば、背のまがった老人もいる。女や幼児の姿はないようだった。おそらくは留守をまもって田仕事をつづけているのだろう。

――すっかり囲まれているな。

予想はついたが、やはり抜かりはないらしい。付き添ってきた男が縁側から急かすような声をあげたので、わざと柄杓（ひしゃく）を落としてゆっくりと拾い上げた。そのどさくさに、さりげなく視界のかぎりを見わたす。だいたいの見当だが、太郎松の方角と思われるあたりにも焔が揺れていた。

――おそらく、村ざかいも固めているだろう。

新木村と外をつなぐ道は三つある。そのうちひとつが城下からつながる街道で、太郎松のところでふた股に岐れていた。まっすぐ進めばこの庄屋屋敷だが、榑谷のほうへ向かうと、すぐにけわしい山道となる。その先が啓一郎の落命した断崖だが、この崖を避けて山中を抜けることもできた。いずれにせよ岐れ道の入り口をふさげば、往き来を監視することはたやすい。

他のふた筋はここから窺うことができぬが、おそらくおなじように扼（やく）しているのだろう。この屋敷から逃れられたとしても、村から出るのはむずかしいと見るべきだった。

付き添いの男が、とうとう苛立ちまじりの声を投げてきた。庄左衛門は生返事で応じ、のろのろと縁側にあがる。松虫の声が庭のどこかで響いたように思ったが、はっきりとは聞こえなかった。

三

「鼻すじのあたりが、おれに似ているだろう」

誇らしげにいったのは、碓井慎造だった。産衣(うぶぎ)のなかで、生まれたばかりの赤子が透き通った眼差しをこちらに向けている。

「……そうかな」

宮村堅吾が覗きこむと、赤ん坊は顔をしかめ、ぐずるような声をあげた。

「おまえの面(つら)がこわいらしい。離れろ離れろ」

慎造が本気で押しのけると、堅吾はむっとしながらも、ひと膝うしろに退く。床上げをすませたばかりの嫂(あによめ)と兄が、苦笑をたたえながらその様を見つめていた。

「おい、笑われてるぞ。とんだ叔父馬鹿だ」

そのときおのれは、たしかそう揶揄したのだった――。

庄左衛門は肩をゆすられ、我にかえった。いつの間にか縁側で柱に寄りかかったまま、まどろんでいたらしい。夢で見た光景は、道場の後継ぎばなしが出る一年もまえのことだったろうか。慎造の長兄に子どもが生まれたというので、誘われるまま見に行ったのだった。振りかえれば、あのころが、いちばん馬鹿でいられた気がする。

かるく頭をふって目をしばたたくと、巨樹といってよい柿の木が正面にそびえている。一瞬、今までのことも夢であればと念じたが、やはり見慣れた組屋敷の庭ではなかった。

ここ数日で季節がすすんだのか、はっきりと日ざしが柔らいでいる。庭のいたるところで桔梗が花弁をひろげ、青みがかった紫の彩りを振りまいていた。

――もう三日か……。

空へ向け、ゆっくりと腕をのばす。定岡などは、近ごろ肩が上がりにくくて困るとぼやいていたが、おのれはまだ大丈夫らしい。

そこでようやく、かたわらの立花弦之助に気づいた。かたちよく伸びた眉が困惑したようにひそめられている。

「……どうなされた」

まだいくらか寝ぼけ声でいうと、若者は玄関のほうへ向けて顎をしゃくるようにした。

「だれか来ているようです」

「城からの使いでござろうか？」おもわず身を乗りだしたが、

「いえ」弦之助は無念げにかぶりを振った。「どことなく声に覚えが……あるいは、この村の者ではないかと」

「この村の……」

目をほそめ、耳を澄ませる。母屋だけで三百坪はある屋敷だから、多少なにかしたところで聞こえ方にかわりがあるわけもないが、ふしぎなもので、たしかに男の声が耳に飛びこんでくる気がした。

会わせろ、とか、庄屋さま、という言葉がきれぎれに聞こえてくる。かなりつよい口調で、囲炉裏の間にいる見張りたちも顔を寄せ合い、不安げにささやきかわしていた。

すぐ慎造あたりが出向いて一喝するのだろうと思っていたが、しばらく経ってもその気配がない。

――そうか……。

いつもここに居るわけではないのだと気づき、こころが逸った。が、横たわる次郎右衛門や枕辺に坐すうのが視界に入り、われに返る。このふたりを置いて逃れるわけにはいかなかった。そもそもこの屋敷を脱せたところで、城下への道すじは閉ざされている。

つい、おもい溜め息をつき、こうべを垂れてしまう。

「高瀬どの」

弦之助に呼びかけられ、顔を上げた。おぼえず瞼がひらく。若者の瞳に、驚くほどつよい輝きがやどっていた。

——なにかするべきだ、ということか。

たしかに、なんらかの機会であることは間違いない。無駄を承知であがいてみるべきかもしれなかった。

「——わしが出てやろうか」

思い切って室内へ声をかけると、見張りのふたりが顔を見合わせる。つづけて、ぶるぶると頭をふるわせた。庄左衛門はなるべく平静な口調になるよう心がけながら、語を継ぐ。

「おとなしくするよう言うてもよいが」

百姓たちは値踏みするふうな目でこちらを見やると、思案げな表情で遣りとりを重ねる。待たされるかと思っていたが、意外にすんなり話がまとまったらしく、

「それじゃあ……」

とつぶやいて、年かさのほうが立ちあがった。帯にはさんだ短刀の柄をこれみよがしに叩いたのは、妙な気は起こすなということだろう。うなずいて、あとにつづく。弦之助も同行を申し出たが、さすがに退けられてしまった。

屋敷のなかには、午後の日ざしがやわらかく差しこんでいる。いつも磨きぬかれていた床に、ところどころ綿ぼこりが転がっていた。

玄関さきは予想以上に騒然としていた。広い土間に百姓たちが上がりこみ、榑谷の衆と押し問答をかわしている。戸の外を差しのぞくと、そこにもまだいくたりか人影がうかがえた。ぜんぶで十四、五人というところらしい。

庄左衛門が姿を見せると、新木村の者たちはぎょっとした体で口を閉ざし、嘘のような静けさがあたりに満ちた。口を開こうとするまえに、

「まさか――」

声をふるわせたのは、多吉という若者である。どういうわけか顔を真っ赤にしてふるふると上体を揺らしていた。

――はて……。

いぶかしさに首をかしげたが、つぎの瞬間、あることに思い至り、あわてて声をあげる。「ちがう、捕まったのだ――早とちりするな」

殺気立たぬよう、ことさらゆったり現れたので、一味だと思われたらしい。わざわ

ざおのれの不覚を告げるのは気がすすまなかったが、頭目らしい浪人に敗れ擒となったのだというと、多吉はほっとしたような、失望したような表情を浮かべ肩を落とした。

庄左衛門は内心で苦笑を洩らす。多吉はきつい仕事にも泣きごとひとつ口にせぬ男だが、半面気がみじかく、思慮のあさいところがあった。昨年、弦之助とともに村をおとずれた折、じき子どもが生まれるという話を聞いたが、むろん、その後のようすなど尋ねられる空気ではない。

「……で、いかがしたのじゃ」

気を取りなおして問う。多吉がそのまま応えようとしたが、さえぎるように弥次郎という中年男が進みでた。村のなかでも信望をあつめる者で、次郎右衛門もなにかと頼りにしている。

「庄屋さまのお体が案じられ、われらの目でたしかめようという話になりまして」

村人の間では、次郎右衛門がすでに亡くなっているとか、榑谷の者からむごい仕打ちを受けているという噂がなかば事実のように語られているのだという。

安心しろと言ってやりたかったが、それではやはり一味のようだし、ここで話がおわってしまう。どうにかもうしばらく、村の者たちとつなぎを取っていたかった。

「どうだろう――だれかひとり枕辺に通してやっては」

囲炉裏の間からついてきた男に告げてみたが、とんでもないというふうに顔をしかめるばかりである。ほかの者どもにいたっては、耳を貸す気配すらない。勝手なことをして、あとで咎められては困ると思っているのだろう。押しかけた村人たちも殺気立っているから、無理もないといえた。

眉間に親指をあて、思案をめぐらす。いちどそうした例ができれば、このあと外の道が開けぬものでもない。ここはどうでも新木村の者を次郎右衛門に会わせたかった。

多吉が苛立ちを隠そうともせず、せわしなく体をゆすっている。さすがにこの男をあげろとは言えんな、と失笑しそうになった刹那、脳裡にひらめくものがあった。庄左衛門は声を張りあげるようにして、榑谷の男どもへ呼びかける。

「――子どもならどうだ」

囲炉裏の間へ通されたみよは、腰を下ろしておずおずと辺りを見まわした。「あっ」と小さく声を呑みこんだのは、弦之助に気づいたからだろう。若者も少女の顔を覚えていたらしく、「やあ」と場違いなほどのんびりした声をかける。つづいて、ふしぎそうな面もちで相手を見やると、かるい驚きをこめて発した。

「きれいになりましたね」

みよはとんでもないというように頭をふり、身をちぢめんばかりにして面を伏せてしまう。

率直すぎる物言いにはいくぶん呆れたが、間違ってはいない。まえに会ってから一年も経ってはいないが、軀つきがすっかり女らしくなっていた。背ものびて、胸と腰のあたりがはっきりと丸みをおびている。痩せぎみだった頰にふっくらと肉がつき、心なしか瞳にも大人びた光が宿っているようだった。

次郎右衛門が少女をみとめて弱々しげな微笑をうかべる。体を起こそうとしたが、うのがなだめるように首をふった。かわりに布団へ手を差し入れ、すっかり細くなった右腕を外に出す。みよは老人のかたわらに近づくと、その手を両の掌で包んだ。早くよくなってくださいまし、と精一杯の気もちをこめた声で語りかける。庄屋は、あぁ、と喉をふりしぼると、赤ん坊は達者かとかすれた声で尋ねかえした。多吉の子は、ぶじに生まれていたらしい。

「はい、とても」みよは握った手に力をこめた。「嫂(ねえ)さんがこまるくらい」

次郎右衛門が青白い唇をほころばせたところで、見張りの男が焦れたように急きたてる。

「ほれ、もうええじゃろう……庄屋どのは無事じゃと皆に伝えな」

まずはここまでか、と庄左衛門は見きわめた。玄関さきまで送っていこうと腰を浮かしかける。

その刹那、軋むような音を立てて入り口の戸が開いた。部屋にいた全員が、つかのま凍りつく。

碓井慎造が敷居に足をかけ、呆然とした表情で立ちつくしていた。小刻みに頬のあたりが痙攣（けいれん）したかと思うと、

「なんだ、この娘は――」吠えるような声をあげて中へ入ってくる。「だれが通したっ」

叫びながら、みよの襟首に手をのばす。少女は身をすくませたまま、声を発することもできない。

「待て――」庄左衛門のことばへ被（かぶ）せるように、度をうしなった見張りの男たちが、きれぎれに事情を説明する。が、慎造は最後まで聞かず、

「おれにだまって、勝手なことをするなっ」

いきなり少女の頬に平手打ちを見舞った。おれに黙って、おれに黙ってと憑かれたように繰りかえし、二度三度と蹴りつける。みよはみじかい悲鳴をあげながら、頭をかかえてうずくまっていた。

「慎造っ」

庄左衛門が立ちあがったときには、すでに黒い影が慎造へ飛びかかっていた。叫び

声をあげて相手の懐にしがみつき、力いっぱい壁ぎわへ押し寄せようとする。

弦之助だった。ふだんの飄々とした風情は跡かたもなくけし飛び、狂犬のように摑みかかっていく。庄左衛門が棒立ちとなっていると、

「のけっ」

一喝と同時に刃の鞘ばしる音があがり、若者が仰のけに倒れこんだ。押さえた右ひじから血が滴っている。うのが身を投げだすように息子へ覆いかぶさり、ぎらぎらと燃える瞳を慎造に向けた。

「……さっさと帰らせろ」

心なしかたじろぐ気配を見せると、慎造は脇差を懐紙でぬぐい鞘におさめた。そのまま踵をかえして廊下へ出ていく。だから言わねえことじゃねえ、とぼやきながら、見張りの男たちが引きたてるように、みよを連れだした。少女のまなざしは懸命に弦之助のほうを追ったが、若者は放心した体で座りこんでいる。紺地の袷が、ひじのあたりで黒く色を変えていた。うのが悲痛な面もちで布をあてている。

「わしがやろう」

ひと声かけて弦之助のそばにしゃがみこむ。切っ先はくだんの古傷を真一文字にかすめたらしかった。さいわい深くはなかったが、泉が湧くようにつぎつぎと赤いものが吹きだしている。

うのから受けとった布で傷口をしばった。生成(きな)りの色がすぐに赤黒く染まり、庄左衛門の額にも汗がにじむ。うのや次郎右衛門が気づかわしげに見守っていた。あえて軽口めかし、若者へささやきかける。

「まったく無茶をなさる……からきしのくせに」

弦之助が痛みに顔をしかめながら目を伏せた。「まったくおっしゃる通りですが、気がついたら飛びかかっておりまして」

そう応えながら、女こどもを打擲する輩など許せませぬ、とやはりこの青年にはめずらしく、肩に力が入っている。まだ興奮が尾を引いているらしかった。

――そうか……。

うのの方へそっと視線を向ける。いたたまれぬように面をそらしたのは、おなじことを考えたからだろう。あるいは、心もちのどこかで、幼いころ自分や母が受けた仕打ちを思いだしたのかもしれぬ。それほど短絡ではないにせよ、まったく脳裡をよぎらぬほうが不自然というものだろう。若者の内心は想像するよりないが、むしろこちらの胸がひりひりと疼くようだった。

庄左衛門は手をすべらせ、若者の肩に親指をあてた。少しまさぐってから、腕のつけ根あたりをつよく押さえる。弦之助が、うっと声を呑みこんだ。

「痛むだろうが、しばし我慢なされ。ここが止血のつぼでな」

言いながら、指さきに力をこめる。こんどは呻きが漏れなかったので目をやると、若者は青ざめた唇にはっきりと笑みをたたえていた。

「……なにゆえ笑っておられるので」

あまりにふしぎだったので、つい問うてしまう。弦之助はいっそう唇をほころばせると、

「いえ、父というは、こうしたものかなと思いまして」

さらりと言い放った。が、庄左衛門が無言のままでいると、かすかに眉を寄せ、

「申し訳ありません……お気に障られましたか」

問いかけるような眼差しを向けてくる。あわてて瞳をそらしてしまった。

「そこもとは、身どもなど及びもつかぬほど博識でおわすが」溜め息まじりに告げる。「照れくさい、ということばはご存じないようですな」

若者は虚を衝かれたごとき表情を浮かべたが、ややあって、

「――いかにも、いまはじめて伺いました」

いたずらっぽく笑った。庄左衛門もおぼえず破顔する。

するうち、ようやく血がとまってきたらしい。弦之助も安堵したのか、嚙みしめていた唇がゆるみ、わずかながら赤みが差してくる。まずは胸を撫で下ろしたものの、

――みよには、すまぬことをした。

うに違いない。

妙案だと思ったことが、すっかり裏目に出てしまった。弦之助がむしゃぶりついたおかげで、少女のけがは軽くすんだろうが、外との遣りとりはまるきり断たれてしまうに違いない。

——期限まであと二日か……。

たやすく容れられる要求ではないから、すんなり解き放ってもらえることはないだろう。慎造の言う通り、おのれのような軽輩が質草になるわけもない。成りゆきで屠(ほふ)られることはじゅうぶんありえた。

——弦之助どのの身分を明かしたら、どうであろう。

考えてみたが、これはすぐに藪蛇と気づく。おそらく郡方の見習いくらいに思われているからこそ、ほとんど注視もされていないのである。目付役の弟で、かつ江戸帰りの俊才と知れれば、取り引きの材料にと企まれぬものでもない。

「たかせ……さま」

ふいに呼びかけられ、伏せていた顔をあげた。次郎右衛門が床のなかで頭をかたむけ、こちらに眼差しをそそいでいる。弦之助も大丈夫だというようにうなずいたので、腰をあげ老人のかたわらに坐した。かわって、うのが息子のそばへ近づいていく。

「いかがした」

こころもち身を乗りだしたが、唇は動くものの、ことばがまったく聞きとれない。

――声が出ぬのか。

胸の奥がふさがれるようだった。ふたたび老人の口が開いたが、やはり声は響いてこない。うなだれそうになったが、

――あっ。

強い光が次郎右衛門の瞳へやどっているのに気づく。吸い寄せられるように上体をすべらせ、老人の唇に耳を寄せた。

「打ち捨てなされ」

するどい声音が耳朶を刺す。身をはなして老人の顔を凝視したが、すでに瞼を閉じ、しずかな寝息をたてていた。

――たいした御仁じゃ。

眠りつづける面を見つめ、声にならぬ思いを呑みこむ。おのれも武士の端くれ程度の矜持（きょうじ）は持っているつもりだが、この老人を見ていると、侍だの百姓だのではなく、人としてかなわぬという気になる。

打ち捨てよとは、むろん次郎右衛門自身のことであろう。たしかに、いくら機会がおとずれても、身動きもままならぬこの老人を連れてということになれば、逃れる目はまずない。次郎右衛門もそれが分かっているからこそ、覚悟を伝えたのだろう。

庄左衛門は、老人の面ざしを見守った。ふかい皺のひとつひとつが午後の日ざしにくっきりと浮きあがり、巨樹の年輪を思わせる。七十年ものあいだ村に根をおろし、人びとを支えてきた漢の貌だった。

——ま、そうは言われてもな……。

唇もとに苦笑がにじむ。いまさら見栄を張る気もないが、やはりできることとできないことがある。悲惨な死にざまを迎えるのは願い下げだが、この老人を見捨てて長らえた生はそれ以上に酷いものである気がした。

こうべを動かし、若者のほうを見やる。いまだ案じ顔を崩さぬうのが、見よう見まねで止血のつぼを押していた。

微笑と溜め息が混じりあう。おのれはそれとして、弦之助とうののことはまた別だった。この母子は、まだありふれた日々というものを過ごしていない。おそらく親子げんかのひとつもしたことはないだろう。勝手な言い草だが、ここで散るのはあまりにできすぎだという気がした。

——とはいえ、どうしたものか。

さほど刻は残されていないが、いくら頭をひねっても妙案といえるものは浮かんでこなかった。庭の一角では、百日紅の木が微風にそよいでいる。庄左衛門は、湧きだす焦燥を抑えながら、白と赤の花びらが揺れるのをじっと見つめていた。

四

その日、碓井慎造があらためて姿を見せることはなかった。かわりばえのせぬ夕餉をすませると、あとはただ夜が深まってゆくのに任せるだけである。

もはや、外との手蔓（てづる）はまるきり絶たれたといってよい。見張りの者たちは昼間の騒ぎですっかり縮みあがり、話しかけても返事すらかえさなくなっていた。

雲の多い夜だったが、時おりさえざえとした月光がこぼれて濡れ縁をほの白く照らし出す。庄左衛門は、にわかに肌寒さをおぼえた。

「……寝るとするか」

ひとりごつようにいうと、それに応じて弦之助たちが布団の支度をはじめる。囲炉裏の間は十五畳ほどもあるから、四人くらいなら楽に横たわることができた。いつでも介抱できるようにということなのだろう、うのは次郎右衛門のかたわらに床をのべている。毎夜、そうやって老人のようすに目をくばっているのだった。ろくに寝ていないのではないかと思われるが、くたびれた顔を見せることもない。気が張って疲れをおぼえる余裕すらないのかもしれなかった。

庄左衛門と弦之助は、隅のほうに並べて布団をひろげる。傷口の布をはずしてみると、血はすでに止まっていた。古傷を横へ裂くようにして、もうひとつの線が刻まれている。

「あたらしい布をたのむ」

見張りの男に声をかけると、相手は迷惑げに顔をしかめ、無言のまま部屋を出ていった。室内にひとりと庭にふたり、脇差を手にした男がのこっている。

することもないので布団のうえに腰をおろし、行灯の火が燃えるさまをぼんやりと見つめた。灯を覆う障子紙へ羽虫がひっきりなしにぶつかっている。そのたび、わずかながら明かりがうごめき、壁に映っている影も揺らぐのだった。

いくら待っても男はもどってこない。さすがに四半刻も経つと訝しさをおぼえるようになってきた。見張りの者たちも同様らしく、不安げに視線を交わしあっている。広い屋敷ではあるが、布きれひとつ探すのにそれほどの刻がかかるわけもなかった。そもそも屋敷うちはやけにひっそりとして、足音ひとつ聞こえてはこない。

胸がざわめき、うるさいほどに動悸が増した。弦之助を見ると、やはり眉をひそめて外の気配をうかがっている。いつの間にか、喉の奥が干からびたようになっていた。

「えらいことじゃ」突然、庭のほうから大きな声が響いた。庄左衛門は驚きに身をすくませる。駆けこんできた老百姓が、見張りの者たちに向かってがなりたてた。「火す。

「気が早いのう。まだ二日あるじゃろう」室内にいた中年男が怪訝そうな声をもらす。

「もう返事がきたのか」

「聞いとらんが」

庭のふたりも首をかしげている。あらわれた老人は、いらだたしげにかぶりを振った。

「呑気なこと言っとるんじゃねえ」どこかのんびりした男たちの応えに、しんそこ腹を立てている口調だった。「燃えとるのはわしらの村じゃ――榑谷よ」

げっ、というような呻き声が、見張りたちの喉からほとばしった。たちまち浮き足だち、それでいてどう動いたものか決めかねているらしく、おろおろと歩きまわっている。老百姓が呆れた顔で舌打ちを響かせた。

「はよう行け。ここはわしが」

腰の脇差を示し、叩いてみせる。男たちは目が覚めたように幾度もうなずくと、さきを争って駆け出していった。

「いったい、なにが……」弦之助も呆然とした面もちで腰を浮かせている。庄左衛門はなだめるふうに手をあげると、

「それがしにもさっぱり分かりませぬが」眼差しを庭さきへ向けた。「ともあれ、あの者に尋ねてみるとしましょう」

立ちあがり、濡れ縁に足を踏みだす。叫びにも似た音をたてて床板が軋んだ。

「聞かせてもらえるかな」黒く塗りこめたような闇のなか、立ち尽くす男に向かって呼びかける。「――余吾平」

五

道いっぱいに広がった塊が、澱んだ流れとなってとぐろを巻いている。それは追う者と逃げまどう者がまじりあった巨大な渦で、ひとつに溶けあい獣のような唪りをあげているのだった。

門口まで出て、庄左衛門は立ちすくんだ。抑えに抑えていたものが吹きあがる焰となり、新木村の者たちを駆り立てている。榑谷の衆は脇差をそなえていたが、全員というわけではなかった。むろん浪人たちもいたが、いっせいに鍬で打ちかかられれば、ひとたまりもない。まして今は、おのれの村へむかって潰走する途中だった。戦意をうしない、恐怖にのしかかられた亡者の群れと化しているのだろう。

「火が――」

となりに立つ弦之助が声をあげる。太郎松のほうを見やると、山かげのむこうに燃えさかる炎がうごめいていた。榑谷村のあたりだろう、蛇の舌のように赤く禍々しいものが闇の奥を這いずり回っている。

――思い切ったことを……。

魂を抜かれた心地となって、のたうつ炎を見つめる。たやすく聞きいれられる訴えでないと見当はついたが、筆頭家老・宇津木頼母は予想を越える強硬策に出た。交渉に応じるふりをして刻をかせぎ、一隊に大きく領内を迂回させて榑谷村を急襲したのである。村に火を放ち、留守をまもっていた女子どもを盾にとって新木村の解放をせまった。浮き足だった榑谷の衆は、浪人たちの制止を振り切って村に戻ろうとしている。それを新木の者どもが追い、凄惨ともいえる光景が描きだされているのだった。

――慎造もあのなかにいるのか……。

あふれる濁流のごとき群れに眼差しをそそぐ。碓井慎造が何をのぞんでこの挙を企てたのかは分からぬ。ただ、つねに殺気だち、落ちつかなく動いていた瞳の湨さだけが胸に残っていた。

「――さ、いまのうちに」

かたわらで余吾平がいった。「旦那さまをお連れせにゃあ、来た甲斐もねえ」

庄左衛門は、詰めていた息をようやく吐きだした。

新木村へ行ってくれと余吾平に頼みこんだのは、小者の半次だという。庄屋の見舞いにおもむいたきり帰らぬ庄左衛門と弦之助を案じるうち、強訴の件で城下が騒然となった。新木村がその渦中にあると知り、巻きこまれたに違いないと気づいたのである。半次を供に在所をおとずれたことはないが、時おり昔の小者を訪ねているという話は漏らしていた。

余吾平は昨夜のうちに村へ到着し、闇にまぎれて旧知の農家へ身を寄せた。そのうち隙が生じるはずだという半次のことばは半信半疑で聞いたが、結局はあの男の読みが当たったらしい。

「なんでお前さんが行かねえのかと聞いたら」余吾平は忌々しげな笑みをうかべた。「手前のようにりゅうとした男が行ったら、どうにも目についてしようがありませんでしょう、なんとほざきやがる……。まったくふざけた野郎で」ことばの割にどこか愉快げな口調でひとりごつと、しずかな瞳で庄左衛門を仰いだ。

「……面白い男を見つけられましたの」

しゃがれ声に、どこかさびしげな響きがふくまれている気がした。そのことだが、と言いかけてやめる。ゆっくり話をかわしている暇などあるわけもなかった。

「旦那さま、すこしも早く――」

余吾平も真剣な面もちで急かしてくる。

「いや……」庄左衛門は口ごもった。視線をすべらせ、弦之助の横顔を見やる。遠い火に照らされ、色白の頬があかく浮かびあがっていた。気づいた若者が、力づよく頷きかえしてくる。

「次郎右衛門どののことなら、ご安心くだされ。わたくしがいましばし残って、お守りいたしましょう」

「いや……」目を逸らしながら繰りかえす。手もなく両刀を取り上げられてしまったことは、すっかり忘れているらしい。が、そこもとでは頼りにならぬとは言いにくかった。

おぼえず腕を組んで考えこんでしまう。どこかで焔の爆(は)ぜるような音が聞こえた。風にのって、彼方の村から流れてきたのやもしれぬ。

ふいに身をすくめたのは、二の腕に誰かの手が触れたからである。おどろいて顔を向けると、いつの間に表へ出たのか、うのが指さきを庄左衛門の肩に添えていた。声が出ぬから、呼びかけるかわりということなのだろう。息子に似た切れ長の瞳で一心にこちらを見つめている。

「いかがした」

問いかけると、余吾平のほうへ向きなおり手を差しのべる。つづけて、何度かうなずいてみせた。庄左衛門が戸惑っていると、

「わしの言う通りにしろと申しとられます」

老爺がやけに確信ありげな口調でつぶやく。

「まことか」

うたがわしげな声を漏らしてしまったが、うのはぱっと顔を明るくして、やはり二度三度とうなずいた。庄左衛門が驚きの色を浮かべると、

「村にも二人や三人、口の利けねえ者がおりますから」

余吾平はこともなげに言い放つ。うのが嬉しげに唇もとをほころばせ、こんどは息子の目を覗きこむようにした。そのまま、なにか訴えかけるごとき眼差しをそそぐ。しばし間があいた後、尾を引くような吐息が若者の唇からこぼれた。

「わたしも……行けと？」

正解だというように余吾平のほうがうなずく。うのが微笑をたたえて屋敷を振りかえったのは、次郎右衛門もおなじ考えだということかもしれぬ。

「しかし――」

弦之助が言いよどむと、すらりと長い指がのびて息子の手をとった。なにか書きつけるごとく、掌のうえで幾度も指さきを動かす。若者は黙って母を見おろしていたが、

「……分かりました」

押しだすようにいうと、手をあずけたまま、そっとこうべを下げた。

おもい闇が全身にまとわりついてくる。山道へ迫りだした木々が幾度も月のかがやきをさえぎり、そのたび庄左衛門たちの視界に暗いものがかぶさった。

提灯をかかげた余吾平が先導するように立ち、庄左衛門と弦之助がつづく。とうに真夜中というべき時刻になっていたが、なれた道すじでもあり老爺の足どりにはいささかの迷いもなかった。庄左衛門も、安心して身をゆだねられている。

——むかしのようだな。

われしらず、唇もとに笑みが浮かんだ。長いあいだ、ふたりして郷村廻りをかさねていたのである。たとえとしては気色わるいが、なじみの女と肌を合わせるような心地よさが総身をめぐっていた。

——戻ってこぬか。

さいぜん、庄左衛門はそう言いたかったのである。半次に不満はなく、むしろ得がたいほどの働きぶりだが、おのれの小者として生涯をまっとうする男でもないだろう。いずれは酒と女の町に帰ってゆくはずだった。ふたりを雇えるほどのゆとりはないから、そうなったとき、この老爺に戻ってきてもらいたいと思ったのである。

啓一郎の死が余吾平のせいでないことなど、端から分かっていた。それでいて、たがいに呑みくだせぬものをかかえて暇を出したのである。が、かえりみれば、見舞金をわたすという名目でおとなうことを、どこか楽しんでいた気もする。それを繰りかえすうち、少しずつしこりが溶けていったのだろう。老爺もおなじだと思いたかった。

――とはいえ……。

庄左衛門は、後方へ視線をすべらせる。黒くしずんだ稜線の向こうで、巨大な生きもののごとく焔がうごめいていた。勢いを失いつつはあるが、いまだちろちろと赤い舌をひるがえしている。草の焦げる匂いまで流れてくるようだった。

宇津木頼母の処置は苛烈というべきものである。あわてて戻った榑谷の衆がどのようなあつかいを受けるか知る由もないが、郡方も無縁でいられるはずはない。受けもちの森谷敏五郎はもちろん、支配役の定岡もさぞ蒼くなっていることだろう。

――わしとて、どうなることやら……。

頸のあたりが、すっと冷たくなった。次郎右衛門の見舞いに行くことは届けてあるから、半次ならずともこの騒ぎに巻きこまれたことには気づいているだろう。農村を監督すべき身でありながら、三日にわたって百姓衆に監禁されたのである。士道不覚悟として腹を切らされることも充分あり得た。余吾平が戻るか否かという段の話ではない。

唯一の救いは、連座する係累がいないことである。弦之助は窮乏する藩が莫大な費用をかけて遊学させた俊才だった。こんなことで処分されるわけもない。実家の親族や、秋本にかえった志穂が咎められることも考えにくい。そう思えば、すこしは気が楽だった。

——志穂か……。

なにもしてやれなかったな、と胸をよぎった面影を振りかえる。はじめて会った折、かがやきとはこの娘のためにある言葉かと思った。立ち居ふるまいにもすこやかな命がみなぎり、ちょっとしたことにも明るい笑みをうかべていたのである。それでいながら、あふれ出すほどの光を宿していた瞳がしだいに翳（かげ）りをおび、物憂げとなっていくのをただ見ているしかなかった。

啓一郎も志穂もおのれにとって取りかえのきかぬ者たちだったが、そのふたりが慈しみあえなかったのは、無残というほかない。せめてしあわせな再嫁をと願ったが、そこから遠ざかる一端を自分が担っているのも事実だった。志穂に絵を教えることはよろこびだが、本人が望んだとはいえ、それがよかったかどうかは分からない。胸の奥へ押しこめたものに、絵というかたちで蓋をしているだけかもしれなかった。

木立ちの奥で、梟（ふくろう）が立てつづけに啼き声をあげた。庄左衛門はわれに返り、かたわらへ視線をとばす。弦之助がなにか考えこむ体で、いっしんに足をはこんでいた。

いっそ、この若者が志穂と添うてくれたらな、というのは、幾度か考えたことである。ふたりがことばを交わすさまや、並んでくつろぐ佇まいが、ずいぶん打ちとけて感じられたのだった。身分もちがうから、むろん夢想の域を出ぬが、一対としてしっくりくるというのはまことである。弦之助が志穂のかたえにあると思えば、もしものことがあっても、安心して死の座へおもむけるだろう。

庄左衛門の眼差しに気づいたらしく、若者が面を向けてこちらをうかがう。くすぐったいような後ろめたいような心もちに襲われ、いくぶん声がうわずってしまった。

「……いや、気丈な母御じゃと思いおりましてな」

それも嘘ではなかった。来し方や風姿から、はかなげな女人と思いこんでいたが、なまなかな気遣いなど寄せつけぬ勁さを持っているらしい。今しばらく、ともに過ごさせてやりたいなどと考えたおのれが、恥ずかしく感じられるほどだった。

「さようですな」弦之助が苦笑する。「むかしより強うなった気がいたします」

「そういえば――」ふいにある光景が浮かび、引きずられるように問いがこぼれでた。「そこもとの手に、なにか書いておられたようだが」

「ああ……」若者の唇もとが、いたずらを見つけられた子どものようにほころびる。きまりわるげに月代のあたりを掻きまわした。「まじないのようなものです」

「まじない……」首をかしげると、

「土地の名を五回書くのです……さきほどは、にいき、と」弦之助は端整な面ざしを頭上へ向けた。吸いこまれるように深かった空の闇が、わずかに薄らいでいる。「そうすれば、かならずまた、その地で会えるそうです」

口をつぐんだ庄左衛門にかまわず、夜の頂を見つめたまま、若者がつづける。「子どものころにも一度書かれまして……たしかに叶いました」眼差しを下げ、どこかはかなげな笑みを唇にたたえる。「間が空きすぎですが」

おさない弦之助が大けがを負うたのち、ふたたび立花家へ戻ることになった折であろう。たしかに、それから二十年ちかくの刻を費やしている。庄左衛門は、ことさらさりげない口調で応えた。

「つぎは二十日もかかりますまい」

弦之助が笑声をもらす。先を歩む余吾平が、驚いたようすでこちらを振り向いた。

星のまたたきが消え、白っぽい空に赤みが加わってゆく。提灯の火はとうに消していた。一晩じゅう歩きとおしたというのに、ふしぎとつかれは感じず、足どりにも力が籠っている。この先どのような沙汰が下されるか分からぬが、今このときだけは、明けゆく空を心地よく感じていた。

新木村から山道を抜けた庄左衛門たちは、平地へ下りてまっすぐにのびる畔道を歩んでいた。まだ田のようすがはっきり見わけられるほど、明けきってはいない。が、じき豊かにみのった稲穂が朝の光をはじき、まぶしく揺れるのだろう。

鳴きかわす椋鳥(むくどり)の声がしきりと耳朶をそよがせる。それを合図にしたかのごとく、余吾平が振りかえり、おもむろに腰を折った。

「このあたりで……」

われにかえって周囲を見まわす。言われてみれば、山なみのかたちに覚えがあった。いつの間にか、この男の在所に差しかかっていたらしい。礼らしきこともまだ口にしていなかったし、言いたいことは山ほどあるはずだが、ことばが浮かばなかった。どうにか唇をひらくと、ぶっきらぼうな声が転がり出てしまう。

「またな」

余吾平は、見落としそうなほどかすかな笑みをたたえると、

「――へえ」

とだけ言って、わかれ道のほうへ足を踏み入れた。が、二、三歩すすんでから、思いだしたように横顔を向けてくる。

「もしまた、おれがところへ来さっしゃるようなら」ひとりごつようなつぶやきが、皺ばんだ唇から漏れた。「つぎは麦湯の一杯も飲んでってくだせえ」

「うまいのを頼む」庄左衛門がいうと、老爺は苦笑じみた声をあげ、ふたたび背を向

ける。

ながく見送ることはしなかった。弦之助のほうを振り向くと、あらためて城下へ足をすすめる。

「古くから存じよりの者なのですね」

どこか名残りを惜しむ風情で若者がいった。

「さよう……そこもとが生まれるまえからでござる」

思いもおよびませぬ、と弦之助が感に堪えたような声を洩らした。

ひと足ごとに山なみが赤く縁どられてゆく。その陰で燃え立つような朱のかがやきが萌していた。夜の匂いは足早に去りつつある。

畦道を抜け、鹿ノ子堤を望んだときには、朝の日が稜線のうえに顔をのぞかせていた。杉川の面も眠りから覚めたごとく白銀色にきらめいている。水音がおだやかに、それでいてはっきりと響いていた。

ここまで戻れて安堵したのか、にわかに重い疲労がかぶさってくる。歩きながら眠ってもおかしくないほどだった。心なしか、足もともふらついているように思える。

――すこし休むといたしましょうか。

言いかけた唇が、半ばひらいたまま止まる。まだ花には遠い桜並木を背に、いくたりかの影が背後から光を浴びてたたずんでいた。

目を凝らすまえに、なかからひとり踏みだしてくる。庄左衛門はおぼえず爪先をとめた。あたまが朦朧（もうろう）としているせいで幻でも見たかと思ったが、茜地の小袖をまとった面ざしは、志穂にまぎれもない。

が、庄左衛門が立ちつくしている間に、こんどは志穂のほうが足をとめた。眉をつよく寄せ、面を伏せる。そばに立つ秋本宗太郎が、戸惑ったように姉の顔を覗きこんだ。

――なにゆえ、このようなところに……。

いつからここに控えているのか分からぬが、いずれにせよ武家の女が出歩くような時刻ではなかった。よく見ると、志穂の陰へかくれるようにして、俊次郎まで眠たげに瞼をこすっている。

かたわらを振りかえると、弦之助も呆然とした表情を隠しきれずにいる。ともあれ、うながすように顎をしゃくった。ふたりして、無言のまま歩みよってゆく。川の流れる音だけが、やけに強く耳を打った。

手をのばせば指が触れあうくらいの距離まで近づき、立ちどまる。志穂は面をあげぬまま、首すじが見えるほどこうべを下げていた。縮こまるように手足をそろえ、軀を震わせる。

何を話したらよいのか見当もつかぬまま、庄左衛門は宗太郎へ目を向けた。

「今朝あたりお戻りになれましょう、と半次が知らせに来てくれたまではよかったのですが」この青年にはめずらしく、すこし憔悴したような表情で告げた。「どうでもお迎えに行くと姉が言い張りまして……父はうろたえますし、母は狂ったように怒り出すしで、ほとほと難儀いたしました」

伏せたままの丸髷が振られたのは、よけいなことを言うなという意味だろう。が、まだ声は出せぬらしかった。

「それはまた――」

二の句を継げぬまま、呆けたようにつぶやく。

「新木村にまで行きかねぬ剣幕でしたので、わたしが付き添うということで、どうにかふた親を説き伏せまして」

そのことばが終わらぬうちに、

「わたしも付き添うと申しました」

俊次郎があくびを漏らしながら、いくらか得意げにいった。おもわず吹きだしそうになったのをこらえ、

「……造作をかけたの」

ねぎらうように告げる。宗太郎は真剣な面もちで、かぶりを振った。

「高瀬さまはむろんのこと、奸物どのにもおおきな借りがございますゆえ」

「お気もちはうれしゅうござるが」弦之助が困ったふうな声で眉尻を下げる。「その呼び方は、そろそろご勘弁くだされ」

誰からともなく笑声があがり、志穂もようやく面をおこした。が、すぐにはことばが出ぬようすで、庄左衛門たちの顔を落ちつかなげに見守っている。

「ああ、そうだ」弦之助がにわかに一段高い声をあげた。意外なことに、その視線は俊次郎にそそがれている。「いつかの宿題ですが」

「えっ？」当の少年は、かえっていぶかしげに首をひねっていた。

「ほら、なぜこういう話し方をするのかというやつですよ」若者がはればれとした笑みを見せる。「このまえは自分でも分かりませんでしたから、宿題にさせてもらいました」

「ああ……」きれいさっぱり忘れていたのだろう、思い出しはしたらしいが、もともと深い問いかけであるわけもない。いったいなにを言いだすのかと、俊次郎の瞳にはあやしむような色さえ過ぎっていた。

「で、考えたのですが――」少年の当惑にはおかまいなしに、弦之助は経書の講義でもおこなうごとき口調で述べたてる。「たしかに生まれは上士の家ですが、わたし自身は嫡男でもないし、藩校づとめは一代かぎりのものです。役料もたいしたことはありません」

俊次郎は困じ果てたような眼差しで姉の顔をうかがったが、志穂は黙って聞いていなさい、というふうにつよく頷きかえす。それにも気づかぬ体で、若者はことばを発しつづけた。

「つまり厳密にいうと、わたしは上士ではないと思うのです。といって下士というわけでもありませんが……。ですから、話したいように話せばよいのではないでしょうか」

「なぜ今、そのような話を」

聞きかえしたのは、宗太郎のほうである。場違いな話柄に戸惑っているようすがありありと窺えた。

「いや、擒となっているあいだ、あまりに暇だったので、あれこれ考えをめぐらしまして」弦之助がさらりと言い放つ。「あたらしい建白もいくつか思いつきました」

庄左衛門は、驚きの声をかろうじて呑みこんだ。おのれが生き死にのことばかり考えているうち、若者の頭はさまざまなところを飛びまわっていたらしい。感嘆するような唖然とするような、なんとも表しようのない心もちだった。

少年も呆気にとられたようすで口をひらいていたが、

「これで答えになりましたか」

しずかに問われると、おもむろに瞳をあげ、目をそらさず弦之助を見つめた。やや

あって、

「――ご教示ありがとうございました」

やけに大人びた声を発しながら、こうべを垂れる。が、つぎの瞬間には、いたずらっぽい笑みをたたえて面をあげた。

「お返しに、いつぞやのことは忘れて差し上げます」

謎かけのようなことばに庄左衛門と宗太郎は首をかしげたが、志穂がにわかに慌てた風情となって少年を黙らせようとする。そのさまを横目に、若者は困ったような表情で、しきりに顎のあたりを掻いていた。

なんのことじゃ、と口を開きそうになったが、

「半次のことでございますが」

志穂がなかば話をそらすような調子で発する。うむ、と頬のあたりを引きしめた刹那、城下の方角から固い響きがあがって早朝の静けさを破った。皆がおどろいて見守るうち、近づいてきた影が馬のかたちとなる。がむしゃらに駆けとおした栗毛は近くまで来ると蹄（ひづめ）をとめ、二、三度、荒い息をついた。

「――ぶじだったか」

馬上から皮肉っぽい声をかけたのは、郡方支配の定岡市兵衛である。あつまった面々を見ていぶかしげな色は浮かべたものの、物々しくかぶった陣笠の下では、不機

嫌そうな表情がまさっていた。「城下は大騒ぎであったぞ」

「申し訳もござらぬ」腰が曲がるかと思うほど頭をさげる。定岡は、まあいいと投げやりにつぶやき、懐から一通の書状を取りだした。いくらか強張った面もちで突きだしてくる。

おそるおそる受けとり裏返してみると、

「けんもつ」

と記されていた。弦之助の兄、目付役の立花監物から託されたらしい。動悸が速まり、手がひとりでに動いて封をひらいていた。吹きはじめた風に、がさりと音をたてて紙が煽られる。まだ乾ききらぬ墨のにおいが鼻腔を突いた。

庄左衛門は、うっという声を呑みこむ。あざやかな筆づかいで、こう綴られていた。

――日修館助教、立花天堂、郡方、高瀬庄左衛門、両名、士道不覚悟の疑ひこれあり、ただちに評定所まで出頭いたすべく、申し渡し候。

罪と罠

一

二の丸の南に大身の武家屋敷といったおもむきの建物があって、それが神山藩の評定所だった。日当たりのよい一郭で、春さきには競って紅梅が花をつけ、ふくよかな香が立ちのぼる。が、罪に問われた武士が詮議をうける場であるから、そうそう気楽に立ち寄る者がいるわけもなく、つねにどこかひっそりとした風情をたたえているのだった。

庄左衛門と弦之助がその門口へ辿りついたときには、すでに秋めいた日ざしが中天から降りそそぐ時刻となっている。今日は朝からやわらかな光が差し、雲のすくない空がひろがっていた。それでいて、ここへ立つと、にわかに日が陰ったような心もちに見舞われてしまう。

定岡が急きたてるので、志穂たちとは名残りを惜しむ間もなく別れざるを得なかった。

「……すまぬな」

夜通し待ちつづけていたのか、若い貌にもかくしきれぬ疲労がにじんでいる。気づかうようにいうと、志穂はどこかはかなげな笑みを浮かべてかぶりを振った。庄左衛門と弦之助に向かい、ふかぶかと腰を折る。

「お待ちいたしております――」ぶじのお戻りを、と続けたかったのだろうが、声を途切れさせてしまった。なんと応えたものか思いもつかず、ただうなずき返しただけである。庄左衛門は城下のほうへ進みながら時おり振りかえり、小さくなってゆく人影を見守ったのだった。

定岡が評定所の門番に用件を伝えていると、取り次ぐ間もなく、

「若さま」

案じ顔の老人が駆け寄ってくる。立花家の家宰・戸田茂兵衛だった。額の皺をさらに深くし、安堵と緊張が入りまじった表情をたたえている。

「心労をかけたな……」

若者も神妙な面もちとなり、頭をさげた。老人があわてて両手を振り、うかがうような眼差しを奥の建物へそそぐ。

「くわしく話すわけには参りませぬが……難しいことになっております」

「難しい、とは」

おもわず口をはさんでしまう。士道不覚悟として譴責されるのは承知のうえだが、老人の口ぶりにどこか異なるものが感じられたのである。

茂兵衛がもどかしげに眉をひそめた。招じ入れるふうな手つきで門の内を指しめす。「ともあれ、参られるがよい」

振りかえると、定岡がどこか案じるような面もちで立ちつくしていた。庄左衛門の視線に気づくと、不機嫌そうな表情にもどって口をひらく。

「いつかも言った気がするが」うんざりした、というふうに口もとをゆがめる。「おまえも、つくづくついていない男だ……ともかくも、おれを巻き添えにするなよ」

返事をするまえに、身をひるがえして立ち去ってしまう。支配役の身で巻き添えもないものだと思ったが、戸田茂兵衛もおなじことを考えたのか、あっけにとられた体で見送っていた。

「参りましょう」

庄左衛門は苦笑を嚙みころして向きなおる。

趣味のよい隠居所といったおもむきは、門を入ってもかわらなかった。玄関までとびとびに丸石が敷かれ、左右には枝ぶりのよい松が間をおいて植えこまれている。その奥から、かすかに金木犀の香りがただよっていた。

上がり框には評定所の役人とおぼしき武士が何人か控えていて、両刀をあずけるよう告げてくる。庄屋屋敷の納戸からようやく見つけだしたものだが、否む余地はなかった。

不安げな面もちの茂兵衛に見送られ、あがってすぐの廊下を右手にすすむ。通されたのは八畳ほどの小部屋だった。奥の障子戸は閉められていたが、庭に面しているのかうっすらと明るんでいる。いましばしお待ちを、といって役人が下がっていった。

二人きりになると、にわかに重いほどの静寂が伸しかかってくる。胸がざわめき、落ちつかなかった。やはり、すぐ外に庭があるのだろう、鵯（ひよどり）のものらしき啼き声が耳朶をそよがせる。庄左衛門は、そのさえずりを追うように立ちあがり、障子戸のまわりをうろうろと歩きまわった。

しばらくそうしていたが、弦之助がもの問いたげな目でこちらを見あげていることに気づく。面映さをおぼえ、腰をおろした。若者はふしぎなほど静かなまなざしを庄左衛門に向けている。

「志穂どのは――」弦之助がふいに口をひらいた。

「えっ」おもわず頓狂な声がこぼれ出る。いそいで口をつぐんだが、若者は意に介するふうもない。そのまま、ことばを続けた。

「ずいぶん思いきったことをなさいましたな」

それだけいって、また唇を閉じる。こちらも、す。

「……さようでござるな」

とだけ応えて黙りこんでしまった。腕組みをして、わけもなく膝がしらに目を落とす。

「――このような話、すべき折でないのは心得ており申すが」庄左衛門が口をひらいたのは、ずいぶん長い沈黙がつづいたあとだった。

「なんでしょう」だまっているのにも疲れたのか、弦之助がいくらかほっとした体でこたえる。

「その……そこもとには」言いさして口ごもる。夜道で考えたことを思いだしたのだが、いかにも場違いではあった。が、この後、まともにことばを交わせる折があるかどうか分からぬ。思い切って語を継いだ。「どなたか決まった女性がおありだろうか」

弦之助はつかのま啞然としたような表情でこちらへ見入ったが、次の瞬間、声をあげて笑った。庄左衛門はあわてて周囲を見まわしたが、さいわい近くに人はいなかったらしく、誰かが駆けつけてくる気配はない。

「失礼いたしました……あまりに唐突だったので」ひとしきり笑いおえると、若者はまだ少し声を上ずらせながらいった。「おかげで、ずいぶん心もちがほぐれました」

「それはようござった」唐突はそこもとのお家芸であろうと思ったが、しかたなく笑みをかえす。

「決まった相手はおりませんが」弦之助が、おかしくてたまらぬという口調でつづける。「袖にされた女性ならございます」

「えっ……」ふたたび声が裏返ってしまう。縁組の予定などあるか聞くつもりだったのだが、思いもかけぬ応えに呆然となった。

「――志穂どのですよ」

若者が今いちど笑みをこぼす。もはや、どう返してよいのか見当もつかなかった。

庄左衛門が感じたことも的はずれというわけではなく、弦之助も志穂と刻をすごすことに安らぐものを覚えていたらしい。絵の稽古を終えたあと、途中までともに帰ることが多かったが、つい先ごろ、

「わたしの妻になる気はありませんか」

と申し出た。志穂が動転して、結局、出戻りだとか、身分の違いがというから、その辺はどうにでもなると応えたが、丁重ながらもきっぱり断られたという。

「頭のよい殿御（とのご）には懲りております、と言われてしまいまして」

苦笑をたたえながら、どこかさっぱりしたようでもあった。俊次郎が口にしたのは、このことなのだろう。二人きりになる折もあるまいから仕方ないとはいえ、やはりどこかしら世知というものが抜け落ちている。目のまえで姉に言い寄られては、少年が気分をそこねるのも当然というべきかもしれなかった。

「まあ、承知されていたら、今ごろよけいな心労をかけていたかもしれません」

よかったということにしておきましょう、とつぶやいたかと思うと、まっすぐな視線を向けてきた。

「その——こちらも場違いなことをお尋ねしますが」口調にまだ、ためらいが残っている。庄左衛門が目でうながすと、弦之助は意を決したように告げた。

「志穂どののご主人とは、どのような方だったのですか」

たしかに、頭のよい殿御云々などと言われては、気になるところだろう。が、庄左衛門は、かえって訝しげな声をあげてしまった。「とっくにご存じかと思っておった……なにせ、ほら」

「ああ」若者がばつ悪げに、こめかみのあたりを掻く。「ご子息のことは調べずじまいです。そこまで目付流というのもどうかと思いまして」

「——かたじけない」

居住まいをただすと、ゆっくり頭をさげた。弦之助が戸惑った体で腰を浮かせたのが分かる。庄左衛門は上体をあげ、おもむろに唇をひらいた。

「倅は啓一郎と申しまして……親馬鹿ながら、たいそう学問に秀でた男でござった」

若者が、一言一句も聞き逃さぬという面もちで耳をかたむけている。啓一郎も、このような顔で講義にのぞんでいたのだろうか、と思った。

「それを足がかりに、どうにか貧しさから脱したいものと、当人もわれらも……」そこまで口にしたところで、ふかい溜め息がこぼれ出る。「いや、いま思えば倅の心もちをたしかめたことはござりませなんだ」

「………」弦之助もおもい吐息をもらす。庄左衛門は虚空に目を馳せ、乾いた唇をわずかに湿した。

「よく励んだと思いまする……されど、藩校あげての考試で次席におわり」若者が喉を鳴らして息を呑んだ。近年、大がかりな考試は数年前のものしかない。おのれと啓一郎の関わりをあまさず理解したらしかった。庄左衛門はそれにかまわず、ひといきにつづける。「結局、それがしとおなじ郡方となりましてござる。以来、不本意じゃと顔へ書くようにしてお役を務めておりましたが、去年の春、崖から落ちて……」

ふいに絶句した。涙は出なかったが、ことばもまた出てこない。いたましげな色を瞳に宿していた弦之助が、ふるえる響きをにじませて発した。

「わたしさえいなければ――」

庄左衛門はこうべを振った。眼差しをあげ、全身を捉えるような強さで若者を見つめる。

「そこもとには、さよう考える癖があるらしいが」母に会うのをためらい、田の畔へ腰を下ろした若者の背中が瞼の裏をよぎる。その幻を掻きわけるようにして告げた。

「おやめになったがよい……だれかのせいなどというものは、ござりませぬ」

「しかし」

弦之助がくるしげな呻きをもらす。右手をのばし、そっと若者の拳をつつんだ。つかのま強張った両手の甲が、じきにほどけて緩む。庄左衛門はその拳にむかって語りかけた。

「人などと申すは、しょせん生きているだけで誰かのさまたげとなるもの」掌へわずかに力をこめる。「されど、ときには助けとなることもできましょう……均して平らなら、それで上等」

面をあげると、弦之助がひたむきな視線をこちらへ向けていた。たがいに次のことばを発せぬまま、眼差しを交わしあう。いつの間にかさえずりが消え、かわってひとの行き交う気配が遠く近くただよっていた。

「ご両所――」

呼びかける声が戸のむこうから響く。膝をつく武士の影が、障子にはっきりと映っていた。「刻限じゃ、出ませい」

通されたのは二十畳敷きを二つつなげた大広間だった。縁側に面した障子は開け放たれ、秋の庭が全面に広がっている。手入れの行きとどいた松にはさまれ、紅色をした秋海棠の花が匂やかに咲きそろっていた。

部屋の中央あたりに弦之助が坐し、すこし下がって庄左衛門が腰をおろす。上座にあってこちらへ向き合っているのは、鳶色の裃を着した五十がらみの武士だった。かたわらには文机を前に書役とおぼしき中年男がひかえ、やはり裃すがたに威儀をただした何人かが脇に居並んでいる。立花監物は見当たらなかったが、おどろいたのは、そのなかに側用人・鏑木修理の姿があったことである。ふつうならあり得ぬ出座だが、あるいは弦之助の大事と聞いて臨席したのかもしれなかった。

ひとしきり私語がかわされ、やがて波がひくように熄んだ。上座の武士がこちらを見据え、おもむろに告げる。「目付役、山野辺雅楽である。本日の調べは身どもが執りおこなうゆえ、さよう心得よ」

弦之助と庄左衛門は、そろって頭を下げる。山野辺雅楽は目付役筆頭と聞く。とりわけ切れるというわけではないらしいが、よくない噂も聞かぬ人物だった。筆頭家老の宇津木頼母とも、つかずはなれずの関係をたもっているという。とりあえず、この段での不利はなさそうだ、といくらか肩の強張りをゆるめたとき、山野辺が口をひらいた。

「日修館助教・立花天堂、ならびに郡方・高瀬庄左衛門――」

「はっ」畳に手をつき、かえした声が弦之助とかさなった。山野辺は満足げにうなずくと、重々しい響きをこめて発する。

「こたびの強訴につき、問いただすべき儀あり。なにごとも包みかくさず申し述べよ」

ふたたびみじかい返答をして、面をあげる。擒となったことが士道不覚悟に当たるかどうかは、裁く側が判断するものだった。こちらとしては、直截にゆくたてを伝えるしかない。

が、山野辺は眼差しをけわしくすると、にわかにひとひざ進みでた。刺すようなするどさでことばを突きつける。「榑谷村の強訴は、その方らの煽動によると聞く。まことか」

二

つかのま、おのれに軀というものがあることを忘れ、宙空に浮いている心地がした。手も足も、そこにあるのかどうか分からぬ。頭のなかが白くなるとはこういうことか、と思ったのはしばらく経ってからだった。呆然と坐していると、

「返答はいかに」

山野辺があらためて低い声を発する。弦之助のほうを仰ぐと、やはり心ここにあら

ずの体だった。ようやく細い肩をふるわせたのは、我にかえったということだろうが、

「……いま、なんと？」

まだ夢から覚めぬ者のごとく、声に力がこもっていない。手が小刻みに揺れていた。

山野辺は眉をひそめながら、唇をひらく。窪んだ瞳が細められ、眠るような表情となった。「榑谷の強訴は――」

「そのようなこと、あるわけもございませぬ」

弦之助がふるえる声で言い放った。この若者にはめずらしく、端整な面ざしが紅潮している。あまりの成りゆきに平静さを失っているようだった。庄左衛門はとっさに声をあげる。

「なにゆえ、さようなお疑いを」

山野辺雅楽は、軽輩の同席にいま気づいたというふうに目をひらいた。めずらしい生き物でも見るような眼差しをこちらへ向けていたが、じきに、くぐもった声をもらす。

「そのような申し条があった」

おぼえず声を吞みこむ。さいぜんまでは、動転しながらも単なる誤解と思っていた

が、名指しで訴えがあったとなれば只事ではすまぬ。

「……かの強訴は」崩れそうになる上体をどうにか保ちながら、懸命にこたえを探す。「榑谷へ流れた浪人どもの使嗾と心得まする」

その返答を吟味するように山野辺がふたたび瞑目する。うっすらと痘痕の残る顔を見つめていると、ややあっておもむろに瞼をひらいた。「その浪人とうぬが、親し気にことばを交わしていたと聞く」

背筋に針を差しこまれる心地がした。周囲の壁がおのれへ向かってじわじわと押し寄せてくる気がする。呼吸が浅くなり、頬のあたりをいく筋も生ぬるい汗が伝った。

「それは……」ことばとも言えぬ呻きが溢れる。鏑木修理が射るような視線でこちらを見つめていた。違いまする、と言いたかったが、声にならぬ。ただぶるぶるとこうべを振るばかりだった。

山野辺は眉ひとつ動かすことなく、

「まことか」

しずかに繰りかえした。列座の者たちもこちらを注視している。口のなかがひどく渇いていたが、唾も湧いてこなかった。粘つく唇をどうにか開こうとするうち、ようやくかすれた声が洩れる。

「いえ……」

「ことばは交わしておらぬと申すか」

「――話はいたしましたが」

庄左衛門がいった瞬間、山野辺の瞳が大きく見開かれる。「話したのだな」しまった、と思った。頭のなかが熱くなり、全身が慄えだす。「と、囚われましたゆえ、ふたことみことは」

擒になったと強調するのはべつの意味で不利にちがいないが、そのようなことを言っている場合ではなかった。落ちつかねばと思いながら、軀がぐらぐらと揺れるのを止めることができない。弦之助のようすを見やるゆとりすらなかった。

「ふたことみこと……」山野辺が反芻するように眼差しを宙へ飛ばす。書役が筆を走らせる音だけが、やけにはっきりと聞こえていた。「あきらかに知り人としか思えなんだ、と幾人もの百姓が述べたてておる。庄屋屋敷で、ながなが話し込んでおったと」

おさえきれぬ喘ぎが喉の奥からこぼれた。讒言かと思ったが、あるいはまこと一味に見えたのだろうか、という考えが頭の片隅をよぎる。のみならず、馬鹿げたことと分かっていながら、ひょっとしたら本当はそうだったのかもしれぬ、という心もちさえ浮かんでいた。

「いかがじゃ」

山野辺が爪を立てた禽獣のような目をそそいでくる。総身の力が脱け、支えきれず片手をついてしまった。

「……ながながというほどでは」

「が、それなりには話したのだな」

力なくうなずきかえす。木偶にでもなって、言われるまま動いている心地だった。山野辺が不快げに眉をひそめる。

「ふたことみこと、は嘘というわけか」

つめたい汗が耳のそばを流れ落ちた。もうだめだ、という声が頭のなかで響く。嘘といわれれば、たしかにそうであった。小さな言い逃れのつもりだったが、偽りを述べたことが調べ書きにも記されてしまっただろう。

「かの浪人は、ふるい知り合いでございまして……」

列座の武士たちが、いっせいにざわめきをあげたようだった。が、耳鳴りがひどく、はっきりとは聞こえない。それ以上いうなと言いたいのだろう、弦之助が蒼白になった顔を向け、つよくかぶりを振った。さはいえ、関わりを明かさずこの切所を逃れることができるとも思えぬ。庄左衛門は気力を振りしぼり、上座のほうへ面を向けた。ようやく得心したという風情で、微笑さえ浮かべるようにして山野辺がこちらをうかがっている。

「なるほど、旧知の者というわけか」

「……はっ。されど一味にては、これなく」

「その者の名は」

変わり果てたとはいえ、かつての友である。気が咎めぬわけではないが、むろん罪をかぶって腹を切る気などなかった。みだれる息をととのえ、碓井、と発しようとしたとき、

「言うておくが」山野辺が、これまでもっとも鋭い声を放つ。「適当な名を挙げ、逃れようとしてはならぬ。その浪人ものの親兄弟とて、ただではすまぬゆえな」

庄左衛門は声をうしなった。おさまりかけた身震いがいっそうはげしさを増し、濡れたぼろぎれのような絶望感が全身へ被さってくる。

——おれに似ているだろう。

赤子を見て手放しではしゃぐ慎造や、微笑する家族の面影が脳裡をよぎった。

慎造の長兄は普請組に属していたが、どちらかといえば大人しい人物だったように思う。無軌道なところのある末弟をあやぶみながらも、辛抱づよく見守っているらしかった。あのころ健在だったふた親はさすがに世を去ったろうが、家が絶えたとは聞いていない。長兄やその妻がいまだ健在ということは充分あり得た。すでにあの赤子がりっぱな青年となり、家を継いでいるかもしれぬ。

——……だが、それがどうしたというのだ。

庄左衛門は、はげしくおのれを叱咤する。慎造の名を出さねば、これ以上、申し開きができる目はない。すでに知り人だと告げてしまっている。今さら勘違いだったなどと言えるわけもなかった。

ふるえる肩を掌で必死におさえる。息を呑みくだし、碓井慎造、と口にした。が、たしかに言ったはずの名は声になっておらず、喉の奥で空気が漏れるだけである。うろたえて幾度も繰りかえしたが、どうしてもその名を告げることができない。山野辺が焦れたような口調でいった。

「いかがした」

その呼びかけに引きずられるかのごとく、庄左衛門は両の掌を前に投げ出した。うずくまるような、平伏するような姿勢となってかろうじて軀をささえる。もう一度、慎造の名を口にしようとしたが、遠い昔に見た赤ん坊の顔が頭をよぎるばかりで、やはり声にはならなかった。

「高瀬どのっ」弦之助が喉を震わせながら振りかえる。面ざしは血の気をうしない、唇は青白くなっていた。「どうなさったのです。あの浪人はたしか、しんぞ……」

「いや」さえぎるふうに手をあげる。自分でもおどろくほど大きな声だった。「もう、よろしゅうござる」

「えっ――」若者の表情が凍りついた。見開かれた瞳からは感情というものが抜けおち、ただ透き通ったびいどろのように見える。庄左衛門は上座へ向かい、低頭しながら告げた。「……無念ながら、浪人者の名が出てまいりませぬ」

「忘れたとでも申すつもりかっ」山野辺が声を荒らげる。こめかみのあたりに太い筋が浮きあがっていた。

「その通りでございます」先刻まで、いかにしても声が出なかったのに、いまはなめらかに言葉が流れてくる。庄左衛門はしずかに語を継いだ。「まこと、齢はとりたくないもの」

居並ぶ武士たちが、おもわず笑声をこぼす。山野辺は渋面をくずさぬまま、重々しい口調でいった。「庇うつもりか。それがどういうことか、分かっておろうの」

「はっ」いま一度、頭を下げる。「この高瀬庄左衛門、強訴の煽動など思いも寄りませぬが、もはや抗弁の術なし……このうえは、ご存分になされてくださりませ」

高瀬の舅や啓一郎に延、いまは亡き者たちの顔が瞼の裏をかすめた。最後に浮かんだ志穂の面ざしは、輝くように笑っている。家を保つという務めは果たせそうにないが、おのれはとうに一人である。連座する者がないと思えば、ふしぎなほど心もちは安らかだった。

上座から、ふとい溜め息がもれる。庄左衛門はこうべをあげ、魂を抜かれたごとく居竦（いすく）まっている若者に目を向けた。「されど」

「うむ」山野辺がわずかに膝をすすめる。そちらへ向きなおり、ひといきにつづけた。

「そこにおわす立花どのは、まったくもって関わりなきこと……それだけは申し上げておきたく」

「高瀬どのっ――」若者が絶叫ともいえる声をあげた。が、力つきたように肩を落とし、うなだれてしまう。

ひやりとした沈黙が座に落ちかかってきた。いつのまに集まったのか、野鶲（のびたき）が二、三羽、庭に降りたち、橙色の胸をゆらしながら歩きまわっている。

ややあって、山野辺が伏せ気味にしていた額を起こす。庄左衛門を見やり、おもむろに唇をひらいた。

「……ひとつ尋ねたきことがある」

「なんなりと」戸惑いながらも、庄左衛門はまっすぐに相手を見つめかえした。

「その方と立花はいかな間柄か」どうにも不可思議とばかりに、目付が首をかしげる。「身分といい、年齢といい、どうつながっているのか、さっぱり分からぬ」

「それは」応えにつまり、弦之助のほうを仰ぐ。面をあげ、いっしんにこちらへ見入っていた。なぜか、啓一郎が少年だったころの面ざしが浮かぶ。つかのま、ことばもなく若者の貌を見守った。

「まこと身のほどを弁えぬ申しようなれど」気づいたときには、声がこぼれ出ている。「憚りながら、親代わりと――」

そのままゆっくりと平伏する。弦之助が息を呑む気配を感じたが、目は向けなかった。

「さようか」

山野辺がふかい吐息とともにつぶやく。ことさらいかめしい咳ばらいを洩らしたのは、何かしら申し渡しをするものと思われた。

「されば……」

言いかけて眉をひそめる。どこからか、あわただしげに畳を踏み鳴らす足音が近づいてきたのだった。

待つほどもなく、奥の間から通じる襖ががらりと開く。列座の者が顔を向けると同時に、栗色の裃をまとった武士が入ってきた。

「いかにも浮き世はあきらめこそ肝心――」鏡餅を思わせる下ぶくれの頬に苦笑をたたえてつぶやく。「とはいうものの、いささか早すぎじゃ」

「兄上……」弦之助が我にかえった体で発する。色をうしなっていた頬に、わずかながら赤みがもどってきた。

「お待たせ申した」眼差しだけで弟にうなずきかけると、立花監物は居並ぶ列の端にゆったりと腰をおろした。

「べつに待ってはおらん」山野辺雅楽が眉根を寄せ、すげない口調で返す。「それに、あらかた片づいたところじゃ」

「そのことでござりまするが」監物がさも心苦しげに発する。が、唇もとには裏腹ともいえるほど不敵な笑みをたたえていた。「この件、それがしにお預け願わしゅう」

「どういうことじゃ」それまで無言で成りゆきを見守っていた鏑木修理が、さすがに訝しげな声をあげた。

「遅れて来たうえ、横車を押すつもりか」山野辺は顔をしかめ、睨むように目をほそめる。監物は大仰にかぶりを振った。

「さようなこと、思いもおよびませぬ。ただ……」

「ただ？」列座の者たちから、つぎつぎと不審げな声が洩れる。監物はそれを受け流し、

「――連れてこい」

庭のほうへ向かって呼びかけた。はっ、とこたえる声があがり、縁側に戸田茂兵衛が姿をあらわす。四十がらみの武士を一人ともなっていた。

三

その姿が目に入った刹那、庄左衛門は首をかしげた。うなだれるように伏せた武士の顔に覚えがあったのである。が、いつどこで会ったのかが思いだせぬ。浪人には見えぬから、強訴一味というわけでもなさそうだった。

「……その者はいったい」

山野辺が、ほとほとうんざりしたという口調でつぶやく。苛立ちを隠そうともしていなかった。あるいは、ふだんからこの若い同僚に振りまわされることが多いのかもしれぬ。

目付役筆頭の不興には取りあわず、監物はつるりとした顔で座を見まわすと、一点に目を据えた。「それを語るは、わが任にあらず」にわかに眼差しがけわしくなる。

「お願いできましょうか――ご用人さま」

庄左衛門は、とっさに鏑木修理のおもてへ視線をとばす。むろん、座に列なる者がいっせいに、側用人の怜悧（れいり）な面ざしへ目を向けていた。

「いかにも、身どもの家宰であるが」落ちついた声が、ゆっくりと返ってくる。「なにゆえ、かようなところに」

――そうか……。

ようやく思い至る。先だって鏑木邸へ伺候した折、案内に立ってくれた人物だろう。たしか朝日とか朝比奈とかいう名だった気がする。が、このような場にあらわれるは、修理ならずとも訝しいことだった。

監物は、いま一度こうべを動かし、居並ぶ面々を眺めわたす。「それは――」喉仏が上下し、低めた声が畳のあいだを流れていった。「この御仁が陰で強訴を使嗾したゆえでござります」

座に渦を巻くようなどよめきが起こる。庄左衛門と弦之助は、おもわず顔を見合わせた。山野辺雅楽も、唖然となって口を半びらきにしている。

「まことであれば、むろんそのままには置かぬが」鏑木修理が瞳を凝らし、監物を見据えた。「証（あかし）あってのことであろうな」

「むろんでござりまする」かすかな笑みを口もとにたたえ、監物が容儀をあらためる。列から進みでて、修理と向きあった。「頭目は逃げおおせまいたが、捕縛した浪人どものなかに、この朝比奈外記（げき）が顔を覚えているものが幾人もおりました」

「顔……」鏑木修理ははっきりと眉をひそめた。色の白いおもてに、いくらか朱が差してくる。「そは、いかにも面妖。朝比奈は家宰なれば、屋敷うちにて差配をなすのが務め。浪人ふぜいが顔をたしかめる折など、そうそうあるわけもなし」

「いかにも」監物は淡々とこたえて、懐に手を差し入れた。すばやく一枚の紙を取りだし、列座の者へかざすようにする。「これを見せまいてござる」

庄左衛門は、おどろきの声を呑みこんだ。まじりものの浮いた粗末な紙に、正面を向いた朝比奈の似せ絵が描かれている。筆づかいは丹念で、わずかにまじった白髪の具合や口もとのたるみまで、余すところなく写していた。

――志穂……。

その作にちがいない、と分かる。いきさつなど知るべくもないが、おのれが見守ってきた筆を見誤るはずはなかった。

ふと気づくと、弦之助が問いかけるような瞳でこちらをうかがっている。絵心はないと言っていたが、やはりそれと察したのだろう。肯(うべな)うつもりで、つよく頷きかえした。

「なるほど、よう似ておる」山野辺が、感に堪えぬといった体で声をもらす。さいぜんまでの不機嫌さは、跡もなく消えていた。「これなら間違えようもあるまい……が、浪人どもの申し立てだけで罪ありとするわけにはいかぬ」

「さきほどは、申し立てを拠(よ)りどころに、随分きついお調べだったようですが」監物がうふっという笑い声をあげると、山野辺はむっとして口をつぐんだ。

「まあ、軽輩とご用人さまの家宰とでは、あつかいが異なるも道理」ことさら平然と

告げると、

「嫌味はよせ」山野辺が苦々しげに口をひらく。「で、ほかの証はあるのか」

「ご念には及びませぬ」

監物はにやりと笑って懐に絵をおさめた。さりげなく庄左衛門を一瞥したのは、やはり志穂の作だということを伝えたものだろう。「この絵の出どころと、さらなる証については、のちほどお話しいたしまするが……朝比奈は三年ほど以前より、身分を秘したまま領内各所で浪人どもを募り榑谷へ送りこんでおった由。それからは、年に一、二度、村をおとない、頭目に金をわたして話し込んでいたという。こたびの企てが落ち着いた折には相応の金が下される約束で、浪人どもはそれをもとに江戸あたりへ逐電する手筈であった」

「逐電……。強訴のおもむきは、天領への復帰ではなかったか」同輩のひとりだろう、列座のなかから不審げな声があがる。監物はそちらへ面を向けると、やれやれというふうにこうべを振った。呆れたような調子で言い添える。

「百姓たちは本気であろうが、あのような訴え、聞き届けられるわけもなし……新木の者どもを妬む心根に乗じたまでのこと」

「では、なにゆえの強訴じゃ」べつの武士が度をうしなった体で問う。無理もなかった。庄左衛門自身、なにが起こっているのか、まったく呑みこめていない。

「騒ぎを起こすこと、そのものが眼目」下ぶくれの頬がぎゅっと歪められる。「榑谷の衆が不満は、新田開墾のおり取り残されたことが発端でござりますれば」

「待て――そは、ご家老の」山野辺が、うろたえた風情で押しとどめる。榑谷村を荒蕪の地として開墾からはずしたのは、筆頭家老・宇津木頼母の判断だった。

「さよう……いわばご失政」制止などなかったかのごとく、あっさりと言い放つ。

「これっ」山野辺があわてて腰を浮かせる。監物がいなすように右手をあげた。

「さはいえ、あらためて調べまいたが、かりに榑谷を開墾したとて、実入りが増える目はたしかに低うござった。……かのご判断、誤りというべきものにあらず」

「……どういうことじゃ」座のなかから途方に暮れたような声がもれる。さすがの弦之助も首を傾げているようすだった。

「失政ならざるものを、あえて失政となす――ご差配を不服として強訴が起きたとなれば、ご家老の責を問う声も力を増しましょう」監物の瞳をするどい光がよぎった。

「宇津木さまを追いつめることこそ、こたびの狙いと推察つかまつる」まなざしが横に流れたかと思うと、ややあってぴたりと止まる。その先に坐す姿を目のあたりにして、庄左衛門は喉の奥から溢れる呻きを抑えられなかった。

　監物の視線が捉えたのは、鏑木修理その人である。泰然としたさまを崩さず、しずかな面もちで列座の目を受けとめていた。「……なるほど、わが家宰がさよう大それた企みをなしたと」

縁側にひざまずいた朝比奈は、あるじの言葉に肩を震わせたものの、無言のまま面を伏せる。監物はちらりとそちらを窺うと、ひとつ大きな咳ばらいをした。「さよう、家宰が」言いさして、うふふというような笑声をもらす。そのまま修理の貌に目をもどした。

「落ちついておられますな」ひどく底意地わるげな笑みを唇もとにただよわせる。

「ひとと申すは、身に覚えなき疑いに、なかなかそう平然とはできぬもの」

「疑い……」修理の声に、かすかな苛立ちがまじる。監物はもともと小さな目をさらに細め、値踏みするような眼差しを側用人へ向けた。薄笑いをたたえたまま、唐突に告げる。

「――お父上は」

「なにっ」修理の声がにわかに昂ぶり、頬のあたりが小刻みに痙攣する。すかさず監物がつづけた。

「三代前の郡奉行であられましたな……名は鏑木長門(ながと)どの」

そのことばにさっと面をあげたのは、おそらく修理その人と庄左衛門だけであったろう。大半はなんのことか分からぬといった体で困惑の色を浮かべている。弦之助も問いかけるような視線をこちらへ向けてきた。が、応えるすべを考えるまえに、

「なにが言いたい」修理が喉をふるわせる。

「……宇津木さまと組んで開墾に成功した立役者」ゆらゆらと大きな頭を振り、ひとりごつようにつづける。「にもかかわらず、お役はそのまま――ご子息から見れば、承服しかねる思いでござりましたろう」

「だから、なにが言いたいと申しておるのじゃっ」口調がみだれ、とうとう感情の波立ちがあらわになる。監物は粘つく視線でそのさまを捉えると、ことさら何気ないふうに告げた。

「いえ、ただのむかし話で」

修理が息を荒くし、肩をはずませる。

結論めいたことはいっさい口にせぬまま、監物はある構図をはっきり示しているようだった。

――鏑木さまが、家宰に命じて強訴を使嗾した。

ただちには信じがたいことであったが、話の筋みちはすべてそこへ向かっている。

居並ぶ目付たちも啞然としたまま、監物と修理のやりとりを見守っていた。

「見てきたふうなことを申しおって……」側用人が押し殺した声を発する。秀でた額にうっすらと汗が滲んでいた。が、監物はぬめりとした口吻を崩さぬ。

「はい、来世は戯作者にでもなろうかと」

かべた。

「いいかげんにせよっ」

するどい叱責も耳に入らぬごとく、監物は遠いところを見つめるような眼差しを浮かべた。

「お父上は、みずからの立身と引き換えに、そこもとを殿のお側へ上げるよう乞われたのでござる……宇津木さまから、当時の念書もあずかっており申す」

修理の面から、瞬時に表情が消え失せる。「そのような話……」

「わざわざ息子に聞かせる親などおりますまい」監物はいたましげにかぶりを振ると、同輩たちを見まわした。「方々とて、さようでござろう」

騒然としていた広間が、にわかに静まりかえる。目付たちは、めいめい思いにふける風情となった。山野辺も拳のあたりに目を落として黙りこくっている。

「ここから先は、それがしの思案なれど」ふいにおだやかな口調となって監物が告げる。「お父上は、郡方のお役を気に入っておられたのではなかろうか」

「野山を歩き、土にまみれる役目をか」修理が吐き捨てるようにいった。「奉行などとは名ばかり……父はいつも疲労困憊(こんぱい)であったわ」

「精魂こめれば疲れもいたしましょう――されど、だから不幸というわけでもない」

おもむろに監物の視線が動き、庄左衛門の面上でとまる。「なにか言うべきことがあるか、高瀬」

とつぜん名指しされ驚いたが、自分でもふしぎなほど平らかな心もちとなっていた。一度だけ、ゆっくりと深く息を吸う。列座の者たちに向けて腰を折り、そっと面をあげた。

「たしかに楽なお役とは申せませぬが」声を発した途端、重職たちの姿がさっと遠のく気がした。ただおのれに向けて、この二十数年を振りかえっている。「どの勤めもおなじこと」

「それはもう聞いたっ」修理が苛立たしげに叫んだが、気もちは波立たなかった。そちらへしずかな眼差しを向け、語を継ぐ。弦之助が見守るような視線を注いでくるのが分かった。

「野山を歩き風に吹かれますと……おのれのなかに溜まった澱（おり）が掻き消えまする」

「ほう、澱とはなんじゃ」目付たちのなかから、問いかけるふうな声があがった。

「そのときどきで異なりますが」おぼえず苦笑が口辺に浮かぶ。「上役に嫌味をいわれたこと、愚妻との諍い、延々つづく懐の乏しさ……数え上げればきりがございませぬ」

座のうちから抑えた笑声があがる。庄左衛門はわずかに間をおいてつづけた。「そのようにどろどろとしたものが、空や地に流れとけてゆく……あの心地よさは他に代えがたいものにございます」

山野辺が興ぶかげに発する。「どろどろがなくなるのか」

庄左衛門は上座へ目を向け、うなずき返した。「はい――じきにまた溜まりまするが」

「それではきりがないの」山野辺が意外なほど落胆した体でつぶやく。

「いかにも仰せのとおり」いつしか庄左衛門の唇もとに、おだやかともいえる笑みがたたえられていた。「が、それもまた、いずれ野に消える……そうと分かっておるゆえ、辛抱がかないます。そのようにして一年一年が過ぎてゆきまする」

「……それでは草木とおなじであろう」修理が歯嚙みするような調子で呻いた。「わしはご免こうむる」

「お父上は違っていたかもしれませぬな」監物がふかい吐息をついた。「子はたいてい、父と異なる道を歩みたがるものでござれば」

「たしかに、そなたの調べは先代よりずんと質がわるい」山野辺が顔をしかめて監物の面を睨みつける。「弟御の一大事と称して修理どのへ出座を乞い、その間に家宰を押さえたか……性根が曲がっておる」

「お誉めにあずかりまして」監物がわざとらしく頭を下げると、山野辺雅楽はさらに渋い顔となった。舌打ちしながら失笑をこぼす。

「さっさと大目付にでもなってしまえ――わしからもご家老へ進言しておく」

にやりと笑うと、監物は小太りの軀を大儀そうに修理のほうへ向けた。おごそかな口調となって言い渡す。「朝比奈はあくまで口をつぐむ所存、御身が糸を引いたという証しはない――端からそのつもりでたくまれたことでござろう。が、家宰の監督不行き届きはまぬがれぬ。隠居と知行半減を呑まれるなら、家名は存続させようと殿のご恩情でござる……幼少よりおそばにあった修理どのがことゆえ、いかいお気を落としておられましたぞ」

はや殿にまで手をまわしたか、と山野辺が呆れ声をもらす。ほかにことばを発する者はなかった。しずまりかえった座敷に、秋蟬の啼き声がほそくながく響きわたる。

「修理どの――」無言で成りゆきを見守っていた弦之助が、おもむろに眼差しをあげた。まっすぐな瞳で側用人を見つめている。鏑木修理は面を逸らしながらいった。

「そなたには、わしの片腕となってもらうつもりだった……それはまことだ」

「たしかに」監物が皮肉げに頰をゆがめる。「だから鹿ノ子堤でも、脅すだけでよかった」

ひどく冷たい手で胃の腑を摑まれる心地がした。おぼえず弦之助と顔を見かわす。端整な面ざしに、絶望とでもいうべき色が隠しようなく浮かんでいた。むろん、目付たちにはなんのことか分かるわけもない。そろって眉をひそめるだけである。

「いったい……」若者の紅い唇からあえぐような声がこぼれ出る。監物は、弟のよう

すをいたましげに見やっていたが、

「国もとには立花弦之助をこころよく迎えぬ一派がある……とでも思わせるためか」

うんざりしたような顔で天を仰いだ。「なかんずく、ご自分が国もとへ戻るまで、弟が宇津木さまに取りこまれぬことこそ肝要——ことによると、襲撃はご家老の指図によるなどと吹きこむつもりでござったか」

修理の頬が蒼白といえるほどに色をうしない、引き攣れたように肩がゆれる。見まもる弦之助の面からも表情が脱けおちていった。

「たぐいまれなる周到さというべきだが」監物が下ぶくれの頬を紅潮させ、するどい視線を向ける。「それさえなくば朝比奈の顔が割れることもなかった」

「というと」

得心がゆかぬという口調で山野辺が質すと、監物は片目を細め修理をうかがうようにした。

「これは内密にしておりましたが、家中の若侍ふたりが朝比奈にそそのかされ、江戸からもどる愚弟を襲撃しており申す」

座にどよめきの声が満ちる。それを合図としたかのように、庭先を横ぎり細身の影があらわれた。あっ、と叫びそうになるのをかろうじて押しとどめる。

半次は庄左衛門に向けて目くばせすると、ほつれた鬢をなおし、裾をさばいた。秋海棠の花を背に膝をつき、室内の面々へむかって丁重に腰を折る。居並ぶ目付たちはあからさまに不審げな面もちを浮かべ、問いつめるように監物を見やった。

当の監物は舌鋒をゆるめることなく、矢継ぎ早に語を継ぐ。

「これなるは、柳町で二八蕎麦の屋台を出しておった者。それがしとも多少かかわりがござるが、いまは小者となってさる家に奉公しており申す」小太りの顎を揺らして、しれっと告げる。高瀬家の身内だということは素通りするつもりらしい。

「この者の屋台は、朝比奈が身分を隠し若侍との会合に用いた小料理屋の向かいにあること多く、商いの途中、たびたび彼の者を見かけており申した……つねに編笠を被ってはいたが、いくどか見るうち、顎や口もとのあたりがしっかり目に残っておった」

われしらず動悸が速まってゆく。監物がなにを話そうとしているのか、まるで見当がつかなかった。

「――先日、所用あって鏑木邸へおもむいた折、朝比奈の面体を見て、あるいはと思ったらしい」

――しるしのない男、か。

庄左衛門はとっさに朝比奈外記のたたずまいへ目をとばした。たしかに、若くもなく齢をとってもおらず、太ってもいなければ痩せてもいない。鏑木邸で案内されていながら、はっきりした印象が残っていないのも事実である。

気がつくと、半次がわずかに面をあげてこちらを見つめていた。目に力づよい光をたたえ、励ますような笑みを唇もとに刻んでいる。

あの折、半次のようすがおかしかったことは覚えていた。ふるい知りびとにでも出くわしたかと思ったのだが、直後に次郎右衛門の病を聞き、一連の騒ぎに巻きこまれたため、そのまま失念していたのである。半次も確信が持てぬゆえ、口にはしなかったのだろう。それでも、やはり心もちが落ち着かなかったにちがいない。庄左衛門の救出は余吾平に託し、その間、一心に朝比奈の身元を当たっていたということらしかった。

「知りびとを頼うで朝比奈の似せ絵を仕上げ、面体を知るものに確かめまいてござりまする」

それが、志穂の筆になる絵というわけだろう。宗太郎や例の仲居がしらに見せたものと思われた。

「種明かしをするは不本意なれど」餅のような肌をぷるぷると震わせ、監物がくすぐったそうに笑う。「じつは、この件で彼の者の身柄を押さえたところ、二重底になった手文庫から浪人どもの血判と熊野牛王（くまのごおう）の誓紙が出てきたという次第でございまして」

「なるほど、棚から何とかというやつか。感心して損をしたわ……まあ、二重底に気づいたは手柄としてやってもよいが」

恩を売るごとき口ぶりで山野辺がいうと、監物はかえって苦笑を浮かべた。

「手文庫などと申すは、おしなべて二重底であると心得おりまする」

「立花家ではそうかもしらんが」

山野辺が呆れたような口調で毒づく。が、一瞬の間を置き、あっと声をあげた。

「その血判には、浪人どもの名があるのだな」

視線を動かし、いま一度、庄左衛門のほうを見やる。

「仰せのとおり……むろん、高瀬や愚弟の名はいっさいございませぬ」監物はうなずいて、懐に手を差し入れる。取りだしたときには、折りたたまれた紙片が握られていた。山野辺が身を乗りだしたが、なだめるように手を上げる。

「のちほど内々にお見せするということでいかが」

「なにゆえじゃ」山野辺が不満げな声をもらしながら、半白の頭をかしげる。

「高瀬が口を噤(つぐ)みしは」監物がたぷたぷとした顎を庄左衛門へ向けてしゃくった。

「連座する者が出るを憚ったからでござろう」

山野辺が驚いたように瞳を開き、こちらへ見入ってくる。庄左衛門はおもわず面を伏せてしまった。

「あっぱれと申すつもりはござらぬ」苦々しげな笑みをたたえて、監物がつぶやく。「さっさと吐けばややこしいことも起こらぬに……が、まあ、その心もち、汲んでやってもよいように思いまする」

「よかろう」山野辺が吐息をこぼす。かすかに声の調子を落として、ひとりごちた。「脅しが利きすぎたか」

「利かねば脅しと言えますまい」監物が大仰に低頭してみせる。「まこと、おみごとでござりました」

「……嫌味の多いやつだ」

山野辺も渋面をつくって応える。大儀そうに腰をあげながら、列座の者たちを見わたした。「本日はここまでといたそう。朝比奈外記の身柄は評定所あずかり、鏑木修理どのは」にわかに厳しげな眼差しを浮かべる。「おって沙汰がござろう。屋敷にてお謹みあれ」

修理が無言のままうなだれる。藍色の肩衣は、まだふるえていた。哀しげな眼差しでそれを見つめる弟に向け、立ちあがりざま監物が告げる。

「たまには屋敷へ顔を出せ」この男にはめずらしく、真剣な面もちになっていた。が、つぎの瞬間には頬をゆるめて付け加える。「おまえが来ると、奥と娘の機嫌がようなるゆえ助かる」

溟く沈んでいた若者の瞳を、わずかながら光のようなものが過ぎる。

「はい、かならず……」ささやくほどの声だったが、庄左衛門の耳にもはっきりと届いた。監物は弟にうなずきかけると、ふいになにか思いだしたらしく、摺り足でこちらへ近づいてくる。戸惑っているうち、すばやく片膝をつき、さも大事を明かすかのように声をひそめた。

「言伝てがある」

鏡餅のような頬がふしぎなかたちに歪んでいた。笑いたいのをこらえているらしい。

「おぬしの上役からだ」声に面白がるふうな響きが含まれていた。「定岡といったか……わしが言うのもなんだが、癖のある男だな」

おそるおそる監物の面をうかがうと、小さな瞳があくびをした猫のように弧を描いていた。「そのまま申すぞ——わしに隠れて上つ方の屋敷へ呼ばれたりするから、このようなことになる」

あっという声を呑みこんだ。小遣い銭をわたして口止めしたが、役所の中間は黙っておられなかったらしい。あるいは、戻り時刻が遅れたのをあやしみ、定岡がしつこく問い詰めたのかもしれなかった。

「そのうち国ざかいへ飛ばしてやるゆえ、覚悟して戻ってこいと……以上じゃ」

「戻って……」

啞然として繰りかえすと、にやりと笑みを浮かべながら監物が立ちあがる。ことばもなく見守るうち、たしかに伝えたぞとつぶやくと、小太りの軀が重たげに踵をかえした。

花うつろい

一

差しだされた紙をおそるおそる開くと、半次の眉がふっとゆるんだ。畳のうえで居ずまいをただし、ゆっくりとこうべを下げる。

「……ありがとう存じました」

「いえ、そのような」

言われた志穂のほうがまごついてしまうほど、丁重な礼であった。ふだん、どこか崩れた気配をまとうこの男にきびしい眼差しを向けることも多かったが、いまはすっかり調子がくるっているらしい。

庄左衛門は広げられた紙面に目をおとした。三、四歳と思われる町むすめがあどけない笑みをたたえている。が、おおきな瞳には、どこか気丈な光が宿っているようでもあった。かたわらでは、俊次郎も興ぶかげに絵のなかの少女を覗きこんでいる。

五年まえに身まかった半次の娘である。名は、しまという。

評定所からもどったのち、問わず語りにぽつぽつ洩れ聞いた話だが、半次はやはり江戸の出だった。ちいさな蕎麦屋をいとなみながら、お上から十手をあずかり北町奉行所の同心を助けていたらしい。目明しというは、たいていそのように本職を持っているものなのである。半次の場合、とくに水が合ったのだろう、三年ほどのあいだに幾度もの手柄をたてた。本人の言によれば、わるいやつらの匂いはすぐに分かるのだという。

　が、不幸だったのは、この男自身に悪への渇望というべきものがあったことで、調べのつもりで賭場へ出入りするうち、すっかり賽の魔力に魅入られてしまった。負けが込んで店をうしない、十手も返上せざるを得なくなる。女房は娘をつれて家を去ったのだった。そのとき、しまはようやく歩きはじめたばかりだったが、次に顔を見たときはもう仏になっていたという。雨上がりの川べりで遊んでいるうち、濁流に呑まれたのだった。

「おのれのことは棚にあげて」と半次は苦いものを噛みしめるような声でいった。「もとの女房やあたらしい亭主をののしり、いっしょに遊んでいた近所の餓鬼まで責める始末……まこと、屑とは手前のことで」

　どうとでもなれという心もちで江戸を離れた。神山くんだりまで流れてきたのは、祖父がこの地の出だと聞いていたからである。とはいえ、親類らしき家はとうになくなっており、そのまま柳町へ居ついたのだった。いつかの雪うさぎは、いっしょに暮らしていたころ、大雪の明けた朝につくってやったものだという。

「そうか……」

数えるほどしか会えなかった娘の面ざしを、せめて似せ絵にとどめたいのだな、と庄左衛門は思った。賭場うんぬんは伏せて志穂にわけを話し、数回の下書きと直しをへて完成したのである。人相の説明をもとに描くのはたやすくないはずだが、奇貨というべきか、いちど朝比奈の絵をものしていたため、こたびは意外とすんなり仕上がったらしい。

「よけいなことだが」庄左衛門はことさら何気ない口調でささやいた。「わるい虫が騒いだら、この絵を見るといい」

志穂がいぶかしげに首をかたむける。半次はものも言わず、ひたすらこうべを垂れていた。さすがにあの後、黒須賀の鮫造一味とは関わりを持っていないようだが、人というはなかなか変わらぬものである。げんに神山でも賭場へ出入りしていたわけだし、この男にはどこか、おのれをあやうい場所へ置きたがるところがあった。よい重石となれば、娘もいくらか浮かばれるだろう。

なかば開いた窓から早春の風が流れ込んでくる。かすかな冷ややかさもふくんでいたが、いまはそれが心地よい。あとふた月もせぬうちに、杉川の岸辺で桜並木が目を奪うように咲きほこるはずだった。

強訴さわぎから半年ほどが経っている。神山藩は静穏を取りもどしたと見えるが、むろん旧のままというわけではない。

側用人の鏑木修理は正式に隠居し、八歳の長男が当主となった。表向きは病のためということになっている。家宰の朝比奈は腹を切ったが、家は存続しているという。無残な話だが、庄左衛門にはどうする術もないのだった。

それより驚かされたのは、同輩の森谷敏五郎が処分されたことである。浪人たちが椛谷村へつどっているのを知りながら、金品と引き換えに見逃していたと聞く。あれこれ芳しくない噂は耳にしていたが、じっさい明るみに出ると、机を並べていた男だけに気もちが重くふさがれるのをおぼえた。士籍を剝奪され、領外追放ということになったらしい。

切腹をまぬかれたのは、例の投げ文が森谷のしわざだと分かったからである。浪人たちがなにごとか企んでいるのではという不安にさいなまれ、思いあまって郡奉行の屋敷に文を投じたのだった。それくらいなら、もともと金など受けとらねばよいようなものだが、その半端さがぎりぎりのところで森谷の命を救ったともいえる。妻子は実家にもどったらしく、組屋敷の一軒は、いまも空っぽのままだった。

「――すこし外に出るか」

志穂と俊次郎に呼びかける。半次は娘の絵に見入ったまま、座敷の片隅で座りこんでいた。まるで魂を抜かれたようになっており、庄左衛門の声も耳を素通りしていったらしい。いちど空っぽになるのもよい、と思った。

絵の道具をたずさえ、屋敷を出る。大気はやはりつめたく澄んでいたが、晴れわたった空から日ざしが注がれ、暖かさのほうがまさった。井戸のあたりで水を汲む内儀（ないぎ）たちと礼をかわし、畦道のほうへ歩をすすめる。足をのばして野の景色でも写しに行くつもりだった。

商家のあつまる通りを抜けてしばらく進むと人影も減り、草花の匂いがつよくなる。さらに四半刻ほど歩けば、奥まったところに梅林が広がっていた。盛りの紅梅が、甘さのなかにどこか酸いものをふくんだ香りをただよわせている。ところどころまじった白い梅が、たがいの色を引き立てていた。枝の隙間から空がのぞき、はやくも鶯（うぐいす）の啼き声がいたるところで響いている。

杉川べりの桜ほど知られてはいないが、庄左衛門はこの梅林にも心ひかれるものがあった。足もとには草の芽がちらほらと顔を出し、冬枯れの大地にまぶしい緑を振りまいている。

「では——」

なにから描こうか、というつもりだったが、俊次郎がごそごそと荷をまさぐり竹皮

の包みを取りだす。勘違いなのかわざとなのか、まずは握り飯にかぶりつく気らしい。吹きだしそうになるのをこらえて、

「わしも一つもらおうか」

といった。志穂がうれしげに、はいと応えて包みを差しだす。結局、まずは敷物をひろげて弁当ということになった。

志穂のこしらえた握り飯はわずかに塩味がつよかったが、竹筒の水を呑んだあとだったので、ちょうどよく感じられた。添えられた香の物は歯ざわりがよく、嚙んでいるとこりこりと気味のよい音が立つ。さっさと食べ終えた俊次郎は、栗鼠を見つけたとかで、林の奥へ駆けていった。

「もうじき藩校へあがるというのに、いつまでも遊んでばかりで」

遠ざかる弟の背を見やりながら、志穂が案じ顔でつぶやく。庄左衛門はなだめるように笑みをかえした。

「まあ、子どもは遊ぶのがなりわい。あれくらいで、ちょうどよかろう」

養子の口が見つからなければ、いっそ高瀬を継いでもらおうか、と冗談めかしていうと、志穂の貌がぱっと明るくなる。

じつは本音だった。俊次郎も次男であれば、いずれ他家に片づかねばならない。啓一郎を亡くした高瀬家も養子を迎える必要があるから、たがいにとってよいことと思

えたのである。高瀬家には近い親類もなく、息子の義弟というわけだから、血がつながらぬとはいえ無理な縁組ではなかった。強訴騒ぎがしずまったころから、ひそかに考えていたのである。

「もしそうなりましたら」志穂が目を輝かせていった。「わたくしも、あのお屋敷へもどりたいものでございます」

とっさにことばを失い、女の面を見つめかえす。桜色に上気した頬がわずかに汗ばんでいた。噎せかえるような若さに気圧（けお）される体で、そっと眼差しをそらす。

「ああ、でも――」志穂の声がにわかに沈んだ。「先日お話があったのですが」言いさして口ごもる。

他家から養子の口がかかったのか、と思ったが、俊次郎はこれから藩校にあがるところだし、道場にもまだ通っていない。見初められる機会はそうないはずだった。

志穂の瞳に翳りがひろがる。うかがうようにその貌を見守るうち、背後で枯れ草を踏み鳴らす音が聞こえた。俊次郎が戻ってきたのだろう。話はこれぐらいにしておこうと思った。

「さて……」振り向いた庄左衛門の唇から、かるい驚きの声が漏れた。引き締まった体躯の若侍が梅の根方にたたずみ、こちらへ頭を下げてくる。志穂の長弟・秋本宗太郎だった。

いちにちごとに日あしは長くなっていて、下城の刻限となっても大気のなかに光の名残りがたゆたっている。

二

郡方役所から退出した庄左衛門は、ほっと息をつき肩の強張りをといた。

森谷敏五郎が欠けたため、このところ目に見えて仕事の量が増している。受けもちの村も二つ三つとふえ、顔合わせをかねて郷村廻りに出ることも多くなっていた。げんに同輩の金子信助は、きのうから十日の予定で国ざかいのほうまで出張っている。

忙しさがつのっているから、定岡の機嫌もわるい。戻ってこい、との言伝てを聞いたときには意外な侠気(おとこぎ)と感じたものだが、どうも買いかぶりだったらしい。飛ばされはしなかったが、くだんの榑谷村をあらたに割りふられたのは、それ以上に厄介だった。

石畳の道には下城する武士がそちこちに見うけられるが、混雑するというほどではない。終日の書き物しごとで固くなった背すじをほぐすようにして、ゆっくりと歩いていった。大手口へ通じる道沿いには桜の木がつらなっているが、蕾(つぼみ)すら見えていない。薄桃いろの花びらが空を覆うのは、まだ先のようだった。

下り坂にかかり、いくぶん早くなっていた足どりが、ふいに止まる。二、三間まえをあゆんでいる人影に気づいたからだった。そのひとに覚えがあったというよりは、取り巻きの多さでそれと分かったのである。

筆頭家老・宇津木頼母だった。やはり下城の途次だろうが、肩幅の広い後ろ姿にはいまだ疲れた気配もうかがえない。左右の者たちとさかんにことばを交わしながら、ゆったりと歩を進めていた。追い抜くのもはばかられたので、しばらく足をとめ家老一行が遠ざかるのを見送る。

榑谷村への措置は果断というべきものだったが、処罰された者の数は意外なほど少なかった。捕縛された浪人どもは残らず斬首となったが、これに罪をかぶせるかたちで、百姓たちは主だった者が五人処刑されたのみである。科人（とがにん）が出ぬというわけにはいかなかったが、騒ぎの大きさを考えれば、寛大ともいえるあつかいだった。はやばやと騒動が収まったため、村を開墾の対象からはずした判断が問題とされることもなかったと聞く。

立花弦之助はあれからしばらくして召しだされ、楮の植えつけについて宇津木頼母から下問をうけた。さすがの若者もおそるおそる出向いたようだが、さきの建白書を破り捨てたことなどとうに忘れた様子で、あれこれ熱心に尋ねられたらしい。

「あのお方は、なにかと問題も多いが」とは、立花監物の言であった。「政（まつりごと）の手腕に関して家中に並ぶものなきは紛れもない事実――まあ、しばらく付きあってみても損にはならぬよ」

もっとも、弦之助もあいかわらずで、よい機会とばかりに藩校の改革案をいま一度具申したようだが、

「まだ早い……あたらしいことは一つずつやらねば、零れおちる者が増えてゆく」

と、あっさり退けられたらしい。

はやければ、さ来年あたりから楮の植えつけが現実のものとなるかもしれなかった。そうなれば、榑谷村の受けもちとなった庄左衛門もじかに関わることとなる。目のまえを歩く重職と、小役人のおのれが妙なところでつながっているのがふしぎに感じられた。

思いにふけっていた庄左衛門の総身が、にわかに強張る。五間ほどさきを歩いていた宇津木頼母がいきなり振り向いたのだった。視線を感じでもしたのだろうか、庄左衛門の面ざしにするどい眼光を注いでくる。あわててこうべを下げると、意外なほど鷹揚にうなずき、ふたたび行く手に向きなおった。庄左衛門ははげしい動悸を抑えられぬまま、足もとの暗がりをひたすら見つめている。

ようやく面をあげたときには、宇津木頼母の厚い背が、うっすらと霞んだ暗がりに滲んでゆくところだった。

──あれが、一家をひきいる男の背だ。

と庄左衛門は思った。おのれとは、むろん身分のへだたりも大きいが、ひととして見ている方角がまるで異なっている。友にしたいとは思わぬが、身をあずけることに躊躇はなかった。

あれほどのことがあっても、庄左衛門はいまだ鏑木修理へ近しいものを覚えることがある。他愛ないといえばそれまでだが、おのれの絵にそそいだ讃嘆の眼差しは嘘でなかった気がした。弦之助をたのみにしていたのも事実だろう。

が、修理はなにかを排することに力を注ぎすぎたのかもしれぬ。その結果、むだな血がいくつも流れた。政をおこなう者としては、順序をあやまったというほかない。仮に宇津木頼母を追い落とせたとしても、修理が神山藩を導いてゆく姿は想像できなかった。

いつの間にか、あたりの大気が藍色に染まっている。木陰にたたずむうち指さきが冷え、背を丸めて懐手となった。庄左衛門は足を踏みだすことも忘れたかのように、ただ立ちつくしている。

「──高瀬どの」

ふいに呼びかけられ、声をあげそうになった。振りかえると、おのれと同年輩の小柄な武士が、上目遣いにこちらを見つめている。やはり下城の途中なのだろう、干し兵衛である。
た棗のごとく皺の寄った顔に覚えがあった。志穂たちの父で、勘定方の下役・秋本宗

「これは……」呆けたようになっていたところだから、どことなくうろたえた体にな
ってしまう。いそいで頭をさげ、

「すっかりごぶさたしており申す」

ともあれ挨拶をのべる。宗兵衛も気弱げな微笑をたたえて応じた。勘定方の詰所は
二の丸の西北にあるから、郡方役所とはそれなりに離れている。時おり遠目で見る機
会はあったが、ことばを交わすのはずいぶん久しぶりのことだった。

最後に話したのは、強訴騒ぎのあと秋本家へ出向いたときである。志穂たちが城下
のはずれまで迎えに出てくれた折、かなりの悶着があったようだから、ひとこと詫び
ておこうと思ったのだった。

そのとき志穂の母は不機嫌さを隠さず、庄左衛門とは口もきこうとしなかったが、
宗兵衛は困ったような笑みをつくりながら、それなりの応対をしてくれたものであ
る。まともに顔を合わせるのは、あれ以来だった。

家路をいそぐ人の流れが、次々とかたわらを通りすぎてゆく。立ちどまったままの
ふたりに、いぶかしげな視線を投げてゆく者もいくたりか見受けられた。

「……参りましょうか」

声をかけたのは庄左衛門のほうである。宗兵衛もうなずき、半歩さがるような位置で爪先を踏みだす。風がやけに冷たくなっていた。足もとで石畳が乾いた音を立てる。

「――どうも、いかいご迷惑をおかけしましたようで」

宗兵衛がようやく口をひらいたのは、無言のまましばらく歩んだあとだった。例の話だとじき見当がつく。大事ござらぬというつもりで、こうべをふった。先だって梅林に宗太郎があらわれたのは、庄左衛門に相談ごとがあったからである。組屋敷をおとなったところ写生に出たあとだったので、半次におおよその行き先を聞いて追いかけてきたらしい。

すこし前に、剣術の師匠である影山甚十郎から、養子にならぬかと申し出を受けたという。ありがたい話ではあるものの、即座にこたえられるわけもなく、保留というかたちで返事を待ってもらっている。

跡取りであった敬作の死には、やはり鏑木家の家宰・朝比奈がからんでいた。弦之助は帰郷の当夜、鏑木邸に立ちより修理からの書状を届ける手筈となっており、道中から飛脚でだいたいの見当を知らせていたのである。そこから襲撃の場所と時刻を割り出したのだった。腕の立つ若侍に目をつけ、さる大家の者とだけ告げ手なずけたつもりだったが、敬作は意外に周到だったらしい。「井之上」の女中たちにさぐりを入れたが、朝比奈は素性をあかしていなかった。そこで、会合がたびかさなるうち、ひそかにあとをつけ身元を突きとめたのである。家宰としては、国もとに油断ならぬ一派があると弦之助に思わせれば十分なので、鹿ノ子堤の一件がおわれば、若侍たちとは手を切るつもりだった。そこに敬作があらわれ、脅しめいたことを匂わせたというから、朝比奈の驚愕も想像に余りある。

水死と見せて葬ったのが家宰自身の判断なのか鏑木修理の指示なのかまでは聞いていないが、本来、宗太郎も捨てておくつもりはなかったらしい。が、護衛を依頼してきた弦之助の口から事情がもれていないことが判明したので、早々に手を引いたという。

「……その話、公にせねばならぬものでしょうか」

あれからしばらくして、また蟹雑炊を馳走になりながら、庄左衛門はぽつりとつぶやいた。

「というと」

監物はしばらく首をかしげていたが、じきに下ぶくれの頰をかるくゆがませた。

「そうだな――まあ、よいか」

いずれにせよ、修理や家宰への処分は決している。影山家の者たちも、少しずつ敬作の死に折り合いをつけようとしているはずだった。今さら知らされて喜べるような真相ではない。

不慮の死というだけでも、受け入れるにはそうとうの刻がかかる。殺められたと伝えるのは、あまりに無残と思えた。

おのれがそれを決めてよいのか、という心もちがないわけではないが、――だめなら、あの世で針の山を歩めばよい。

ふしぎと肚がすわっていた。夏の日に垣間見た芳乃の面影が瞼をかすめる。これ以上、あのひとの貌をくもらせたくはなかった。

倅の一周忌も過ぎ、そろそろ跡取りを決めねばならぬと思ったのだろう。道場随一の遣い手である宗太郎を敬作の妹とめあわせ、養子に迎えようと決意したらしい。とくに試合のようなものをおこなわないのは、ほかとの差が歴然としているためだろうが、甚十郎自身が跡取りと決まった経緯に苦い記憶が残っているのかもしれなかった。

宗太郎がためらっているのは、むろんおのれが長男だからである。剣術は好きだし、願ってもない話だが、生まれ落ちたときから家督を継ぐ身として生きてきた。今までの生を丸ごと変えることになるのである。くわえて、兄弟子でもあった敬作のあとに座るのは、どこか心苦しいものがあるようだった。

「……さして実のある応えもできませなんだ」

歩みをすすめながら、庄左衛門はひとりごつようにささやく。こんどは宗兵衛のほうが無言でかぶりをふった。

ひとりの若者が岐路にたっている。かるがるしく示唆などできるわけもなかった。ひとこと、

「選んだ以外の生き方があった、とは思わぬことだ」

告げたのみである。宗太郎の胸奥へ届いたかどうかは分からない。ただ、しっかりとうなずきかえしてきた。すこし空気をかえるように、

「影山の娘御はどのような女性かな」

世間話めかして問うと、若者の瞳にかぶさっていた重い光がいくぶんやわらいだ。

「――先生にそっくりで」

みょうな具合に唇をゆがめる。笑いだしそうになるのをこらえているように見えた。

庄左衛門もつい口もとをゆるめてしまう。もう長いこと会っていないが、影山甚十郎――かつての宮村堅吾は、体軀だけでなく面ざしもがっしりといかつく、どこか土の匂いがする男だった。

「ですが、おだやかでよく気のつく方です」

その娘のことを思いだしているのだろう、ふいに遠い眼差しとなって宗太郎が付け

くわえる。庄左衛門も笑みをおさめて、

「なによりじゃ」

幾度もうなずいたものだった。

「ですが、というのは失礼でしょう」

志穂が眉をひそめてたしなめるので、とうとう男ふたり笑声をもらしてしまう。ちょうど戻ってきた俊次郎が、ふしぎそうな顔でおとなたちを見あげていた。

それがつい数日前のことである。結論が出たのかと思ったが、宗兵衛はいっこうにそれらしきことを口にせぬ。どこかおびえたような足どりで歩をすすめるだけだった。するうち、うす闇の向こうにじわりと滲みだすものがある。大手口に近い巽櫓(たつみやぐら)の影らしかった。

「じつは娘にも縁談がございまして」

唐突に宗兵衛が口をひらいた。が、振りかえると目をそらしてしまう。やむをえず、

「さようで……」

とだけ告げ、行く手に向きなおった。相手は、やはり半歩下がったまま付いてくる。

「はじめてではござらぬ」意を決したふうな声が、背後から耳朶を打った。「わが家

にもどりましてから、五、六件はそうしたお話をいただきました」

こんどは聞いているというしるしに、ただうなずき返した。石畳を踏む音にまじり、宗兵衛のかすれ声がやけにはっきり耳へとどく。

「そのたび娘がことわりますので、われらもそろそろ諦めかけております」重い吐息があたりにひろがった。「が、こたびは様子が違いました」

おぼえず背後に視線をすべらせたが、宗兵衛は相変わらず面を伏せたままだった。

櫓のかたわらをすぎると、十間ほど先にもう大手口が覗いている。濃さを増してゆく闇のなかで篝火が揺れ、屋根瓦をいただく門の影がくっきりと浮かびあがっていた。

「違う、と申しますと」

いくらか焦れてしまい、こちらから訊ねかえす。すぐうしろで喘ぐような呼吸が高まった。

「先方から断ってまいりまして……つまり、返事をするまえにですが」

引きずられるように足をとめ、宗兵衛と向かい合う。ひとつだけ分かったことがあった。きょう出会ったのは偶然でなく、この話を告げるため庄左衛門を待ちうけていたのだろう。

「面妖なことと思い、間へ立ってくれた方にもあれこれうかがい申した」面は伏せているが、肚をくくったのか、ためらうことなく言葉がつらなってゆく。「ようやく知れたのは――」

なぜか息が詰まった。宗兵衛がおもむろに顔をあげる。落ちつかなく動いていた瞳が、宵闇のなかでつよい光を放った。「よくない噂があると」

「うわさ……」

震える声がおのれのものだと分かるのに、すこし刻がかかった。

「はい……まことに申し上げにくうござるが、高瀬どののことで」

「それがしの――」

腑抜けたように繰りかえした。宗兵衛の目にのぞいていた焔はすでに鎮まり、怯える栗鼠のごとき眼差しにもどっている。ぽつぽつと語ったところでは、夫を亡くし実家にもどっていながら、舅のもとへ足しげく出入りするのはあやしいという声があるらしい。それも一つや二つというわけではないようだった。

「……神かけて、さようなことはござらぬ」

押し殺した声で告げると、宗兵衛があわてて手を振った。

「むろんでござる――娘もそのように申しまいた。それがしとて、さような疑い、かけらも抱いておりませぬ」

げに人の口というは恐ろしきもの、とそこだけ世間話めいた口調になってつぶや

く。庄左衛門が応えをかえせずにいると、

「ですが」ためらいがちにつづける。哀しんでいるような、どこか怒ってもいるような響きだった。「心もちはまた、べつのことでござろう」

「心もち……というと」戸惑った声をあげると、

「高瀬どのの話ではござりませぬ」宗兵衛が小心がましく付け加える。が、ことばとは裏腹に、どこか割り切れぬものが漂っているようだった。

「そこもとが囚われたと聞いたとき――」ひどく苦いものが、皺の多い顔に浮かぶ。

「娘の取り乱しようは尋常でなかった」

「…………」

「お分かりかもしれぬが、志穂は気もちを押しこめる質の女子でござる。されど、あの折は……さよう、まるで牝狼」

宗兵衛がやるせなげな吐息をもらす。「申すまでもなく、武家の女子があのような時刻に家を出るなど、あってはならぬこと」

「――いかにも仰るとおり」ようやく絞りだした声は、自分でも驚くほど弱々しかった。宗兵衛がさびしげな微笑を滲ませ、かぶりを振る。

「振り切ったのは娘でござる……だれにも止めることはできませなんだ」

背を曲げぎみにしているせいか、もともと小柄な体軀がさらに縮んで見える。庄左衛門は遣り場のない思いを抱えながら、齢のわりに白髪の多い宗兵衛の髷を見つめた。

「……それがしに、どうせよとお考えで」

「いっこうに分かりませぬ」その答えにだけは、ためらいも迷いも感じられなかった。「ただ、われらだけで抱えるのは、いささかきつうござって……半分押しつけさせていただこうと参上した次第」

そこまでいうと、宗兵衛はふっと声をあげて笑った。つられて庄左衛門も唇をゆるめる。

「いかにも、半分頂戴いたした」

かたじけのうござる、とつぶやくと、腿のあたりで手をそろえ、宗兵衛がゆっくりとこうべを下げる。応えて低頭しているうちに石畳が鳴り、足音がおもむろに遠ざかっていった。

顔をあげたときには、すでに矮小(わいしょう)ともいえる背中が火明かりを浴び、闇のなかに見え隠れしている。いつしか人通りは絶え、宗兵衛の足音だけが耳の奥で響いていた。

三

「まさか、組屋敷でこれが喰えるとはな」

金子信助がうれしげな声をあげた。目のまえには、湯気の立ちのぼる鉢が置かれている。

半次の茹でた蕎麦であった。たまにはうちで呑もうと、勤めがえりに金子を誘ったのである。十日あまりにおよんだ郷村廻りをねぎらうつもりもあった。

「おそれいります」

半次も蕎麦屋の顔にもどって唇もとをほころばせる。「かわりもこしらえますので、ご存分に召しあがってくださいまし」

「ありがたいが……そろそろ帰らぬと、およう が案じるのではないか」

小料理屋で仲居をつとめる例の女のことである。きっかけはともかく、意外に相性がよかったのか、まだ続いているらしかった。半次はつかのま面映げに目をそらしたが、

「すこし待たせるくらいが、ちょうどよろしいんで」

ことさらそっけない口ぶりでこたえる。

「さようか……なかなか含蓄があるの」

おどけたように返すと、苦笑をたたえながら厨のほうへ下がっていく。二人してさっそく啜ったが、味はまったく落ちていない。昆布だしのふくよかな匂いが湯気にまじって鼻腔をくすぐり、歯ごたえを残した茹で具合もちょうどよかった。

「うまい」

金子が感に堪えたような声を洩らしたが、まったく同感だった。庄左衛門も時おりこしらえてもらうが、半次は季節に合わせ独活（うど）や山芋を入れたりと工夫をこらし、いつ食しても飽きるということがない。

「あの男、そのうちゆずってもらおうかの」

まんざら戯れ言でもないような調子で、金子が声をひそめる。庄左衛門もおかしくなって、

「まあ、当人に聞いてみるといい」

つぶやきながら、相手の猪口に酒をそそいだ。「ともあれ、ぶじに済んでよかった」

むろん、郷村廻りのことだった。森谷が欠けたため国ざかいの村が受けもちとなり、金子の負担も否応なく増している。が、相手は真剣な面もちでかぶりを振った。

「わしは遠くまで出向くことになっただけじゃ」言いさして、案じるように眉をひそめる。「むずかしい村を持ったわけではない」

榑谷のことを言っているのはすぐに分かったが、今日はあまり面倒な話をするつもりはなかった。金子もおなじ心もちらしく、それ以上ことばを重ねてはこない。

強訴さわぎは鎮まったが、底にあるものまで解決されたわけではなかった。むしろ、榑谷村に根づよくはびこる不遇感は、いや増したことと思われる。弦之助の発案による楮植えつけがうまく運べば、なまなましく疼く村人の傷口も癒えていくのだろうが、何年かかるものか見当もつかなかった。

たがいに無言となり、しばらく手酌で盃をかさねる。近くの田圃から聞こえてくるのだろう、啼き交わす蛙の声が、すぐそこで湧くかのように耳朶をそよがせた。あとひと月もすれば、うんざりするほどかしましくなるはずだが、今はそれほどでもない。

いくぶん冷えてきたように感じ、庄左衛門は膝を起こした。火鉢にあたらしい炭を入れようと思ったのである。厨にいる半次に声をかけようと襖へ手を伸ばしたところで、

「留守中にな――」

ふいに金子が発した。振りかえると、うつむいて盃を口もとにはこんでいる。庄左衛門は襖から離れると、すっかり熱のとぼしくなった火鉢のかたわらへ腰をおろした。金子に半身を向けるかたちとなる。横たえていた炭を火箸で立てると、わずかな

ら暖かさがもどってくるようだった。ことり、という音が響いたのは、金子が盃を置いたのだろう。つづけて唇をひらく気配がした。

「おぬしと志穂どののことを尋ねまわっている者がいたそうじゃ」

顔をあげそうになったが、そのまま火箸を使いつづける。

「むろん、うちの者たちも、よけいなことなど言いはせぬが」金子がかすかな吐息をもらした。「出入りしているということは告げたらしい……事実ゆえな」

「そうだな」うなずいて面を向けると、ひどく思いつめたような眼差しが待ちうけている。つい目をそらしてしまった。「縁談がらみであろう」

秋本宗兵衛に呼びとめられた件をきれぎれに話す。金子のほうは見なかったが、聞いていることは分かっていた。心もち云々の話はどうしても口にできなかったから、外側だけをなぞるようなもどかしさを覚えぬでもなかったが、相槌ひとつはさまず耳を傾けてくれている。

「なるほど、厄介だな」聞きおえると、ほぐすように肩をまわしながらつぶやく。話のあいだ、息を詰めていたのだろう。

「うむ」こちらも、おおきな溜め息をひとつ吐きだした。「どうしたものか」

「こんどは、わしに押しつける気か」金子がいたずらっぽい口ぶりでこたえる。「分かるわけがない」

顔を見合わせ、笑声をあげた。いつの間にか、すっかり喉が渇いている。庄左衛門は盃を口にはこび、ふたくちみくちと啜った。ほろ苦いあまさが喉に染みとおってゆく。

「庄左――」

金子がふいに真顔となる。「われらは友垣(ともがき)だ」

おもわず噎せそうになった。喉のあたりを押さえながら、ひとりごつように告げる。

「いきなりじゃな――おぬしも、照れくさいをはじめて聞く口か」

戸惑った体で首をひねる相手へ、「すまん、こちらのことじゃ」片手で拝むかたちをつくり、膝をそろえて向きなおった。金子も盃を置き、まっすぐこちらを見つめてくる。

「そのうえで言うが」

声がふだんより重くなっている。庄左衛門は、動悸がにわかに高まってゆくのを感じていた。「わしも、志穂どのがここへ出入りすること、快く思っておるわけではない」

鈍い痛みに胸を打たれる心地がした。息づかいが速くなり、喘ぐように喉が鳴る。

金子がしずかに語を継いだ。

「中傷など口にしたことはないし、これからもするつもりはない」痛みをこらえるごとき影が眼差しをよぎる。「が、さよう感じる者がいることは、承知しておいたほうがよい」

「……痛み入る」

どうにかことばを絞りだすと、金子が小さく、すまぬとつぶやいた。あわててかぶりを振ると、

「もういっぱい蕎麦をもらっていいか」

おだやかな声が返ってくる。弱々しい微笑を刻みながら頷きかえした。立ちあがると、おぼつかない足どりで二、三歩すすみ、襖へ手をかける。半次が待ちくたびれているはずだった。

四

建てつけが悪くなった玄関の戸をあけると、土間に一足だけ履物がそろえてある。たしかめるまでもなく、女ものだった。

不意を突かれた心地となって立ちつくすうち、奥から志穂が出てきて手をついた。

「お帰りなされませ――さきに上がらせていただき、申し訳ござりませぬ」

「いや……」

稽古の日は、もし留守でも上がってよいと言ってある。げんに幾度かそうしたことがあった。庄左衛門はせまい土間へ足を入れ、後ろ手に戸をしめる。ぎぎっと軋むような音があがった。

先に立って座敷へ入る女の後ろ姿を見ながら、こうべをかしげる。開いた襖のむこうを覗きこむようにしたが、室内にはやわらかな陽光が満ちているばかりで、やはりほかの人影はなかった。

振りかえった志穂の面に、決まりわるげな表情がうかぶ。

「……俊次郎は藩校に参りまして」

「ああ――」

いくぶん戸惑ったが、では帰れということもできなかった。腰をおろすと、麦湯をお持ちしますといって、志穂が厨のほうへ向かう。

開け放った窓から、甘い匂いをふくんだ風が吹きこんでくる。梅はそろそろ散りはじめており、はやいところでは桜の蕾が目につくようになっていた。あとひと月もすれば、藩主・山城守正共が江戸へ発つ。そのころには鹿ノ子堤の並木があでやかな花に満たされ、他国からも見物の者たちが押し寄せるだろう。

志穂がもどってきて、庄左衛門とおのれの前にひとつずつ湯呑みを置く。ほっそりした指で陶器をつつむと、ゆっくりとではあるが、ひといきに飲み干した。今しがた来たばかりだという。秋本家からここまで四半刻といったところだが、日中はずいぶんあたたかさが増している。すっかり喉が渇いていたのだろう、頬のあたりにも、まだ汗の玉が残っていた。庄左衛門は一刻以上も歩いてきたところだが、首すじがかるく汗ばんでいる程度である。

──若い軀なのだな。

今さらながらそう感じ、ふたりきりでいるのが気づまりに思えた。宗兵衛や金子のいうことも、けっして理不尽なわけではない。すくなくとも、俊次郎が来られない日の稽古はやめるべきだった。

「藩校は──」

どう切りだしたものか決めかねるままに、口をひらく。志穂がすばやく語をかさねた。

「はい、口にはいたしませんが、立花さまの講義を楽しみにしておりますようで」

「……さようか」

どことなくはぐらかされたような心地となり、湯呑みに口をつける。ことさら時間をかけて麦湯を啜った。

「今日はお散歩でございましたか」

急須からあたらしい湯をそそぎながら、志穂が尋ねる。心なしか、いつもより口数が多くなっていた。

「まあ、そのようなものじゃ」たちのぼる湯気を見つめて、つぶやく。「余吾平のところへな」

「余吾平……」もともとおおきな瞳がさらに見開かれる。懐かしさと訝しさが入りまじるような声をあげた。「達者でおりましたか」

「達者すぎて無聊（ぶりょう）をかこっておる」つい、くすりという笑みを浮かべた。「近々もどってくることになりそうじゃ」

志穂がおどろきの声をもらす。そこにかすかな歓びの響きがふくまれているのは、老爺がつねに自分の味方をしてくれたことを覚えているからだろう。

戻ってこぬかと余吾平に告げたのは、強訴さわぎが一段落して三月ほど経ってからである。そのころ一連の裁きが終わり、予期せぬことに庄左衛門は十石の加増を受けたのだった。新木村の次郎右衛門を護ろうとしたことが、当人からの申し出によって明らかとなったらしい。老人はいまだ床から離れるまでにはいたらぬが、書状を口述できる程度の容態はたもっていると、立花弦之助が教えてくれた。

結果として、啓一郎の職禄がもどってきたくらいのものだから、苦しい内証にかわりはないが、どうにか小者ふたりくらいは雇えそうだった。

もっとも、戻ってこいといって素直に応じる男でもない。例によって、倅が死んだ話を持ち出すから、

「じき二年経つ。もうよかろう」

といってやったのである。新木村から帰る夜道で、余吾平の心もちがやわらいできたことは感じていた。

今朝は駄目を押すつもりで、半次を同道したのだった。いま現在の雇い人に対する遠慮もあるだろうと考えてのことだったが、さすが客商売をしていた身は呼吸がつかめている。会うなり、

「手前は町場の者で、郷村廻りのお供がどうにも不得手でございます。役立たずをさらすようでお恥ずかしいが、ここはぜひとも、ご先達にお出まし願わしゅう」

とやったのが殺し文句になったらしい。はっきりした返事はかえさぬものの、

「くだんの金は、世話になった礼として姪っ子へくれてやったらどうだ」

というと、不承不承という体でうなずいたから、肚を据えたと見ていいだろう。にわかに機嫌がよくなった当の姪が、せっかくじゃから地酒でもゆっくり、とすすめたが、稽古があるので半次だけ残して戻ってきたのだった。

「さようでございますか……余吾平が」

まるで刻がひとめぐりしたような、と志穂が嚙みしめるふうにささやいた。

「——きょうは何を描くかの」

半ばおのれへ向けてつぶやきながら、茶托（ちゃたく）に湯呑みをおく。

梅は幾度も描いたし、桜にはまだはやい。俊次郎がいれば、猫だの犬だのと躊躇もなく思いつきを口にするところだった。あれこれ言われたあとだけに、志穂とふたり連れだって写生に出向くのも憚られる。

思案がまとまらず黙りこんでいると、さほど迷うこともなく、志穂が紅い唇をひらいた。

「お許しいただけるなら……義父上を描いてみとうございます」

「わしを」

つかのま戸惑ったが、志穂は似せ絵に長（た）けているのやもしれぬと思えた。何枚か描いた紙面から、その人らしさを摑みとる力のようなものを感じる。ことわる理由はなさそうだった。

「どこがよいかな」

承諾のつもりで応えると、ふっくらした頰にうれしげな笑みが差した。そのまま、室内へ流れこむ光の帯を目でたどる。

「——あちらではいかがでしょうか」

視線のさきには、開け放たれた窓があった。午後の日ざしがつよさを増し、きらめくような粒をはらんだ白い筋がくっきりと浮かび上がっている。

うなずいて、立ちあがった。光をさえぎらぬよう、窓から少しずらして腰をおろす。右肩のあたりにじんわりとした温もりがひろがった。

志穂が畳に古布をひろげ、紙を置く。絵筆と硯をすえて庄左衛門に向き合った。瞳にはすでに真剣な輝きがやどっている。茜色の小袖につつまれた軀から、高まる鼓動まで伝わってくるようだった。

気を楽にな、と言いかけてやめる。志穂の集中を途切らせたくなかった。無言のまま端座し、宙空に眼差しを据える。筆が動きはじめると、志穂は紙面にかぶさるごとく身を乗りだした。つややかな丸髷の下で、墨のはしる音が絶え間なく響く。

いちど途中まで描いたものが気に入らぬらしく、何度か線をなぞったあと、新しい紙を取りだした。ひと筋ふた筋と運んだが、やはり思うようにゆかぬのか、筆をとめ吐息をもらす。

「あわてることはない。何枚でも付きあおうゆえ」

しずかに語りかけると、志穂がはっとしたように面をあげた。思いつめたふうにひそめていた眉が、ゆっくりとひらく。

「申し訳ござりませぬ……すこし力がはいってしまったようで」

「ま、犬でも描くつもりでやることだ」

おぼえず、あかるい笑い声がかえる。庄左衛門も唇もとをほころばせた。すこし休憩にして、膝を崩す。志穂があたらしい麦湯を淹れてくれた。知らぬ間にこちらも気を張りつめていたらしい、渇いた喉を心地よく湯がうるおしていく。

くつろいだ表情となった志穂が、あらためて紙面にむかう。こんどは躊躇なく筆をすべらせた。頰を上気させ、鬢の生え際に汗をうかべている。心なしか、野を奔る生きもののごとき匂いがただよってきた。襟足からこぼれたおくれ毛が、鬣（たてがみ）のようにそよいでいる。

この女の絵を描いたとき、と庄左衛門は思った。おれもこのようであっただろうか。

志穂の指さきまで、熱いものが巡っているようだった。あるときは素早く、あるときはゆったりと筆がうごき、女の体内から溢れ出たものを紙の面に焼きつけている。庄左衛門は、眼差しをそらすことなく、志穂と、生まれ出ようとしている何かを見守っていた。

どれほど刻が経ったのか、おどろくほど近くで春告鳥（はるつげどり）の啼き声が聞こえた。志穂がおもむろに筆をおき、ながくふかい息を吐く。手をつき肩を波打たせて、しばらくは顔をあげようともせぬ。

紙のなかでは、初老の武士が窓辺に坐し、おだやかな瞳をこちらへ向けていた。おのれそのもののようでもあり、はじめて見る相手のようでもある。一本一本の線がたおやかで力づよく、滲み出る思いが画面の端々からはっきりと受けとれた。

ふいに何かがほどけたような心もちとなり、次の瞬間にはことばが零れ出ている。

「みごとじゃな――もう、ここへ来る必要もない」

面をあげた志穂の表情に、怯えともいえるほど強い驚愕の色が貼りついていた。にわかには声も出せぬらしく、嚙みしめた唇を小刻みにふるわせている。

「ご迷惑……なのでしょうか」

ややあって絞りだした声はか細く、迷子になった童のごとくかすれていたが、どこか憤っているようでもあった。

「そうではない」庄左衛門はゆるやかにかぶりを振った。「そなたがここへ出入りすること、よく思わぬ者もおる」

なにか口実を言いたてるべきだろうか、とも感じたが、それは志穂をさげすむことになる気がした。金子や宗兵衛の名を出すつもりはないが、なるだけ有り体に伝えねばならぬと思ったのである。

「いろいろと差し障りが出ぬものでもなかろう」

「――縁談のことをおっしゃっているのですか」ひどく抑揚のない声が返ってくる。

「いや……」

歯切れのわるい言い方になったのは、その話を持ち出すと、宗兵衛が漏らしたことと察せられてしまうように思えたからである。

「では……」

縋(すが)るような口調で志穂が問う。が、庄左衛門はことばをつづけることができず、黙り込んでしまった。

志穂はつかのま思案するふうに瞳をさ迷わせていたが、やがて意を決したようにまっすぐな眼差しを向けてきた。「花江(はなえ)さまの件は、お断りするつもりです」

「はなえ……」

繰りかえした声は、われながら困惑に満ちている。はじめて聞く名だった。

志穂がはっと面を伏せる。身を縮めるようにうつむいているのは、言わでものことを口にしたと気づいたからだろう。庄左衛門は、問い詰める口ぶりにならぬよう心がけながら発した。

「どなたのことかな」

「それは」

こんどは志穂のほうが、駄々をこねる子どものように頭をふった。庄左衛門はしずかな、だがわずかに厳しさをこめた口調で告げる。

「言うてくれ」

「…………」

観念したのか、消え入るようにほそい声で志穂は語りはじめた。

十日前、というから宗兵衛に呼びとめられた少しあとになる。突然、身なりのよい中年の武士があらわれ、思いがけぬ申し出を受けたのだという。

身分ある家の息女が、こたび殿の出府にともない、江戸屋敷で奥勤めをすることになった。ついては、その側仕えとして付きしたがう気はないかと言われたらしい。

「それはまた――」

庄左衛門は指先を顎にあてる。話そのものはめずらしくもないが、わざわざ志穂に声がかかったというのがふしぎだった。「勘定奉行どののご息女かなにかかの」

秋本家は勘定方の下役だから、そう考えたのである。それには応えぬまま、志穂がどうにか聞き取れるほどの声で、先方の名をささやく。

庄左衛門の口から、呻き声のようなものが洩れた。

「山野辺さま、と申したのか」

おのれと弦之助を取り調べた目付役・山野辺雅楽から持ちこまれた話だという。面を伏せたまま、志穂がこたえる。

「はい……お嬢様が絵をお好きだそうで」

「絵を――」

呆然と繰りかえしたが、それで腑に落ちた。あの折、山野辺は志穂が描いた似せ絵にいたく感心していたように思う。だれの筆によるものか、裁きのあと監物にたずねたのだろう。そのときはそれで終わったろうが、娘の奥勤めが決まって志穂のことを思いだしたにちがいない。

花江という娘は、江戸でお抱えの絵師から手ほどきを受ける許しも得ており、ともに学んでよいと言われているらしい。遠く離れる娘の不安を、すこしでも軽くしてやろうという心づかいなのだろう。

「ならば、妙な噂はいっそう禁物であろう」

背すじから力が抜け落ちそうになるのを、かろうじてこらえる。湯呑みを手にとったが、すでに空となっていた。乾いた麦湯が茶色のしみとなって器の底に残っている。

にわかに志穂がこうべを振る。思いがけぬほどの激しさだった。

「お断りいたしますゆえ、気に病むことはないと存じます」

「ことわる……なにゆえじゃ」

志穂はことばを返さず、燃えるような影を宿した瞳で庄左衛門を見つめた。気圧されるものを覚えながら、あえてひと膝すすめる。女のいるあたりから、生々しい汗の匂いがただよってくるようだった。

「百人おれば、九十九人がお受けする話ぞ」

「わたくしは、残りのひとりでございます」

庄左衛門は絶句した。そびやかしていた肩が落ち、吐息がこぼれる。「そなたは分かっておらぬ」

「なにがでございましょう」

志穂が悲しげな声をもらす。庄左衛門は、おのれの膝がしらをぼんやり見つめながらいった。「なにもかもじゃ……いまが得がたき機会であることも、人の口がいかに恐ろしきものかも」

「分かっておりまする」志穂のつぶやきに、いっそう濃い哀しみがまぶされたようだった。庄左衛門はそれを振りはらうごとく、声を張る。

「分かってはおらぬ」

「いえ……」しろい喉が揺れた。「なにがいちばん恐ろしいのかは、もう分かりましてございます」

眉を寄せ、女のおもてを見守った。志穂の軀がかすかに震えている。瞳は充血したように赤くなっていたが、それでも視線を逸らそうとはしなかった。

「稽古の日、いくらお待ちしても義父上がお帰りにならなかったとき」遠いまなざしになり、なにかを数え上げるごとき口ぶりでつづける。「――半次がやってきて、義父上が囚われたらしいと聞かされたとき」

「…………」

「あのとき以上の恐ろしさなど、あるとは思えませせぬ」

声は震えていたが、口調に迷いはなかった。「むろん、立花さまのことも案じてはおりました——嘘ではございませぬ」言いさして、苦しげな表情となる。が、何かを振り切るようにしてことばをつないだ。「されど瀬戸際に立ちますと、自分でも気づかなんだものが怖いほど露わとなってまいります」

「だが……」呻くように発したものの、自分が何をいうべきなのか、まるでつかめなかった。志穂がほとばしらせていることばにくらべ、おのれが口にしているのはひどくありきたりで空疎なこととしか思えぬ。これ以上そうした物言いを重ねたくはなかった。

「——それで、どうする気じゃ」

ようやく声が出たときは、自分でもおどろくほど力のない口調になっている。志穂はほっとしたように眉根をゆるめ、微笑さえ浮かべていった。

「このままでようございます……ずっと」

「そうはいかん」庄左衛門の声がつよくなった。「このままなどというものはない。どこにも」

それを聞いた途端、志穂の瞳がおおきく見開かれた。見守るうち、目の縁にすこしずつ雫がたまり、やがてひとすじ尾をひいて流れ落ちる。声はあげなかった。

ひややかなほどの静けさがあたりに満ちる。鎮まっていた鶯のさえずりが、にわかに耳を打った。背に降りそそぐ日差しも、いつしか向きをかえている。

「どこにも――」志穂が、ふいに身を震わせる。涙の痕はとうに乾いていた。庄左衛門はおもわず眼差しをそらしてしまう。ああ、と呻きとも返答ともつかぬ声だけをかえした。女が喉を鳴らすように息を吸う。

「でしたら……」

ひどくかすれたささやきがもれる。ほそく長い指が揺れながらのび、庄左衛門の拳にこわごわと触れた。

ほんの少ししか接していない指さきから、軀の奥に熱いものが流れ込んでくる。志穂の指は汗ばんでいたが、同時にひどく冷たかった。貌はあげず、全身の震えがやまない。

胸のうちが、ふかい哀しみの色でひたされる。なぜかは分からなかったが、ただ、だいじょうぶだと言ってやりたかった。片手をのばし、女の指さきに重ねる。冷えた指をあたためるように、やわらかく包んだ。志穂は面をあげそうになったが、次の瞬間にはいっそう身を縮めて視線をおとす。呼吸だけがせわしくなっていた。

庄左衛門は、そっと息を吞みこんだ。ゆっくり立ちあがると、窓のむこうでは早春の陽光がちいさな庭をまぶしげに照らしている。わずかに残った紅梅が、やけにあざやかだった。

振りかえると、志穂が問いかけるような眼差しでこちらを見あげている。庄左衛門はおだやかにうなずきかえすと、窓へ手をかけ、ひといきに閉じた。

落日

一

夕刻の河原には、どこか生暖かい風が吹きはじめていた。川面にさざなみが立ち、水音が絶え間なく響いている。流れが黄金色に染まるのは、もう少しあとのようだった。

高瀬庄左衛門はおもてをあげた。堤のうえの桜並木は、ここ数日でいちだんと季節が進んだらしい。淏さを増してゆく大気のなかで、ひらきつつある蕾があざやかな紅色を覗かせていた。

岸辺では、七つ八つと見える童(わらべ)がひとり、水に手を入れて流れのなかをのぞきこんでいる。庄左衛門は、ことさら気軽な口調で呼びかけた。

「鮎(あゆ)なら、もう家に帰った頃合いじゃろうな」

童はぎょっとしたように振りむいたが、庄左衛門が微笑みかけると安堵した体で顔をほころばせる。

「坊もそろそろ帰るといい」

庄左衛門はおだやかに告げた。童はつかのま戸惑っていたが、うなずくと堤のほうへ駆け出していく。

見送った庄左衛門の顔から、すぐに笑みが消えた。吐息をもらし、袴に手をこすりつける。気味わるいほど掌が汗ばんでいた。

川向こうにつらなる稜線はうすい藍色に滲み、ちぎれた雲がところどころ被さっている。川魚が跳ねたらしく、水音がわずかに乱れた。

何度目かの溜め息をこぼしそうになったとき、

「よう」

いつのまに近づいてきたのか、五間ほどさきの土手を滑り下りながら声をかけてきた人影がある。庄左衛門は組んでいた腕をほどき、無言のまま編笠姿の男が近づくのを見つめていた。

それが習いとなっているのか、間合いに入る前のところで足がとまる。庄左衛門は押し殺したような声をあげた。

「……とうに隣国へでも逃げたと思ったが」

「一度はな」碓井慎造が編笠の庇をあげた。軀から、かすかに饐えたような匂いがただよっている。が、それよりも、薄暮のなかへ浮かびあがった瞳の昏さに、庄左衛門は慄然とした。

「もう金がない」

「――鏑木さまから大枚を受けとったはずだ」

あえて平坦な口調で告げると、相手は唇をねじるような嘲笑を浮かべた。

「金というのは、いくらあっても立ちどころになくなるものだ」はっ、と声をあげて笑う。「貧乏人には分からんだろう」

「分からんな……分かろうとも思わんが」

ぶっきらぼうに返すと、慎造が真顔になっていった。「分からなくていいから、金を貸してくれ。手紙に書いただろう」

昨日、勤めから帰ると、半次がめずらしく不安げな顔で書状を差しだした。留守中に訪ねて来た浪人が置いていったという。開いてみれば碓井慎造からで、無心の文言がつらねてある。半次は懸命にとめ、せめて同行をと食い下がったが、庄左衛門がゆるさなかった。指定された時刻に、言われるまま一人この場へおもむいたのである。

むろん金を貸す気などないし、貸すべきものもありはしないが、そのまま放っておけば、なにやら禍々しいことが起きるように思えてならなかった。半次があらわれれば、慎造は姿を見せまい。それはそれで不安だった。

「……貸してくれはいいが、返す気はあるのか」

「無粋なことをいう」慎造が眉尻をさげる。本気で呆れたような口調だった。「貸しては枕詞だ――ああ、おまえだって、いつかの蕎麦代が借りになったままだぞ」

たまにだが、稽古帰りに空きっ腹をかかえて屋台へ駆けこむこともあった。むろん覚えているわけはないが、そうした借りがあったかもしれぬ。庄左衛門は懐から銭を何枚か取りだすと、相手の足もとへ向けてほうった。

「利息ってものがあるだろう」慎造がぶつぶつこぼしながら、それでも身をかがめて銭をひろう。「三十年経てば、五両十両にもなるってもんだ」

「馬鹿をいうな」庄左衛門はつよくかぶりを振った。「そんな義理はない」

「加増を受けたというじゃないか――おれのおかげと言えなくもない」

おぼえず相手の顔を振り仰ぐ。口辺にただよっていた薄笑いがすっかり消えている。軽口を言ったわけではないようだった。

「……本気で言っているのか」

不覚にも声が震えた。慎造が唇をあげ、隙間の多い歯列を剝き出しにする。右上の前歯が黒くなっていた。

「いいから寄こせよ。冗談じゃなく、困ってるんだ。金がないなら、ほかの何かでもいい」

「…………」どろりとしたものが伸しかかってくるようだった。堪えきれず、面をそむける。が、慎造は気にもかけぬ様子で、むしろ楽しげに発した。

「米とか酒とか——ああ、女でもいいな」

「女だと」にわかに背筋の冷える心地がした。慎造はせせら笑うようにして鼻を鳴らす。

「おまえの女だよ。ちょっと見かけただけだが、いい軀つきをしていたな……あれを貸してもらおうか」

頭のなかがたぎるように熱くなった。気づいた時には手もとでさえざえとした音が響き、大刀を抜きはなっている。慎造もすかさず抜き、落ちついた足はこびで二、三歩後退した。次の瞬間には、ふたりとも間合いをとって向き合っている。慎造が、うんざりしたとでも言いたげに顔をしかめ、編笠を放り捨てた。

「……とりあえず、何かしてくれる気はなさそうだな」

「当たり前だ」庄左衛門は荒々しく吐き捨てた。怒りのあまり、足さきが小刻みに震えている。志穂はあの日以来、組屋敷を訪れてはいないが、慎造はしばらく前から機会をうかがっていたのだろう。黄色い乱杭歯(らんぐいば)と黒くのびた爪が志穂にからみつくさまを想像すると、平静ではいられなかった。

「じゃあ、殺してやろう」

慎造がこともなげに言った。酒でも呑むか、というほどあっさりした口調になっている。「訴人（そにん）されてもかなわん」

胸のうちで鼓動が激しさを増した。わざわざ訴える気はなかったが、それを伝えても何かが変わるとは思われない。呼吸をととのえながら、大刀を握りなおした。慎造もけわしい表情となり、構えをあらためる。が、すぐに興深げな口ぶりとなってつぶやいた。

「親子そろって、おれの手にかかるか」

二

呆然となり、かまえた剣先が下がりそうになった。まずいと思ったが、刃をささえる手が震えだし、いうことを聞かぬ。庄左衛門は足をすさらせ、対手からおおきく距離をとった。慎造は切っ先を油断なくこちらへ向けたまま、嘲るような笑みをふたたび口もとに刻んでいる。

「いま、なんと……」

ようやく絞りだした声は、どこか遠いところで響いていた。慎造が、くふっと声を洩らし、唾を吐く。「言った通りだよ」

啓一郎は幾度か榑谷村を行きすぎるうち、不穏な空気に勘づき、誰にも知らせず調べを進めていたらしい。おびえた森谷敏五郎が、しばらく鳴りをひそめてはどうかと慎造に告げたという。

「おれは律義者だからな」色のない唇を舐めながらいう。舌だけが気味わるいほど赤かった。「金をもらった以上、頼まれたことはやり遂げなきゃならん……鼠に消えてもらうのがいちばん手っ取りばやい」

「鼠……」庄左衛門は奥歯を食いしばった。顎のあたりがぎりりと鳴る。「倅が鼠なら、おまえは何だっ」

「どぶ鼠、かな」慎造がおかしそうに笑う。信じがたいほど楽しげだった。「共食いだよ」

が、次の瞬間、生真面目とさえいえる表情になって語を継ぐ。「あの朝、榑谷で内密の会合があると噂を流した……かならず来ると思ってな」

――あの日、旦那さまはずいぶん苛立っておられました。

というのは、だいぶ経ってから、ぽつりと志穂がもらしたことだった。啓一郎が余吾平をつれ、郷村廻りへ出る朝のことである。

「お気をつけて……」

と何気なくいっただけで、

「賢しらな物言いをするなっ」

声を荒らげて打擲されたのだという。もともとしっくりいっていた夫婦ではなかったが、そこまでのことは初めてだった。

だからといって誉められるわけもないが、内偵が大詰めを迎えるのだという緊張で、押しつぶされそうになっていたのかもしれぬ。志穂への振る舞いに意見され、余吾平を置き去りにしたと思っていたが、端から振りきるつもりだったのだろう。

――それにしても……。

庄左衛門は血が滲むほど唇を嚙みしめる。軀がおそろしく重い。このまま倒れこんでしまいそうだった。

――なにゆえ、誰にも話さなんだのか。

おのれでなくても構わぬ。そのような大事を打ち明ける友垣ひとりいなかったのかと思うと、胸のうちが黒く塗りこめられていくようだった。

ふらつく庄左衛門を、慎造が昏い眼差しで見つめている。共食い、ということばが脳裡によみがえり、胸をえぐった。

「郡方・高瀬啓一郎……新木村でおまえの名字を聞いたときは、さすがにぞっとした」

これまでになく静かな口調だった。嘲るような表情は影をひそめ、晴れやかとさえいえるほどの笑みを浮かべている。「だが、おかげで肚が据わったよ」

「…………」

「やはり、とうに引きかえせないところまで来ていたらしい……どこまで堕ちるか見てみたくなった」

「どこまで……？」庄左衛門は大刀の柄を握りなおした。腰を据え、正眼にかまえた剣先を対手の眉間へ向ける。「ここで止まりだ」

言いざま踏みこんで、横薙ぎに刀をはらう。慎造はすばやくかわすと、うしろへすさり油断なく身がまえた。

「ひとつだけ言っておくが」慎造は蛇のような舌で、もういちど唇のまわりを舐めた。「罪滅ぼしに斬られてやる、などという期待はするなよ。お前とはちがう」

「なんのことだ」応えた声は、おのれのものとは思えぬほど低くなっていた。

「──わざと堅吾に負けただろう」

庄左衛門が無言のままでいると、対手はわずかに首をかしげながら切っ先に力をこめる。「違うのか？　おれは、ずっとそう思っていたがな」

「……もう忘れた」

慎造が乾いた笑声をあげた。いつの間にか、周囲の大気に濃い藍色が満ちはじめている。川の面も青白くしずんでいた。

「まあいい……とにかく、斬られてやる気はない」うす汚れた顔が、砕けるように歪んだ。ひどく醜く見えたが、たしかに笑ったらしい。「痛いのや苦しいのは、人いちばい嫌いなたちでな」

「おまえが殺してきた相手は——」はげしく声が震える。頭蓋が裂けるかと思うほど、あたまのなかが熱かった。「苦しくなかったとでも言うつもりかっ」

言いおえるまえに切っ先を叩きつけていた。慎造が真っ向から受けとめ、そのまま押しかえしてくる。おどろくほど強い力に、一瞬足がもつれそうになった。あわてて跳び退き、八双に構えなおす。はやくも息があがっていた。

夕闇を透かして対手の総身を見つめる。慎造は上段に剣先をあげ、誘いこむように薄笑いをたたえていた。腰はしっかりと据わり、刀身をささえる両腕は太い幹からのびた枝のようで、いささかも揺らぎを見せぬ。煮えたぎっていた胸のうちがすっと冷え、自分でもふしぎなほど平静に対手の隙をうかがっていた。全身を覆っていた震えも、いつしか止まっている。

若いころにはいくぶん庄左衛門の太刀筋がまさっていたが、その開きは大きくなかった。あれからの歳月を思えば、刀をあつかいなれているのは明らかに慎造のほうだろう。げんに、油断していたとはいえ、新木村では完全に抑えこまれてしまったのである。

——だが……。

庄左衛門はゆっくりと唾を吞みこんだ。さいぜん胸をよぎった禍々しい影がよみがえる。慎造はすでに志穂の姿を目にしていた。このまま放てば、なにが起こるか分からない。

――わしも、斬られてやるわけにはいかぬ。

爪先へ力をこめ、ひといきに駆けた。対手の頭頂へ向けて剣先を降りおろす。横に薙いだ慎造の一閃をかわし、右へ跳んで渾身の一撃を胴に見舞った。

耳へ刺さるごとき鋭い音が、夕暮れの河原にこだまする。庄左衛門が放った切っ先を、下段から返した慎造の刃がたしかに受けとめていた。せせら笑うように歪んだ唇もとを、橙色の光が焙っている。

すかさず胸もとへ斬りつけた太刀筋もかわされ、構えがみだれたところに対手が重い斬撃を見舞ってくる。どうにか受け、そのまま二度三度とはげしく打ち合った。押し切られ、袴がわずかに裂ける。いきおいあまって慎造の上体が傾いだ隙に、いそいで跳びすさった。斬りかえす余裕など端からない。

「――今なら、ゆるしてやってもいいぞ」

青黒い歯茎が剝き出しとなる。正眼にかまえた対手の呼吸が、わずかに乱れていた。庄左衛門のほうは、自分でも分かるほど激しく肩を上下させている。

「おまえに……許してもらうことなどない」

きっぱりと言い切ったが、喘ぎ声がまじるのはとどめようもなかった。ちっ、と慎造が舌打ちしたが、吐く唾は出てこぬらしい。苛立たしげな叫びをあげると、とつぜん駆けだした。そのまま上段から振りおろしてくる。かろうじて横へはらったが、おおきく体勢がくずれた。打ち込みがつづけざまに放たれ、あまりの重さに膝が泳ぐ。剝き出しとなった右半身に、容赦なく対手の切っ先が吸いこまれた。

するどく熱い痛みが肱(ひじ)のあたりではじけた。呻きながらあげた眼差しのすぐそばで、濁った瞳が勝ち誇ったように輝いている。庄左衛門は左手で脇差を抜き放つと、覆いかぶさる影へ向けてまっすぐに突きだした。

次の瞬間、視界をさえぎっていた黒いものが搔き消え、いちめんの黄金色が眼前に広がった。仰向けに倒れた慎造の向こうで、朱の光を呑みこんだ川面が無数の糸となって流れている。総身からすべての力が抜け落ち、吸いこまれるように膝をついた。叫びだしたくなるほどの痛みに耐えながら、照り返しを浴びる。茜色の輝きに灼かれ、流れる血が袖口を黒く染めていった。

「痛い……」

かすれた声が耳朶をそよがせる。われにかえって目を落とすと、腹に刺さった脇差をおさえながら、慎造が身悶えしていた。海老(えび)のごとく軀がのたうち、嘔吐(おうと)でもするかのように喉を鳴らして、ちくしょう、ちくしょうと何度も繰りかえす。顔じゅう塗りたくられたように、血と脂汗が滲んでいた。

「こんなに痛いのかよ……あんまりだ、おれが何をした」

おぼえず背けた瞳の先で、投げ出された大刀が河原に横たわっていた。痛みに目がくらみ、どちらのものか見分けがつかぬ。庄左衛門はよろよろと立ちあがった。引き寄せられるように、刀のほうへ爪先を踏みだす。ひと足すすむごとに傷口から血が噴きだすのが分かった。ほんの数歩しかない距離が、無限のへだたりに感じられる。

左手でその刀を取ると、もつれこむような足どりで慎造に近づく。友だった男の瞳はどこまでも昏く、わずかに縋るふうな光を帯びていたが、それがなにを意味するのかは分からぬ。命乞いをしているようでもあり、楽にしてくれと言っているようでもあった。

「――――」

慎造が唇を開いたように思ったが、ことばを発するまえに庄左衛門の剣先が胸をつらぬいている。刹那、ひゅっ、と喉の鳴る音が起こり、あとは川の流れる響きだけがのこった。

滾る(たぎる)ような夕日が正面から目を射る。遠い稜線に落日の縁がかかり、山なみはひときわ黒くしずんで見えた。そのときはじめて、この河原が三十年もむかし、慎造と刃を交えた場であることに気づく。選んでのことか偶然か知りたいとは思ったが、もうたしかめる術がないことも分かっていた。

三

お見えになったぞ、という声があがると、鹿ノ子堤の左右に居並ぶ群衆がいっせいに膝をつき、こうべを下げる。そのなかにまぎれた庄左衛門も、ゆっくりとひざまずいた。微風に吹かれた桜が時おり花弁を散らし、地についた指さきに桃色のかけらが何枚か落ちかかる。

数日寒さがぶりかえし遅れぎみになっていた今年の桜だが、どうやら藩主一行の出府に間に合ったらしい。他国からおとずれた花見客もまじえての見送りとなり、派手やかなことを好むと聞く山城守正共も悦んでいるやもしれなかった。

面を伏せたまま控えていると、叢からあらわれた青虫が袴にのぼり、もぞもぞと這ってゆく。緑いろをした体はまだ薄く、透きとおってさえいるようだった。これから次第に若葉のような濃い色味を帯びてゆくのである。

袴のうえで桜の花弁にぶつかった青虫は、戯れているのか退けようとしているのか、桃色の端切れと組み合い、動かなくなった。そのさまをぼんやり見つめるうち、いつの間にかおどろくほど近くで、大地を踏みならす足音が響いている。

肩がわずかに強張る。行列のどこかに志穂がいるはずだった。むろん面をあげるわけにはいかぬ。ひそかに見送るだけでじゅうぶんだった。

あの日、かたむく日ざしに急き立てられ帰り支度をはじめた志穂は、さいごに、

「……かならず戻ってまいりますゆえ」

とだけ言い残して、組屋敷をあとにした。

稽古にあらわれた俊次郎が、途方に暮れた顔で、

「ねえねは……いえ、姉はもう来られないそうです」

と告げたのが数日のちのことである。花江の供として江戸へおもむくことになったという。

思い切れたということなのか、安堵したということなのか、志穂がどのような心もちでそう決意したのかは、分かるわけもない。が、決めたということがすべてだと庄左衛門は思っている。志穂がおのれに気づくか否かはどうでもよい。ただ門出に立ち会ってやりたかった。

先ぶれの槍持ちが、かけ声をあげながら近づいてくる。脚絆（きゃはん）を巻いた浅黒い毛脛（けずね）が、いくつも通りすぎていった。舞いあがった土埃を吸いこみ、すこし噎せる。

総勢三百にも満たぬ一行であるから、見送るのにそれほど刻はかからぬ。が、時間の経ちかたが捩（ね）じまがり、おそろしいほど長くなったように感じられた。もう何刻も

こうしているかのごとく思える。頭のなかが空っぽになり、耳にかぶさってくる喧噪も聞こえなくなっていた。その間も、士分のものらしき草鞋や馬の脚が、つぎつぎ眼前を行きすぎる。青虫はとうに見えなくなっていた。

にわかに視界がふさがり、われにかえる。右手から転がってきた笠が目のまえを横ぎり、通りすぎていった。かたわらに控える紺色の羽織から長い指がのび、すばやくそれをつかむ。そのまま、庄左衛門のほうへ突きだした。とっさに受けとると、弾かれたように面をあげる。

目のまえにたたずむほっそりとした踝から、辿るように視線を滑らせてゆく。旅姿の女中が、息をはずませ立ちつくしていた。落とした笠を拾うため列から離れたらしい。

「……おすこやかで」

まだ新しい笠を差しだしながら、ただひとこと告げた。受けとった女も、

「ありがとう存じました――」

震える声で短くこたえ、列に戻ってゆく。茜色の袷が、あざやかに瞼へのこった。

行列が途切れ顔をあげたときには、最後尾が爪の先ほどまでに小さくなっている。どこまでもつづく街道に沿って、桜並木が空を覆うように咲き誇っていた。遠い山々の頂にかぶさる雪を背に桃色の波がつらなり、まぶしいほどに目を射る。

庄左衛門は立ちあがり、かるく袴をはらった。そうしているうちにも行列は、かなたに聳える山なみのなかへ溶けこんでゆく。思い思いに引きあげてゆく人影を見やりながら、おおきく息をついた。

うっ、という声が聞こえたので目を落とすと、すぐそばで俊次郎がうつむいて歯を食いしばっている。口をひらくと、こぼれ出てしまうものがあるのだろう、見えなくなった行列のあとを追うように、空っぽとなった街道をひたすら見つめていた。

庄左衛門は左手をのばすと、小さな肩にそっと掌を置いた。わずかに遅れて、さきほど目にした紺色の羽織から手が伸び、反対側の肩に載せられる。

立花弦之助だった。

少年をはさみ、両方の肩へ手を置いたかたちになっている。ふたりしてくすぐったげに笑うと、

「……重うございます」

俊次郎が不機嫌めかした口調で発した。

「これは、すまなかった」

おどけたふうに言って手を下ろすと、弦之助もならう。それが合図となったかのように、三人は踵をかえして城下のほうへ戻りはじめた。

藩主一行の行列が去ると、にわかにこの季節ならではの賑わいがかえってくる。息

をひそめていた町人たちが、浮き立つ風情で堤のうえをそぞろ歩いていた。子どもたちが歓声をあげ、花びらを拾い集めている。桜見物に来たとおぼしき旅姿の者も目についた。

杉川を左手に見て半刻ほど歩み、商家の多い一画を抜けると、道がふたつに分かれる。秋本の屋敷は右のほうだった。俊次郎はつかのま寂しげな色を瞳によぎらせたが、眉をあげると、

「本日は、ありがとうございました」

ふかぶかと腰を折る。すこしかすれていたが、きっぱりとした口調だった。あるいは、そろそろ大人の声になるころなのかもしれぬ。

「うむ」

庄左衛門がこたえると、

「つぎは五日後でよろしゅうございましょうか」

うかがうように眼差しをあげる。目もとが志穂に似ている、と思った。そう感じたのははじめてのことである。よいとも、と告げると少年はもう一度頭をさげ、岐れ道をたどっていく。振りかえらないことは分かっていた。

「絵はつづけるのですね、志穂どのが行かれても」

少年の背を見送りながら、弦之助がつぶやく。

「そのようでござる。やめてもかまわぬぞ、とは伝えまいたが」

言いながら、爪先を踏みだした。城下の喧騒は遠ざかり、人けのない田舎道が目のまえにのびている。桜並木はとうに途切れ、杉や樫の巨木が行く手に濃い緑の影を投げかけていた。

ふたりして無言のまま、しばらく歩みをつづける。志穂のこともあって、いくぶん気まずい思いを抱いてもいたのだが、若者のほうにはかわった様子も見受けられない。さいぜん笠を差しだしたのは何か察するものがあるのかと思ったが、わざわざただす気にはならなかった。

鶯にまじり、目白の囀り（さえず）がほそく短くひびく。時おり葉叢が鳴るのは、姿を見せぬ山鳥がそこかしこで梢をつたっているのだろう。

「……こんなことを申し上げるのもどうかと思いますが」ためらいがちに弦之助が口をひらく。かたわらを見やったが、長身の青年は行く手に視線を据えたままである。

「もし俊次郎どのが、秋本の家督となりましたら」

庄左衛門はおもわず首をかしげる。その件はここふた月ほど懸案となったままだが、この若者にかかわる話とは思えなかった。が、弦之助の口ぶりは妙に真剣で、うつくしく伸びた眉を心もちひそめるようにしている。

「その……」ごくりと喉の鳴る音がした。思い切ったように唇をひらく。「わたしが高瀬の名を継ぐというのは、いかがでしょう」

言葉をうしなって足をとめた。呆然としたまま若者の面ざしを見あげる。弦之助は目をそらし、見るともなく足もとの薺(なずな)を見やっていた。

「――つまり、養子ということでござるか」

ややあって、ようやく問いかえすと、若者がわずかに顔を赤くしてうなずき返す。

「ご存じのとおり、次男でございますゆえ」

「とはいえ、身分が違いすぎましょう」

そう応えるのがやっとだった。養子を取るのにも家格の釣り合いを考えぬ者はいない。また突拍子もないことを、と苦笑を浮かべそうになったが、弦之助は真顔のままだった。こちらへ向きなおり、まっすぐな視線を注いでくる。

「さすがに郡方がつとまるとは思いませぬが……家名くらいは伝えられるはず」

ゆるりとご思案ください、と告げると、低頭して踵をかえした。つい訝しげな声が出てしまう。「はて、お寄りになるのかと思うていたが」

「まことは、このあと約束があるのです」弦之助が面映げな笑みをこぼす。「これを言うために、ついて参りました」

「…………」

「郡奉行どのと支配役どのに、椿のご説明を申し上げることになっておりまして」そこまでいうと、若者の笑みに苦いものがまじった。「わたしはどうも、あの……定岡どのが苦手なのですが」

「まあ、そこまでひどい男ではございませぬよ」庄左衛門の唇にもいたずらっぽい微笑が刻まれる。「せいぜい、虎の威を借る狐といったところで」

「……あまり気が晴れませんが」困ったような面もちのまま、いま来た道へ踏みだす。その背に向かい、庄左衛門は声を張るようにして呼びかけた。

「お気もちは嬉しゅうござった――おろそかには思いませぬ」

振りかえった弦之助が口もとをほころばせる。ととのった面ざしを華やいだ微笑がよぎった。「ようやく、すこし分かりました」

「え？――」何のことを言っているのか見当がつかず、戸惑いが顔に出る。若者が声をあげて笑った。

「照れくさい、というやつですよ」

一礼し、速足で遠ざかってゆく。足音に驚いたのか、梢から茶色い羽をひろげた山鳥が飛び立っていった。

若者の姿が見えなくなると、唇もとの微笑をおさめ、ふたたび屋敷へむかって歩みをすすめる。杉木立ちのあいだから木漏れ日があふれ、眩しいほどの光が幾度も庄左衛門をつつんだ。この季節とは思えぬほど暖かさもつのり、軀じゅうに汗が滲んでくる。

林を抜けてわずかばかり歩くと、ひと跨ぎできるくらいの小川が道を横ぎっている。きらめく粒を孕んだせせらぎは銀色の帯となっていて、おぼえず目を奪われた。いつもの習いで懐紙を取りだし、矢立の筆をとったところで、にわかに動きがとまる。まじりものの多い黄ばんだ紙を睨むように見つめたのち、そろそろと筆をのばした。つよい照り返しを浴びながら、線をつむいでゆく。

しばらく筆をはしらせたあと、庄左衛門はおもむろに手をとめた。軀から離すようにして描きかけの絵を眺める。眉間に皺が寄るのが分かった。とどめようとしても、しぜんと溜め息がこぼれてしまう。

――やはりだめか……。

慎造の刃で深傷を負った右腕は回復に向かっていたが、すべて元どおりというわけにはいかなかった。箸くらいは持てるし、読みにくくはあるものの、時間をかければどうにか字も書ける。刀を振るうのは難しかろうが、もともと真剣を抜くことなどない。もう抜くつもりもなかった。

が、以前のような絵が描けぬと知ったときは、さすがに動揺した。今も微細な描線で写したつもりのせせらぎが、子どもの手習いじみた太く黒々した筋となってしまう。たしかに見えているはずの燦きを描きとることができなかった。

まっすぐな畦道をたどる足取りも重さを増したように感じる。組屋敷へ戻ると、ちょうど半次が玄関先の掃除をしているところだった。

「志穂さまは、無事にお発ちで――」

庄左衛門の顔を見るなり、小腰をかがめ問いかけてくる。

「ああ」

ためらいなく応えたが、この男にしてはめずらしく、眼差しを伏せてつづけた。

「……よろしかったんで」

どう返したものか迷ったが、

「今生の別れというわけでもあるまい」

ひとりごつようにいって、ふと辺りを見まわす。「余吾平が見えぬようだが」

十日ほど前に、またこの屋敷へ戻ってきたのである。が、家のうちはひっそりとして、老爺が立ちはたらく気配はいささかもうかがえなかった。

「筆屋に内職の品を納めに行かれました」半次は何ごとか思いだした体で付けくわえた。「申し訳もございません……先にお伝えするべきでしたが、お客様がお見えです」

「客……？」訝しげな声が出る。むろん、心当たりはなかった。

「それなりにご身分のありそうなお武家です。名まえは仰いませんが、剣呑な風情はないように存じます」そこまでいって、唇もとにかすかな苦笑を浮かべる。「客あしらいは苦手だから、わしが筆屋へ行くと申されまして」

「余吾平らしいな」

こちらも苦笑いを洩らしながら屋敷のうちへ入る。半次は戸口にたたずんだまま、いくぶん不安げな面もちで追いすがった。

「もし、少しでもあやういものを感じられましたら、すぐにお呼びください」かすれた声で告げて、言い添える。「手前が盾となります」

慎造からの呼び出しにあるじ一人で行かせたことをいまだ悔いているようだった。庄左衛門自身がそう命じたのだから気に病むことはない、と幾度もいっているのだが、はい左様ですか、とはいかぬらしい。

「頼うだぞ」

さらりと微笑をかえし、後ろ手に戸を閉める。

屋敷うちにはひんやりとした空気がただよっているばかりで、ひとの息づかいは感じられなかった。あがってすぐの座敷に足を踏み入れると、やはりそれらしい姿はない。半次が出したとおぼしき湯呑みが目にとまった。さわってみると、まだ暖かい。

すいと視線をすべらせ、息を呑んだ。

縁側へつながる障子に、うっすらと映る人影がある。高さからして、庭に向かって腰を下ろしているものと思われた。

わけもなく胸がさわぎ、つかのま立ちつくしてしまう。が、その間も影はぴくりとも動こうとしない。意を決して歩をすすめ、ひといきに障子戸をひらく。

つよい日差しが室内へ流れこんだ。白くにじむ視界のなかで、振り向く顔だけが浮かびあがる。庄左衛門は、たしかにその男を知っていた。

「堅吾――いや」おもわず発すると、

「堅吾でいい」押しかぶさるように低い声が返ってくる。

三十年ぶりに会う影山甚十郎は、なかば以上髪が白くなり、額や頬には深い皺が刻まれていた。若いころから巌（いわお）のようだった顔立ちは変わらず、苔むした巨岩とでもいうべき風情をただよわせている。

「ずいぶんと久しぶりだ」甚十郎はひとことずつ区切るようにいった。わずかに目もとをゆるめ、語を継ぐ。「礼を言いに来た」

「礼？――」隠しようもない戸惑いが声に出る。

「けさ、宗太郎がうちに来てな」ふっ、とちいさく息を吐いた。「養子の件、受けてくれるそうだ」

「けさ……」木偶のように繰りかえすと、甚十郎が庭へ向きなおり頷いた。

「どうしても、今日決めたかったらしい――姉が江戸へ行く日だとかでな。それも知っているか」

「ああ」幅の広い後ろ姿を見つめながら応える。

「ずいぶん迷ったようだが、お前にも背中を押されたと言っていた」

「はて」庄左衛門は首をかしげた。「養子になれ、とすすめた覚えはないが」

「本人はそう思っているぞ」落ちついた声に、はじめて困惑の響きがまじった。

「それは、あの者のなかにあった答えだ」しずかに告げると、考えをめぐらすような間が空く。鶯と目白の囀りが交じり、溶けあうようにして沈黙のなかへ広がっていった。

甚十郎が、ふいに砕けた口ぶりとなって言い添える。「手土産まで持ってきたんだが……奮発しすぎたかな」

そのときはじめて、甚十郎のかたわらに藍鼠色のふろしき包みが置かれていることに気づく。問いかける前に、無骨な指が動いて結び目を解いていった。なかからあらわれたのは小ぶりな白磁の壺だったが、ごくありふれた品に見える。甚十郎が手早く蓋を開けた。顎をしゃくるようにしたのは、なかを見ろということだろう。

庄左衛門は縁側に膝をつき、壺のなかを覗きこんだ。最初はただ真っ暗な空洞としか見えなかったが、少しずつ目が慣れてくる。こまかい砂粒のようなものがひと握り、容れものの底で小さな山をつくっていた。が、それが何なのかまでは分からない。

顔を近づけ、瞳を凝らした。角度をかえて眺めるうち、黒だと思っていた粒が、べつの色あいを帯びていることに気づく。次の瞬間、庄左衛門は呻きにも似た声を発していた。

「べろ藍……」

壺の底に沈んでいたのは、深く濃い青みをおびた顔料だった。そう気づくと、粒のひとつひとつが、にわかに目のまえへ迫ってくるように感じられる。遠い空の色であり、どこまでもつづく海原の色でもあった。

「義父の――哲斎先生の遺品にあったものだ」

面をあげると、老犬のようにおだやかな眼差しで甚十郎がこちらを見守っている。庄左衛門はわれにかえり、幾度もこうべを振った。

「これは、ひどく高価な絵具だ。もらうわけにはいかん」

「お前のことは、芳乃から聞いた。今の名も、絵を描くことも」甚十郎は庭先にそびえる松の梢を振り仰いだ。口調がわずかに湿りをおびる。「訪ねていきたいと思ったが、決心がつかなかった……今日来られたのは、宗太郎のおかげかもしれん」

「背中を押しあっているわけだ」庄左衛門がにやりと笑うと、

「そういうことになる」甚十郎もおなじような笑みを口もとに刻んだ。「もらってくれれば、先生もよろこぶ」

庄左衛門はそっと瞼を伏せた。

「分かった……が、じつは、手を痛めてな」なるべく声が波立たぬよう、ゆっくりと告げる。「預かるということでいいか――いずれ、然るべき者に使わせたい」

「好きにすればいい」こたえながら、甚十郎の瞳を気づかわしげな色がよぎる。「手を……」

庄左衛門がうなずくと、たくましい顎がぴくりと震えた。押しだすようにつぶやきを洩らす。

「……間に合わなかったな」

「え？」おもわず声をあげると、

「いつか、お前ともう一度、立ち合いたかった」苦しげに眉を寄せ、眼差しを落とす。そのまま、ひとりごつようにつづけた。「お前、おれに勝ちを譲ったんじゃないのか」

ことばを失い、そのまま黙りこむ。いつの間にか、甚十郎がまっすぐな視線を向けていた。

近所の屋敷からだろうか、どこかで薪を割る音が響いた。畦道のあたりから、子どもたちのはしゃぐ声が風に乗って流れてくる。

庄左衛門は、ふいに笑声を漏らした。甚十郎が不審げに眉をひそめるのにかまわず、いくらかおどけた口調で告げる。

「つい最近も同じことを言われた――ひょっとしたら、そうだったのかな」

「誰にだ」甚十郎の問いにはこたえぬまま、ゆるやかにかぶりを振る。

「あの試合のことは、まったく覚えておらんのだ」

甚十郎が安堵したような色を浮かべ、肩の力を抜く。庄左衛門は唇もとをほころばせたまま言い添えた。

「立ち合ってもかまわんぞ。今なら勝ち放題だ」

「馬鹿やろう」ことさら乱暴な口調で言い放つと、甚十郎が楽しげな笑声をあげた。が、次の瞬間には瞳を落としている。「なあ……慎造はどうしているかな」

庄左衛門が無言でいると、厳めしい面ざしにそぐわぬ細い声が耳を打った。「また三人で会いたいものだ。こんな調子で話せたらいい」

「――会えるさ」

ぽつりとつぶやくと、甚十郎が問いただすような眼差しを向けた。

「十年か二十年すれば、嫌でも会うことになる……とりあえず、三途の川は渡らずに待っておくとしよう」

苦笑を浮かべた甚十郎が、ゆっくりと腰をあげた。そのうち遊びに来い、と言い残して踵をかえす。濡れ縁に坐したまま、その後ろ姿を見送った。玄関先で、半次が客を送りだす声が聞こえる。にわかに静寂が戻ってきた。

庄左衛門はふかい吐息をつく。おもむろに立ちあがり、壁ぎわの違い棚へ近づいた。文箱を開け、丸められた紙片を取りだす。縁側へもどり、壺のかたわらに置いた。中身は目に焼きついている。広げるまでもなかった。

白い陶磁の肌に、わずかな赤みが差している。いつの間にか空がかすみ、大気に朱の色がふくまれてきたらしい。長かった春の日も傾きはじめているようだった。

輝くような女の面ざしが瞼のうらに浮かぶ。志穂は戻ってくるといったが、庄左衛門はそれを望んでいるわけではなかった。絵の道を究めてもよいし、だれかの妻となるのもよい。いずれにしても、志穂の生を終わりまで見とどけることはできないのだった。

おのれが世を去ったとき、志穂を描いたこの絵とべろ藍の壺が女の手に渡れば、それ以上の望みはない。目が醒めるような海原を、いつか志穂が描いてくれるだろう。

——が、それはもう少しさきのことだ。

と庄左衛門は思った。そろそろと矢立を出し、震える指さきで筆を取る。庭さきに、気の早い山雀(やまがら)が降り立っていた。虫でも探しているのか、首を上下させて土のおもてをつついている。

新しい紙を広げ、そっと描線を走らせた。なめらかにかたどったつもりの輪郭は崩れ、山雀の赤い腹がつぶれた耳のように見える。

だが、もう溜め息はこぼれなかった。手をとめる気もない。ほかにやるべきことも、やりたいこともあるはずはなかった。

山雀は飽きもせず、庭のそちこちを動きまわっている。ぎこちなく、つたない線が、その跡を追うように引かれつづけた。

斜めから差しこむ陽光が全身をつつむ。腹の奥にじわりとあたたかいものが広がった。それが日の温もりなのか、おのれから湧きだすものなのかは分からない。

暮れゆく大気のなか、庄左衛門が動かす筆の音だけが、いつまでも庭さきに響いていた。

解説

末國善己（文芸評論家）

藤沢周平の海坂藩、葉室麟の羽根藩、扇野藩、黒島藩、秋月藩のように、物語の舞台となる架空の藩を作った時代小説作家は少なくない。この系譜に新たに加わったのが、神山藩を生んだ砂原浩太朗である。その第一作となる本書『高瀬庄左衛門御留書』は、全編が静かなサスペンスに満ちていてページをくる手が止まらず、伏線を余すことなく回収する緻密な構成、脇役に至るまで細かな陰影が付けられた登場人物は魅力的で、主人公の高瀬庄左衛門が絵を趣味にしていることもあり自然描写が美しいなど、これが『いのちがけ　加賀百万石の礎』に続く二作目とは思えないほどじっくりと味わえる作品に仕上がっている。それは単行本が二〇二一年に刊行されると第九回野村胡堂文学賞、第十一回本屋が選ぶ時代小説大賞、第十五回舟橋聖一文学賞を受賞したことからもうかがえる。

神山藩は、石高が「十万石程度」で「日の本有数の大藩」から「二百年もまえに分かれた」支藩とされているので日本海側、そうなると「大藩」は著者のデビュー作の舞台になった北陸のあの藩かなど、作中の記述を手掛かりに神山藩のモデルを考えながら読むのも一興である。

庄左衛門は五十歳を前にした郡方で、妻の延を亡くし、藩校で成績優秀だった息子の啓一郎は庄左衛門の隠居を待たず特例で郡方の本役に就いていた。ただ身代は二人合わせても五十石程度で、飢饉の影響もあり禄の半分は藩に借り上げられ生活は苦しかった。タイトルにある「御留書」は、郡方が担当する村の庄屋から申告された収穫高や、自分で行った検見、見聞した現地の様子をまとめた報告書のことである。

啓一郎は勘定方の下役である秋本家の娘・志穂と結婚していたが、妻に手をあげることもあり夫婦仲はよくない。仕事で稲の育ちを写すうち絵が好きになった庄左衛門は、啓一郎が自分の代から仕える小者の余吾平を連れ郷村廻りに出て留守の間、志穂を誘ってスケッチに行くなどしていたが、啓一郎が落命したとの知らせが届く。

庄左衛門は絵具は高価なので墨だけで絵を描いていたが、べろ藍を使ってみたいと思っていた。べろ藍はベルリンで開発された紺青の顔料で、日本ではベルリン藍がなまってべろ藍と呼ばれた。べろ藍は中国で大量生産されるようになって価格が下がり、葛飾北斎、歌川広重、渓斎英泉らの浮世絵にも使われたが、地方の貧しい下級武士である庄左衛門には手が出なかったのだろう。べろ藍は志穂との何気ない会話で出てくるだけと思いきや、後に重要な場面で登場することになる。

啓一郎と志穂の間には子供がいなかったため、庄左衛門は餞別に自分の絵を持たせると、高瀬家に残りたいという志穂を実家に帰した。余吾平によると、雨に降られ新木村の御用小屋で一夜を明かした時、志穂の件で啓一郎に意見し口論になったという。啓一郎は怒り余吾平に帰宅を命じると、明け方に一人で小屋を出たが山道に慣れず崖から転落したらしい。余吾平は自分を手討ちにして欲しいというが、庄左衛門に余吾平を斬るつもりはなかった。ただ事情を知った後では、余吾平が一緒だったら啓一郎は死ななかったかもとの考えが捨てられず、互いに気まずいと考え暇を出した。

初老を過ぎ中老にさしかかる年齢になって人生初の一人暮らしをする庄左衛門が、慣れない家事をするうちに亡き妻の働きに心を馳せる場面は、同世代の男性読者、あるいは単身赴任をされている方は身につまされるのではないか。だが庄左衛門の寂しくも慌ただしい生活は、志穂が弟の俊次郎と絵を習いに来るようになり一変する。

庄左衛門は、独身になった志穂が自分の家に出入りすることであらぬ誤解を受けぬよう一線を引こうとする。ただ物語が進むに連れ、志穂は庄左衛門に嫁舅の仲を超えた感情を抱くようになっていく。さらに庄左衛門は、高瀬家へ婿入りする前の原田壮平を名乗っていた若き日に想いを寄せていた影山道場の師の娘で、同門、同世代の宮村堅吾、碓井慎造と結婚を賭けて試合をしたこともある芳乃と再会。かつての恋心が再燃するかなど、庄左衛門をめぐる恋愛は物語を牽引する大きな鍵になっていく。

庄左衛門は手すさびに絵を描いているが、志穂は再婚話を断り一人でも生きられるように絵を学ぼうとしている。女性の自立が難しかった時代に、スキルを身に付けて人生を切り開こうとする志穂の姿と最後に下した結論は、まだ社会が男性中心で動いている現代の日本で懸命に働く女性たちに勇気を与えてくれるように思えた。

志穂に弟の宗太郎が毎晩のように酒の匂いをさせて帰ってくると相談された庄左衛門は、飲み屋や妓楼が集まった柳町にある小料理屋で、宗太郎、影山道場を継いだ甚十郎の息子の敬作、編笠をかぶった素性不明の武士が会っているのを突き止める。近くの二八蕎麦の屋台に入った庄左衛門は、主の半次に張り込みを見抜かれ、手伝いたいという半次の言葉に甘えることにした。しばらくして、半次から暮れ六つに鹿ノ子堤で何かが起こるとのメッセージが届く。その直後、俊次郎と志穂が飛び込んできて、宗太郎が訪ねてきた敬作とただならぬ気配で出ていったという。庄左衛門が鹿ノ子堤に向かうと、宗太郎と敬作が抜刀して華奢で旅装の相手に切っ先を向けていた。庄左衛門も刀を抜き二人に向き合うと、旅装の相手は逃げ出してしまった。呆気にとられたまま刀を構えていた三人だが、呼吸を合わせるかのように刀身を下げた。

庄左衛門は余吾平に見舞金を渡そうとしたが、固辞された。説得のため定期的に在所の長沼村を訪ねていた庄左衛門は、その帰り土左衛門を目にし、助勢した旅装の男に声を掛けられる。その男は、目付役の立花監物の弟・弦之助だった。弦之助が、宗太郎がもらした「た」の一言から、名乗っていない庄左衛門を探し出した推理法は、コナン・ドイルが生み出した名探偵シャーロック・ホームズが、依頼人の服装や所作から出身地や職業を当てて驚かせる場面を彷彿（ほうふつ）とさせるものがある。名家に生まれ、容姿端麗、頭脳明晰と天に何物も与えられたかのような弦之助も、不幸な過去を抱え、切れ過ぎるが故に日本型の組織では昔も今も不可欠な根回しを軽んじるなど、世渡りが下手なところがある。欠点も少なくない弦之助が、庄左衛門や志穂らと交流するうちに成長する展開は、ビルドゥングスロマンとしても楽しめる。

実は庄左衛門と弦之助には浅からぬ因縁があった。藩校でも有名な俊才だった啓一郎は、講義を受け持つ助教の欠員を埋めるための考試に挑んだが残念ながら次席で、首席になったのが弦之助だった。しかも考試の結果は家格への斟酌（しんしゃく）ではなく、神童と噂された弦之助が実力で勝ち取ったものだったのだ。勉強やスポーツに打ち込んでも、それが必ずしも進学や就職、大会出場といった結果に結び付かないことは現代でも珍しくない。それだけに若い読者は、鬱屈（うっくつ）を抱える啓一郎への共感が大きいかもしれないが、息子を救えなかったと悔いる庄左衛門の言葉には、挫折を乗り越えるヒントが隠されているので、そこにも注目して欲しい。

土左衛門が敬作と判明し、庄左衛門が宗太郎に事情を聞くと、印象に残らないほど影が薄いが重職の家中だという男に接待を受け、奸物を脅すよう頼まれたという。敬作が命を落とし、秋本家の周辺にも怪しい影が出没し始めたが、弦之助が護衛を手配してくれた。郡奉行の役宅に、危険を知らせるかのような文が投げ入れられ、庄左衛門たちが事情を聞くため村々を廻るも進展がないなか、藩主が帰国。投げ文が警告する陰謀は、藩主がお国入りしたタイミングを狙っていた可能性が浮上する。

物語を牽引するもう一つの鍵が、神山藩で起こる政治的な闘争劇だが、下級武士の庄左衛門は当事者でないどころか、誰かに頼まれて陰謀に加担することもない。だが水面下で確実に進む謀略戦は、庄左衛門を巻き込み静かな生活を激変させるので、息苦しいまでのサスペンスに圧倒されてしまうのではないか。それだけでなく、為政者の決定は下々の生活を否応なく変える現実を突き付ける社会派推理小説としても秀逸である。投げ文をした意外な人物と動機、庄左衛門と因縁がある実行犯の一人、すべての発端は江戸で学問をしていた弦之助の帰国だったが、宗太郎らに襲撃を命じた男はどのようにして弦之助の到着時刻を知ったのかなど、随所に配置された謎が丁寧な伏線回収で解き明かされる終盤は、本格ミステリ好きも満足できるだろう。

藤沢周平は、妻子のため上の命令に従い難しい任務や汚れ仕事を引き受ける海坂藩の下級武士たちを、終身雇用なので自分が我慢すれば家族を守ることができた高度経済成長期のサラリーマンに重ねた。これに対し、封建体制ゆえに才能があっても努力しても生まれた家で将来が決まる神山藩は、中間層が減って富裕層と貧困層に二極化し、多くの教育費が使える富裕層は子供の世代も豊かになり、反対に貧困層はそこから抜け出せず階層の固定化が進む現代の社会状況を写し取っているように思えた。

階層の固定化が特に若い世代の閉塞感を生むのは、現代の日本も、神山藩も同じで、婿養子の先が見つからなければ実質的に就職も結婚もできないまま飼い殺しにされる武家の次男だった庄左衛門も、影山道場で剣の腕を磨き婿を探す家の目に留まろうとした過去があった。啓一郎が藩校で出世ができる助教を目指したのも、郡方という下級職から抜け出すためだった。運よく郡方の高瀬家に養子に入った庄左衛門だが、山道を歩いて村々を廻るなど肉体を酷使する仕事に疲れたり、家族との関係に悩んだりしたこともあったが、絵を趣味にしているだけに、内に溜った澱を美しい景色を見て浄化し、新たな気持ちで仕事、家族と向き合い年を重ねていった。

高望みをせず何気ない日常生活に喜びを見つけたのが庄左衛門とするなら、はからずも敵対する側になった人たち、その流れに加担した人たちは、大金を稼いだり、出世をしたり、現在の地位を守ったりするためなら手段を選ばず、邪魔者を排除するのも厭わない。しかも敵対勢力は小悪党と書くと矮小化し過ぎだが、松本清張の社会派推理小説に登場するような政権与党の政治家や官庁のトップ、大企業の経営陣といった巨悪ではなく、ダークサイドに落ちた昔の同級生、普段の交流はないが顔と名前が一致する管理職といったクラスの目に見える〝悪〟なのだ。

　庄左衛門が体現する日常の〝善〟と、敵対勢力が体現する日常の〝悪〟が対置されているからこそ、作中の暗闘が生々しく感じられ、閉塞感に満ち、格差の拡大がリスク覚悟で稼ぐ情報をあふれさせている時代に、美しく生きるとは何かを問うテーマが胸に迫ってくるのだ。その意味で著者は、架空の藩を作るという手法だけでなく、読者に投げ掛ける主題の面でも、藤沢周平、葉室麟の衣鉢を継いだといえるのである。

　神山藩シリーズは、代々筆頭家老を務める黛（まゆずみ）家の三男で大目付の黒沢家に婿入りした新三郎が、黛家の危機に立ち向かう第二作『黛家の兄弟』が第三十五回山本周五郎賞を受賞。父が失踪し僅（わず）か十八歳で町奉行を継いだ草壁総次郎が、名奉行と呼ばれた祖父の協力を得ながら、藩内屈指の廻船問屋の三番番頭が殺された事件を追う第三作『霜月記（そうげつき）』が発表（「小説現代」二〇二三年六月号に一挙掲載）されている。本書で神山藩シリーズに興味を持たれた方は、ぜひとも二作目、三作目を読んで欲しい。

本書は二〇二一年一月に、小社より単行本として刊行されました。

|著者| 砂原浩太朗　1969年生まれ。兵庫県出身。早稲田大学第一文学部卒業後、出版社勤務を経て、フリーのライター・編集・校正者となる。2016年「いのちがけ」で第2回「決戦！小説大賞」を受賞。'21年『高瀬庄左衛門御留書』（本作）が第34回山本周五郎賞と第165回直木賞の候補となり話題に。同作で第9回野村胡堂文学賞、第15回舟橋聖一文学賞、第11回本屋が選ぶ時代小説大賞を受賞、「本の雑誌」2021年上半期ベスト10第1位に選出された。'22年『黛家の兄弟』（講談社）で第35回山本周五郎賞を受賞した。他の著書に『いのちがけ　加賀百万石の礎』（講談社文庫）、『藩邸差配役日日控』（文藝春秋）などがある。

高瀬庄左衛門御留書（たかせしょうざえもんおとどめがき）

砂原浩太朗（すなはらこうたろう）

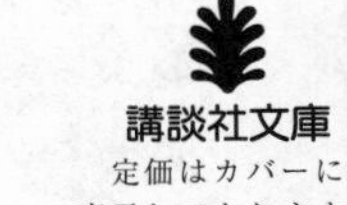

定価はカバーに
表示してあります

2023年6月15日第1刷発行

発行者——鈴木章一
発行所——株式会社　講談社
東京都文京区音羽2-12-21　〒112-8001
電話　出版（03）5395-3510
　　　販売（03）5395-5817
　　　業務（03）5395-3615

Printed in Japan

デザイン—菊地信義
本文データ制作—講談社デジタル製作
印刷———凸版印刷株式会社
製本———株式会社国宝社

ISBN978-4-06-529629-5

講談社文庫刊行の辞

二十一世紀の到来を目睫に望みながら、われわれはいま、人類史上かつて例を見ない巨大な転換期をむかえようとしている。

世界も、日本も、激動の予兆に対する期待とおののきを内に蔵して、未知の時代に歩み入ろうとしている。このときにあたり、創業の人野間清治の「ナショナル・エデュケイター」への志を現代に甦らせようと意図して、われわれはここに古今の文芸作品はいうまでもなく、ひろく人文・社会・自然の諸科学から東西の名著を網羅する、新しい綜合文庫の発刊を決意した。

激動の転換期はまた断絶の時代である。われわれは戦後二十五年間の出版文化のありかたへの深い反省をこめて、この断絶の時代にあえて人間的な持続を求めようとする。いたずらに浮薄な商業主義のあだ花を追い求めることなく、長期にわたって良書に生命をあたえようとつとめるところにしか、今後の出版文化の真の繁栄はあり得ないと信じるからである。

同時にわれわれはこの綜合文庫の刊行を通じて、人文・社会・自然の諸科学が、結局人間の学にほかならないことを立証しようと願っている。かつて知識とは、「汝自身を知る」ことにつきていた。現代社会の瑣末な情報の氾濫のなかから、力強い知識の源泉を掘り起し、技術文明のただなかに、生きた人間の姿を復活させること。それこそわれわれの切なる希求である。

われわれは権威に盲従せず、俗流に媚びることなく、渾然一体となって日本の「草の根」をかたちづくる若く新しい世代の人々に、心をこめてこの新しい綜合文庫をおくり届けたい。それは知識の泉であるとともに感受性のふるさとであり、もっとも有機的に組織され、社会に開かれた万人のための大学をめざしている。大方の支援と協力を衷心より切望してやまない。

一九七一年七月

野間省一

講談社文庫 最新刊

東野圭吾
どちらかが彼女を殺した〈新装版〉
東野圭吾による究極の推理小説――容疑者は二人、答えはひとつ。加賀恭一郎シリーズ。

砂原浩太朗
高瀬庄左衛門御留書
武家物の新潮流として各賞を受賞し話題に。人生の悲喜をすべて味わえる必読の時代小説。

真梨幸子
まりも日記
イヤミスの女王が紡ぐ猫ミステリー。愛しい飼い猫に惑わされた人々の人生の顛末は……？

珠川こおり
檸檬先生
悩める少年の人生は、共感覚を持つ少女との出会いで一変する！ 令和青春小説の傑作。

風野真知雄
潜入 味見方同心(六)〈肉欲もりもり不精進料理〉
看板を偽る店を見張る魚之進。将軍暗殺を阻めるか。大人気シリーズ、いよいよ完結へ！

知野みさき
江戸は浅草5〈春の捕物〉
流れ者も居着けば仲間になる。江戸の長屋人情を色鮮やかに描き出す大人気時代小説！

鯨井あめ
アイアムマイヒーロー！
『晴れ、時々くらげを呼ぶ』の著者が紡ぐセンス・オブ・ワンダー溢れる奇跡的長編小説！

藤本ひとみ
数学者の夏
一人でリーマン予想に挑む予定の夏休み、天才高校生が伊那谷の村で遭遇した事件とは？

いとうせいこう
「国境なき医師団」をもっと見に行く〈ガザ、西岸地区、アンマン、南スーダン、日本〉
パレスチナなど紛争地に生きる人々の困難と希望を、等身大の言葉で伝えるルポ第2弾。

講談社文庫 最新刊

長浦　京
マーダーズ
人を殺したのに、逮捕されず日常生活を送る犯罪者たち。善悪を超えた正義を問う衝撃作。

横山光輝
山岡荘八・原作
漫画版 **徳川家康 8**
大坂夏の陣で豊臣家を滅した家康。泰平の世を望みながら七十五年の波乱の生涯を閉じる。

斉藤詠一
クメールの瞳
不審死を遂げた恩師。真実を追う北斗(ほくと)たちは時を超えた〝秘宝〟争奪戦に巻き込まれてゆく。

島口大樹
鳥がぼくらは祈り、
日本一暑い街でぼくらは翳(かげ)りを抱えて生きる。奔放な文体が青春小説の新領域を拓いた!

一色さゆり
光をえがく人
韓国、フィリピン、中国――東アジアの現代アートが照らし出す五つの人生とその物語。

村瀬秀信
地方に行っても気がつけばチェーン店ばかりでメシを食べている
舞台は全国! 地方グルメの魅力を熱く語り尽くす。人気エッセイ第3弾。文庫オリジナル

加藤千恵
この場所であなたの名前を呼んだ
NICU(新生児集中治療室)を舞台にした小さな命をめぐる感涙の物語。著者の新境地。

本格ミステリ作家クラブ選・編
本格王2023
謎でゾクゾクしたいならこれを読め! 本格ミステリ作家クラブが選ぶ年間短編傑作選。

講談社文芸文庫 

加藤典洋

小説の未来

解説＝竹田青嗣　年譜＝著者・編集部

かP7

川上弘美、大江健三郎、高橋源一郎、阿部和重、町田康、金井美恵子、吉本ばなな……現代文学の意義と新しさと面白さを読み解いた、本格的で斬新な文芸評論集。

978-4-06-531960-4

李良枝

石の聲　完全版

解説＝李　栄　年譜＝編集部

い-3

三十七歳で急逝した芥川賞作家の未完の大作「石の聲」（一～三章）に編集者への手紙、実妹の回想他を併録する。没後三十余年を経て再注目を浴びる、文学の精華。

978-4-06-531743-3

周木　律　教会堂の殺人〈～Game Theory～〉
周木　律　鏡面堂の殺人〈～Theory of Relativity～〉
周木　律　大聖堂の殺人〈～The Books～〉
下村敦史　闇に香る嘘
下村敦史　生還者
下村敦史　叛徒
下村敦史　失踪者
下村敦史　緑の窓口〈樹木トラブル解決します〉
九把刀　阿井幸作／泉京鹿 訳　あの頃、君を追いかけた
神護かずみ　ノワールをまとう女
四戸俊成　芹沢政信　神在月のこども
篠原悠希　霊獣紀〈獲麟の書(上)〉
篠原悠希　霊獣紀〈獲麟の書(下)〉
篠原悠希　霊獣紀〈蛟龍の書(上)〉
篠原悠希　霊獣紀〈蛟龍の書(下)〉
篠原美季　古都妖異譚〈玉手箱～シール オブ ザ ゴッデス～〉
潮谷　験　スイッチ〈悪意の実験〉
潮谷　験　時空犯
杉本苑子　孤愁の岸(上)(下)

鈴木光司　神々のプロムナード
鈴木英治　大江戸監察医
杉本章子　お狂言師歌吉うきよ暦
杉本章子　大奥二人道成寺〈お狂言師歌吉うきよ暦〉
諏訪哲史　アサッテの人
菅野雪虫　天山の巫女ソニン(1)　黄金の燕
菅野雪虫　天山の巫女ソニン(2)　海の孔雀
菅野雪虫　天山の巫女ソニン(3)　朱鳥の星
菅野雪虫　天山の巫女ソニン(4)　夢の白鷺
菅野雪虫　天山の巫女ソニン(5)　大地の翼
菅野雪虫　天山の巫女ソニン　巨山外伝〈予言の娘〉
菅野雪虫　天山の巫女ソニン　江南外伝〈海竜の子〉
鈴木みき　日帰り登山のススメ〈あした、山へ行こう!〉
砂原浩太朗　いのちがけ〈加賀百万石の礎〉
ラトナ・サリ・デヴィ・スカルノ　選ばれる女におなりなさい〈デヴィ夫人の婚活論〉
瀬戸内寂聴　新寂庵説法　愛なくば
瀬戸内寂聴　人が好き［私の履歴書］
瀬戸内寂聴　白　道
瀬戸内寂聴　寂聴相談室人生道しるべ

瀬戸内寂聴　瀬戸内寂聴の源氏物語
瀬戸内寂聴　愛する能力
瀬戸内寂聴　藤　壺
瀬戸内寂聴　生きることは愛すること
瀬戸内寂聴　寂聴と読む源氏物語
瀬戸内寂聴　月の輪草子
瀬戸内寂聴　新装版　寂庵説法
瀬戸内寂聴　死に支度
瀬戸内寂聴　新装版　蜜と毒
瀬戸内寂聴　新装版　花　怨
瀬戸内寂聴　新装版　祇園女御(上)(下)
瀬戸内寂聴　新装版　かの子撩乱
瀬戸内寂聴　新装版　京まんだら(上)(下)
瀬戸内寂聴　い　の　ち
瀬戸内寂聴　花のいのち
瀬戸内寂聴　ブルーダイヤモンド〈新装版〉
瀬戸内寂聴　97歳の悩み相談
瀬戸内寂聴　すらすら読める源氏物語(上)(中)(下)
瀬戸内寂聴・訳　源氏物語　巻一

講談社文庫 目録

講談社文庫　目録

高田崇史　カンナ　戸隠の殺皆
高田崇史　カンナ　鎌倉の血陣
高田崇史　カンナ　天満の葬列
高田崇史　カンナ　出雲の顕在
高田崇史　カンナ　京都の霊前
高田崇史　軍神の血脈〈楠木正成秘伝〉
高田崇史　神の時空　鎌倉の地龍
高田崇史　神の時空　倭の水霊
高田崇史　神の時空　貴船の沢鬼
高田崇史　神の時空　三輪の山祇
高田崇史　神の時空　嚴島の烈風
高田崇史　神の時空　伏見稲荷の轟雷
高田崇史　神の時空　五色不動の猛火
高田崇史　神の時空　京の天命
高田崇史　神の時空　前紀〈女神の功罪〉
高田崇史　鬼棲む国、出雲〈古事記異聞〉
高田崇史　オロチの郷、奥出雲〈古事記異聞〉
高田崇史　京の怨霊、元出雲〈古事記異聞〉
高田崇史　鬼統べる国、大和出雲〈古事記異聞〉

高田崇史　源平の怨霊〈小余綾俊輔の最終講義〉
高田崇史　試験に出ないQED異聞〈高田崇史短編集〉
高田崇史ほか　読んで旅する鎌倉時代
団　鬼六　悦楽王〈鬼プロ繁盛記〉
高野和明　13階段
高野和明　グレイヴディッガー
高野和明　6時間後に君は死ぬ
大道珠貴　ショッキングピンク
高木　徹　ドキュメント　戦争広告代理店〈情報操作とボスニア紛争〉
田中啓文　件〈もの言う牛〉
高嶋哲夫　メルトダウン
高嶋哲夫　命の遺伝子
高嶋哲夫　首都感染
高野秀行　西南シルクロードは密林に消える
高野秀行　アジア未知動物紀行　ベトナム・奄美・アフガニスタン
高野秀行　イスラム飲酒紀行
高野秀行　移民の宴〈日本に移り住んだ外国人の不思議な食生活〉
高野秀行／角幡唯介　地図のない場所で眠りたい
田牧大和　花合せ〈濱次お役者双六〉

田牧大和　質草破り〈濱次お役者双六　二ます目〉
田牧大和　翔ぶ梅〈濱次お役者双六　三ます目〉
田牧大和　半可心中〈濱次お役者双六〉
田牧大和　長屋狂言〈濱次お役者双六〉
田牧大和　錠前破り、銀太
田牧大和　錠前破り、銀太　紅蜆
田牧大和　錠前破り、銀太　首魁
田牧大和　大福三つ巴〈宝来堂うまいもん番付〉
田中慎弥　完全犯罪の恋
高野史緒　カラマーゾフの妹
高野史緒　翼竜館の宝石商人
高野史緒　大天使はミモザの香り
瀧本哲史　僕は君たちに武器を配りたい〈エッセンシャル版〉
竹吉優輔　襲名犯
高田大介　図書館の魔女　第一巻　第二巻
高田大介　図書館の魔女　第三巻　第四巻
高田大介　図書館の魔女　烏の伝言（上）（下）
大門剛明　完全無罪
大門剛明　死刑評決〈「完全無罪」シリーズ〉

月村了衛　悪の五輪
辻堂　魁　落暉に燃ゆる〈大岡裁き再吟味〉
辻堂　魁　山桜花〈大岡裁き再吟味〉
フランソワ・デュボワ　太極拳が教えてくれた人生の宝物〈中国・武当山90日間修行の記〉
手塚マキと歌舞伎町ホスト80人 from Smappa! Group　ホスト万葉集〈文庫スペシャル〉
土居良一　海翁伝
鳥羽　亮　金貸し権兵衛〈鶴亀横丁の風来坊〉
鳥羽　亮　提灯斬り〈鶴亀横丁の風来坊〉
鳥羽　亮　お京危うし〈鶴亀横丁の風来坊〉
鳥羽　亮　狙われた横丁〈鶴亀横丁の風来坊〉
東郷　隆／上田　信　絵　【絵解き】雑兵足軽たちの戦い〈歴史・時代小説ファン必携〉
堂場瞬一　八月からの手紙
堂場瞬一　壊れる心〈警視庁犯罪被害者支援課〉
堂場瞬一　邪心〈警視庁犯罪被害者支援課2〉
堂場瞬一　二度泣いた少女〈警視庁犯罪被害者支援課3〉
堂場瞬一　身代わりの空(上)(下)〈警視庁犯罪被害者支援課4〉
堂場瞬一　影の守護者〈警視庁犯罪被害者支援課5〉
堂場瞬一　不信の鎖〈警視庁犯罪被害者支援課6〉
堂場瞬一　空白の家族〈警視庁犯罪被害者支援課7〉
堂場瞬一　チェンジ〈警視庁犯罪被害者支援課8〉
堂場瞬一　誤ちの絆〈警視庁総合支援課〉
堂場瞬一　傷
堂場瞬一　埋れた牙
堂場瞬一　Killers(上)(下)
堂場瞬一　虹のふもと
堂場瞬一　ネタ元
堂場瞬一　ピットフォール
堂場瞬一　焦土の刑事
堂場瞬一　動乱の刑事
堂場瞬一　沃野の刑事
土橋章宏　超高速！参勤交代
土橋章宏　超高速！参勤交代 リターンズ
戸谷洋志　Jポップで考える哲学〈自分を問い直すための15曲〉
富樫倫太郎　信長の二十四時間
富樫倫太郎　スカーフェイス〈警視庁特別捜査第三係・淵神律子〉
富樫倫太郎　スカーフェイスII デッドリミット〈警視庁特別捜査第三係・淵神律子〉
富樫倫太郎　スカーフェイスIII ブラッドライン〈警視庁特別捜査第三係・淵神律子〉
富樫倫太郎　スカーフェイスIV デストラップ〈警視庁特別捜査第三係・淵神律子〉
豊田　巧　警視庁鉄道捜査班〈鉄血の警視〉
豊田　巧　警視庁鉄道捜査班〈鉄路の牢獄〉
砥上裕將　線は、僕を描く
夏樹静子　新装版 二人の夫をもつ女
中井英夫　新装版 虚無への供物(上)(下)
中村敦夫　狙われた羊
中島らも　僕にはわからない
中島らも　今夜、すべてのバーで〈新装版〉
鳴海　章　フェイスブレイカー
鳴海　章　謀略航路
鳴海　章　全能兵器AiCO
中嶋博行　新装版 検察捜査
中村天風　運命を拓く〈天風瞑想録〉
中村天風　叡智のひびき〈天風哲人 箴言註釈〉
中村天風　真理のひびき〈天風哲人 新箴言註釈〉
中山康樹　ジョン・レノンから始まるロック名盤
梨屋アリエ　でりばりぃAge
梨屋アリエ　ピアニッシシモ
中島京子　妻が椎茸だったころ

講談社文庫　目録

講談社文庫 目録

西村京太郎 宗谷本線殺人事件
西村京太郎 奥能登に吹く殺意の風
西村京太郎 特急「北斗1号（スーサイド・トレイン）」殺人事件
西村京太郎 十津川警部 湖北の幻想
西村京太郎 九州特急「ソニックにちりん」殺人事件
西村京太郎 東京・松島殺人ルート
西村京太郎 新装版 殺しの双曲線
西村京太郎 新装版 名探偵に乾杯
西村京太郎 南伊豆殺人事件
西村京太郎 十津川警部 青い国から来た殺人者
西村京太郎 新装版 天使の傷痕
西村京太郎 新装版 D機関情報
西村京太郎 十津川警部 猫と死体はタンゴ鉄道に乗って
西村京太郎 韓国新幹線を追え
西村京太郎 北リアス線の天使
西村京太郎 十津川警部 長野新幹線の奇妙な犯罪
西村京太郎 上野駅殺人事件
西村京太郎 京都駅殺人事件
西村京太郎 沖縄から愛をこめて

西村京太郎 十津川警部「幻覚」
西村京太郎 函館駅殺人事件
西村京太郎 内房線の猫たち〈異説里見八犬伝〉
西村京太郎 東京駅殺人事件
西村京太郎 長崎駅（ナガサキ・レディ）殺人事件
西村京太郎 十津川警部 愛と絶望の台湾新幹線
西村京太郎 西鹿児島駅殺人事件
西村京太郎 札幌駅殺人事件
西村京太郎 十津川警部 山手線の恋人
西村京太郎 仙台駅殺人事件
西村京太郎 七人の証人〈新装版〉
西村京太郎 十津川警部 両国駅3番ホームの怪談
西村京太郎 午後の脅迫者〈新装版〉
西村京太郎 びわ湖環状線に死す
仁木悦子 猫は知っていた〈新装版〉
新田次郎 新装版 聖職の碑（いしぶみ）
日本文芸家協会編 愛染夢灯籠〈時代小説傑作選〉
日本推理作家協会編 犯人たちの部屋〈ミステリー傑作選〉
日本推理作家協会編 隠された鍵〈ミステリー傑作選〉

日本推理作家協会編 Play（プレイ）推理遊戯〈ミステリー傑作選〉
日本推理作家協会編 Doubt（ダウト）きりのない疑惑〈ミステリー傑作選〉
日本推理作家協会編 Bluff（ブラフ）騙し合いの夜〈ミステリー傑作選〉
日本推理作家協会編 ベスト8ミステリーズ2015
日本推理作家協会編 ベスト6ミステリーズ2016
日本推理作家協会編 ベスト8ミステリーズ2017
日本推理作家協会編 2019ザ・ベストミステリーズ
二階堂黎人 ラン迷宮〈二階堂蘭子探偵集〉
二階堂黎人 増加博士の事件簿
二階堂黎人 巨大幽霊マンモス事件
新美敬子 猫のハローワーク
新美敬子 猫のハローワーク2
新美敬子 世界のまどねこ
西澤保彦 新装版 七回死んだ男
西澤保彦 人格転移の殺人
西村健 ビンゴ
西村健 地の底のヤマ(上)(下)
西村健 光陰の刃（やいば）(上)(下)
西村健 目撃

楡　周平　修羅の宴(上)(下)
楡　周平　バルス
楡　周平　サリエルの命題
西尾維新　クビキリサイクル〈青色サヴァンと戯言遣い〉
西尾維新　クビシメロマンチスト〈人間失格・零崎人識〉
西尾維新　クビツリハイスクール〈戯言遣いの弟子〉
西尾維新　サイコロジカル(上)兎吊木垓輔の戯言殺し(下)曳かれ者の小唄
西尾維新　ヒトクイマジカル〈殺戮奇術の匂宮兄妹〉
西尾維新　ネコソギラジカル(上)〈十三階段〉
西尾維新　ネコソギラジカル(中)〈赤き征裁vs.橙なる種〉
西尾維新　ネコソギラジカル(下)〈青色サヴァンと戯言遣い〉
西尾維新　ダブルダウン勘繰郎　トリプルプレイ助悪郎
西尾維新　零崎双識の人間試験
西尾維新　零崎軋識の人間ノック
西尾維新　零崎曲識の人間人間
西尾維新　零崎人識の人間関係　匂宮出夢との関係
西尾維新　零崎人識の人間関係　無桐伊織との関係
西尾維新　零崎人識の人間関係　零崎双識との関係
西尾維新　零崎人識の人間関係　戯言遣いとの関係

西尾維新　xxxHOLiC アナザーホリック　ランドルト環エアロゾル
西尾維新　難民探偵
西尾維新　少女不十分
西尾維新　本題〈西尾維新対談集〉
西尾維新　掟上今日子の備忘録
西尾維新　掟上今日子の推薦文
西尾維新　掟上今日子の挑戦状
西尾維新　掟上今日子の遺言書
西尾維新　掟上今日子の退職願
西尾維新　掟上今日子の婚姻届
西尾維新　掟上今日子の家計簿
西尾維新　掟上今日子の旅行記
西尾維新　新本格魔法少女りすか
西尾維新　新本格魔法少女りすか2
西尾維新　新本格魔法少女りすか3
西尾維新　新本格魔法少女りすか4
西尾維新　人類最強の初恋
西尾維新　人類最強の純愛
西尾維新　人類最強のときめき

西尾維新　人類最強のsweetheart
西尾維新　りぽぐら！
西尾維新　悲鳴伝
西尾維新　悲痛伝
西尾維新　悲惨伝
西村賢太　どうで死ぬ身の一踊り
西村賢太　夢魔去りぬ
西村賢太　藤澤清造追影
西村賢太　瓦礫の死角
西川善文　ザ・ラストバンカー〈西川善文回顧録〉
西川　司　向日葵のかっちゃん
西　加奈子　舞台
丹羽宇一郎　民主化する中国〈習近平がいま本当に考えていること〉
貫井徳郎　新装版　修羅の終わり(上)(下)
貫井徳郎　妖奇切断譜
額賀　澪　完パケ！
A・ネルソン　「ネルソンさん、あなたは人を殺しましたか?」
法月綸太郎　法月綸太郎の冒険
法月綸太郎　新装版　密閉教室

講談社文庫 目録

2023年 3 月15日現在